賢者大叔的異世界生活日記

5

Kotobuki Yasukiyo
寿安清

Kadokawa Fantastic Novels

Kadokawa Fantastic Novels
賢者大叔的
異世界生活日記
5
Kotobuki Yasukiyo
寿安清

瑟雷絲緹娜
庫洛伊薩斯
茨維特
傑羅斯
Characters

莎蘭娜
杏
伊莉絲
萊茵哈特（?）

德魯薩西斯
蜜絲卡
看向箭矢飛來的方向，
只見藍髮、戴眼鏡的女性站在那裡。
而那個可恨的男人則雙手盤在胸前，
站在她的旁邊。

Contents

序章　大叔十分焦急

大叔獨自在岩場用十字鎬挖著礦。

雖然一開始只挖出了鐵礦石和少許稀有礦物，但繼續挖下去的途中又挖出了各式各樣的礦石，讓他完全沉迷於其中。

傑羅斯原本就擁有非比尋常的身體能力，非常適合這種需要勞動肉體的工作，完全不知疲勞為何物。「界線突破」、「臨界點突破」、「極限突破」這些覺醒技能可不是掛著好看的。

「嗯，我的體力還真是超乎常理啊。覺醒技能算是Sword and Sorcery唯一做壞的技能吧。」

在VRRPG「Sword and Sorcery」中，覺醒技能不僅可以提升身體等級的上限數值，還能使其效果及各職業技能的效果倍增。而且要是備齊三個覺醒技能，三者相乘之下，便能發揮出讓人一眼就知道這傢伙開了外掛的效果。

不過每個玩家取得覺醒技能的條件似乎不盡相同。傑羅斯也未曾仔細驗證過，所以不是很清楚這之中的細節。

『因為不知何時就覺醒了啊～完全不知道取得的條件。這個世界裡也有這種技能嗎？要是有……真不敢細想啊……』

傑羅斯的知識是以遊戲內的設定為基準的。然而不去驗證就無法得知那些知識在這個異世界究竟適用到哪種程度。

他現在能得知的只有因為連採礦工作都能夠異常迅速的完成，所以不需要重型機械一事。光是這點就非常超乎常理了。

「唔～嗯……看來還是寶石類的比較多呢～……只挖得到一點點礦石。也有水晶，該怎麼辦呢……啊，乾脆做個禮物送給路賽莉絲小姐或嘉內小姐好了？」

就這樣，大叔完全忘了自己原本的目的。

「雖然賣了也是一筆不錯的收入，但還是做成魔導具比較好吧。就算為了生活還是要多少留一些下來，但剩下的該做成什麼好呢……」

在這個世界裡魔石和寶石十分罕見。魔石是魔物的體液使魔力結晶化後的產物，容易與相同魔石的屬性魔法結合，可藉由融合或壓縮來提升魔力量，甚至可以封入強大的魔法。然而每次使用魔石都會漸漸變小，最終消失。

一般來說比較適合用在使用頻率高的魔導具上。

相對的，寶石能夠封入的魔力量有限，卻不會像魔石那樣因為魔力耗盡就消失，在方便性上略勝一籌。

寶石本身的大小愈大，能夠容納的魔力量也就愈多，照理來說可以封入更多的魔力與強大的魔法。可是要是封入魔力或魔法的過程中失敗了，寶石本身的物質結構就會崩壞，碎裂為粉塵。要是變成這樣，之後恐怕也只能拿去當作繪畫的材料了。這對畫家來說是很值得高興的事，不過對魔導士來說可是重大的損失。

正因如此，僅有在製作護身用的魔導具時才會將寶石轉變為魔法石。

「想試做看看，問問會用魔法的人的意見呢……像是茨維特他們、伊莉絲小姐，還有路賽莉絲小姐……強化回復魔法的道具……好像不錯。」

他已經完全進入工匠模式了。雖然他好像認為可以輕易地做出這種程度的魔導具，但他此時完全忘了自己不是個普通人的事情。

就算對大叔來說是個簡單的玩意，在這個世界的人眼中看來都擁有破格的性能。而傑羅斯完全不在意因此產生的影響。

「好了，再來挖一波……嗯？」

大叔現在戴著面具。在他透過面具所看到的視野中，標示方位的箭頭記號以及代表緊急情況的紅色光點正反覆閃爍著。

「……慘了！我把殺手的事情給忘得一乾二淨！這下不妙，得快點趕過去……」

他連忙從道具欄中拖出「哈里·雷霆十三世」，將發動用的鑰匙插入了記取上次失敗的教訓而加裝的鑰匙孔中。

因魔力流入，魔力式馬達靜靜地發出運轉聲。他一催動油門，輪胎便開始急速旋轉，摩擦著地面並一鼓作氣地加速。

黑色的物體穿梭於拉瑪夫森林中。

同時將擋在眼前的植物型魔物——「樹人」給撞成碎片……

哈里·雷霆十三世的車身被屏障包圍著，就這樣一直線的在森林裡前進。對於只想等待餌食上門的

樹人來說簡直是場災難。

在大叔的機車經過後，地上只留下了大量曾是樹人的木片。

順帶一提，樹人是用來製作魔法杖的珍貴素材，可以賣出高價。

然而在這個情況下，傑羅斯也不可能回收這些素材，這些木片便在之後被其他學生撿去加工做成了魔法杖。

學生們將多的木片大量販售給工匠，成了他們臨時的一筆零用錢。而買下這些樹人木片的工匠又做出了大量的魔法杖，這次則換成學生們爭相購買。

這結果縮減了一般學生和擁有優秀魔法媒介的貴族學生之間的差距，使得學院中的成績順位有了巨大的變動，但這又是另一段故事了。

傑羅斯在不知不覺間為學院的教育問題掀起了一陣波瀾。

第一話　茨維特遭受襲擊

「……妳要在我背上待到什麼時候？」

「為了飯，我不能讓你逃走……」

茨維特雖然叫撲到自己背上的少女下來，但少女卻固執地攀在他身上不肯下來。

被人壓著無法動彈，讓茨維特非常無力。

不過他可沒漏聽少女說的那句「我不能讓你逃走」。

看來這傢伙是受僱於薩姆托爾的刺客。

「下來啦。妳是沒那麼重……但這樣很礙事。」

「……不行。讓你逃走，我就沒飯吃了……」

「妳對自己的能力有自信的話，到我家來如何？要是實力不錯，我也會給妳相應的報酬喔？」

「…………猶豫。畢竟我不是很想殺人……」

根據她的發言，茨維特認為這少女應該不是想要殺人，只是生活不順遂才會接下這種骯髒的工作。

所以他才想說採取懷柔的手段或許能夠改變局勢，然而這個世界沒他想得那麼單純。

「可以請你不要誘惑我們家的孩子嗎？真是的，就是因為這樣我才拿帥哥沒轍啊。」

——隨著這句話，一個身上戴滿了奢華飾品、穿著黑色晚禮服的女人出現在茨維特的面前。

不，不僅是女人。一個穿著騎士鎧甲，和茨維特年紀相仿的少年也拔出劍，擺好架式等在那裡。

少年脖子上的項圈嵌著紅色的「魔寶石」，由此可見他是個犯下重罪的罪犯。

「妳是誰啊……」

「你沒必要知道吧？我可沒親切到會讓馬上就要死了的小弟弟知道我是誰喔。」

「原來如此……妳是笨蛋僱來的刺客吧？還是以前被老爸給徹底擊潰的組織的殘黨？」

「我不就說了我沒道理要告訴你嗎？要是真有那麼一個萬一事情失敗了，我可是會被責備的。雖然我不可能會犯下這種失誤就是了。」

感覺十分黏膩的撒嬌嗓音。這有如偶爾會在史提拉城裡拉客的妓女般的聲音，只讓茨維特生理上感到噁心。

由於從言行舉止便能察覺對方是殺手，他便以所知的些許情報為基礎，試著虛張聲勢來觀察對方的反應。

「哼……要是兩者都被我說中了，你們現在待在這裡沒問題嗎？」

「……你這話是什麼意思？在這種狀況下還遊刃有餘的樣子還真讓人不悅啊……」

「沒什麼……仔細想想吧，我老爸早就已經預料到你們會有所行動了。也就是說，妳不認為你們的動向早就已經被看穿了嗎？」

「那又如何？就算小弟弟你父親再怎麼優秀，也沒辦法阻止我們的喔。」

「妳腦筋不太好啊。那得要你們的組織還在才行吧？現在八成要被摧毀了吧？我老爸是幹得出這種事的。」

「…………」

莎蘭娜內心有些焦急了起來。

如果身為目標的茨維特所說的話是真的，那麼就算她在這裡殺了茨維特，組織本身仍有可能被消滅。實際上目前就有咕咕這種來路不明的生物在護衛茨維特。

情報早就已經走漏出去了這點想必沒錯。

而且茨維特是以若無其事的態度這麼說的，在他身上完全沒有半點慌張的樣子。

『趁現在先啟動這玩意吧……』

趁莎蘭娜遲疑不定時，茨維特偷偷地啟動了傑羅斯給他的魔導具，也就是那個守護符。

獵物就在眼前卻還開口閒聊，雖然茨維特憑這點便知道對方只是個外行，判斷一定會有可趁之機，不過確認自己的推論沒錯還是讓他放心了些。

「雖然我平常就不知道老爸在想些什麼，但他對敵人是不會手下留情的。而他就算已經在某種程度上掌握了你們的據點位置，也不是什麼奇怪的事。」

就這樣，他一邊注意不要被對方察覺自己用了其中一張王牌，一邊延續對話。

這一方面是為了爭取援兵過來的時間，一方面也是想把話題切換到能盡量從對方口中套出情報的方向。

「小弟弟你的父親是這麼能幹的人嗎？在沒有證據的前提下，你這話沒什麼可信度喔？」

「是啊。不過由身為兒子的我來說是也有點那個啦……但我老爸可是個怪物喔？我想他能夠若無其事的做出以我為誘餌來摧毀一個組織這種事。」

「真的假的！那我就能重獲自由了嗎？」

「自由？身上戴著隸屬的項圈，就表示你是犯罪奴隸吧？你到底是做了什麼啊？」

看到他身上戴著項圈的茨維特隨口一問，然而那個奴隸——萊茵哈特卻立刻別開了視線。在茨維特背上的桃紅色忍者沒放過這個機會，馬上接話。

「……奴隸後宮，失敗了。」

「喔喔，原來是這樣啊。也就是說他硬是對合法的奴隸出手，被人告上了……你是笨蛋嗎？被剝奪人權的只有犯了重罪的奴隸喔？」

「我不知道啊啊啊啊啊啊啊啊啊啊啊啊啊啊啊啊！」

「還真笨啊……各國有各國的法律，明明應該先好好了解一下的，卻立刻跑去買了奴隸並對人家出手，才會落得這種下場啊。」

「結果自己成了犯罪奴隸被人給買走了啊。還真讓人無法同情……」

「只要是男人，都曾經幻想過能開後宮吧！」

「不……真的迷上的女人只要有一個就夠了。有不只一個就麻煩了……我老爸就是這樣。」

「你這樣也算是男人嗎啊啊啊啊啊啊啊啊啊啊！」

萊茵哈特十三世發自靈魂深處的哀號。然而只要是國家就必定有法律，而法律就是為了被遵守而存在的。他卻無視這件事，只能說他這是自作自受了。

「首先，合法奴隸商人真要說的話算是人力仲介商。是經過國家的嚴格審查，得到許可後，將成為奴隸的人轉售給欠缺人力的行業的工作。奴隸只要還清債務就能重獲自由，也可以選擇繼續在現有的職場工作。這是常識吧？」

「簡單來說就是就業服務處吧。如果被介紹到了黑心公司的話呢？」

「成為奴隸的人會被登錄在各領地的名冊上，因為必須償還債務，無法離開該領地，要去其他領地時必須申請通行證才行。買了奴隸的人也不能侵犯奴隸的人權。無法終其一生都把對方當奴隸使喚。要是這麼做的話可是會成為犯罪奴隸的喔？因為奴隸也是可以控告主人的。」

「為什麼針對奴隸的法律規定的這麼嚴格啊，這樣很奇怪吧！」

「你是惱羞成怒嗎？就算是奴隸，他們也是人民，當然得保障他們的人權。只要沒犯過罪，他們和一般人民沒有什麼不同。不過在其他國家是怎麼樣我就不清楚了。」

會被作為奴隸販賣的人也各有苦衷。大多是丟了工作後在找其他工作的人，或是因為生活困頓，不得已才變成奴隸的人。奴隸商對這種人來說就像是避難所，也不會因為是奴隸就損害到他們的人權。

真要說起來，這比較像是以自己作為抵押來借錢的一種手段。為了償還這些借來的錢，他們在一定的時間內必須無償勞動。而購買奴隸的人也有義務要照料奴隸的衣食住行。

「你以為奴隸們是自己喜歡才會把自己賣掉的嗎？他們大多都是有苦衷的喔？」

「可是他們是奴隸吧？一般來說不是該鞠躬盡瘁的為主人服務嗎！光是索吻就被告，這樣對嗎？」

「要是被不喜歡的對象說『來跟我接吻』，你辦得到嗎？比方說，今天買下你的如果是個體型肥胖還化了個大濃妝的大嬸，她要你陪她睡一晚的話，你辦得到嗎？」

「……辦不到，事情變成這樣的話，我會逃跑吧。」

「這就是你被告的原因。就是因為你強迫對方做她一點都不想做的事情才會被告。硬逼他人做不想做的事情，換成自己的時候卻不願意做，這道理說不通吧？」

萊茵哈特十分消沉，無言以對。

到了這地步，他還很不死心的喃喃說著「明明是奇幻世界，為什麼法律訂得這麼嚴啊……跟地球沒兩樣嘛。」這種話。簡單來說，他只是因為仗著權勢性騷擾而被告了。

「不過被賣給了犯罪組織啊……你恐怕一輩子都無法重獲自由囉？」

「為什麼啊！如果你說的話沒錯，真的發生什麼事的時候，我也可以控告現在的主人吧！」

「不……如果你是被國家正式認可的奴隸商給賣出去的，那賣給犯罪組織就有問題了。原本不管是合法奴隸還是犯罪奴隸，按規定在買賣時都必須出示身分證才行。而各領地的奴隸商人必須持有記載有自己的姓名及家族構成的特殊身分證。所以要是把奴隸賣給地下組織的話，一定會被發現。」

「所以是怎樣？」

「也就是說如果沒有竄改文件，你是不可能被賣到地下組織的。而且我是不知道你的能力有多強啦，但主人不會丟掉好用的棋子吧？」

「那……我的狀況是？」

「既然你已經被登錄為罪犯了，在犯下罪行的時間點就已經失去人權保障了。對方應該是判斷把你賣到地下組織也無所謂，才透過走私的方式把你給賣掉了吧。這種人還不少呢～把犯罪奴隸當成棄子來利用的人。」

這男人既然是張可以用的手牌，犯罪組織是不可能放他自由的。因為到死之前都可以任意的使喚他，死了也只要丟在那邊就行了。

這正是萊茵哈特想要的奴隸。他一個不小心便讓自己陷入了那樣的立場。

「你身上那個隸屬的項圈，從『魔寶石』的顏色來看，是給犯下重罪的人用的喔？正常情況下，如果只是性騷擾程度的罪，應該是不會用到這種東西的。你……還做了些什麼？」

「我把前來逮捕我的衛兵給打倒了……我以為是強盜，沒想到是國家派來的……」

「不但性騷擾，還對衛兵施暴，會這樣也是無可奈何吧……完全是你自作自受嘛。」

「我明明沒殺死任何人，可惡……」

他抱著膝蓋蹲在地上。

「笨蛋小弟弟的事情怎樣都好啦。很抱歉，果然還是得請你一死呢。」

「果然是這樣啊……畢竟就算老爸摧毀了你們的組織，你們本身也還是犯罪者。既然長相被我看到了，要把我處理掉也是理所當然的事……」

「你這麼懂事真是太好了～那邊那個小弟弟就是個笨蛋呢。話說回來……無名氏小妹妹？」

「……？」

忽然被叫到，用力攀在茨維特背上的少女疑惑地歪著頭。

「妳在他背上，我豈不是沒辦法給他致命一擊嗎？」

「……沒辦法，我不夠重，要是不壓著會被他給逃掉的。」

「一般來說會在臂甲或是懷中藏一些武器吧？妳不是忍者嗎？」

「……要是收在懷裡，跌倒會很危險的。不小心刺到自己就糟了。」

「妳是忍者吧？一般忍者不是都會在身上各處藏有武器嗎？」

「那是偏見……忍者只會在逃亡時使用暗器。數量也很少……這位大嬸妳沒好好念書。」

忍者原本就是諜報人員。主要的任務是蒐集情報，只有在出事或是處於非不得已的情況下，才會負責諸如戰鬥或擾亂後方情勢的工作。

避免引人注目的互相爭鬥，再怎麼說都要以隱密行動為優先。由於重視機動性，手裡劍那類的裝備只會帶一點點在身上而已。

「大嬸……咳咳。忍者是專門負責暗殺的吧？」

「不是……是間諜。大嬸妳說的不是真正的忍者，而是ＮＩＮＪＹＡ。」

「（又叫我大嬸……）有、有哪裡不一樣啊。」

「是負責蒐集情報的……殺人是別人的工作……」

「「…………」」

忍者的形象常被人誤解。就連日本人都一味的認為忍者是在背地裡處理骯髒事的影之集團。然而忍者原本應該是藉由蒐集散落在各地的情報，從雇主那邊獲得酬勞，為了一族的生計努力賺錢的集團。實際上跟農民沒什麼差別。

「真沒辦法……妳就這樣繼續壓著他吧。我馬上就會搞定了……嘿！」

莎蘭娜這麼說著，忽然丟出了小刀。但是那把小刀在途中就被什麼東西給彈開，掉到了地上。

茨維特一瞬間也慌了，不過發現傑羅斯精心製作的守護符發揮了功效後便鬆了口氣。眼下自己的生命安全算是受到了保障，然而仍處於無法輕忽大意的狀況下。

「什麼？魔導具……居然是自動防禦型的，你身上帶著不錯的東西嘛……」

「是別人給我的。幾乎可以擋下所有的攻擊喔？因為製作者可不是一般人呢。」

「嘖……麻煩的東西。不過只要魔力耗盡了……」

「這很難說喔？我剛剛說了製作者不是一般人吧？我是不知道效果可以維持多久啦，但好像可以長時間使用喔。」

「看來……你還有其他的王牌呢。那遊刃有餘的態度真讓人不悅啊。」

「答對了。沒過多久你們就要全滅了。我已經發出訊號……最強的護衛馬上就會過來。雖然你們好像展開了結界，但會被他輕易地打破吧……」

莎蘭娜內心咂了咂嘴。

她所使用的是稱作「隔絕領域」的魔導具，只要展開，在效果時間內都無法離開這個結界。這也是從舊時代遺跡中發掘出的魔導具，幾乎不可能再買到了。

她用這個是打算孤立茨維特，卻同時把自己人也給關在結界裡了。雖然不知道茨維特的魔導具可以持續多久時間、發揮怎樣的功效，但這個狀況下也很難殺掉他，一定會演變為長期戰，要是敵方的援軍來了的話，就必須穩住結界周遭的情勢才行。更何況到自己使用的魔導具失效為止，她也無法離開這個結界。

現在的狀況已經和她的計畫有了極大的誤差。

「你要消沉到什麼時候啊！快來幫忙。」

「可是啊～莎蘭娜大姊……我殺了這傢伙也無法獲得自由喔？我不想殺人，但我也知道這是沒辦法的事。可是啊～我……沒辦法重獲自由耶？哈哈哈……完全提不起幹勁呢……」

「真是的……我會幫你向達令求情的！所以快點來幫忙！」

「真的可以相信妳嗎？這只是口頭約定而已吧？說不定殺了人之後妳就會裝作沒這回事……這可能性很高啊。」

『被對方灌輸了多餘的知識啊……只是個棋子卻這麼囂張……真沒辦法，就由我自己來想辦法解決這傢伙……』

莎蘭娜拔出短劍，砍向茨維特。

——鏘嗡嗡嗡嗡嗡！

然而短劍伴隨著尖銳的聲音被彈開，完全無法攻擊到茨維特。

她反覆試著攻擊了好幾次，卻全都被彈開了。

這個狀況讓莎蘭娜發現這個魔導具比她想像中更難搞。不僅是能夠完全包覆使用者的球形結界，遭受攻擊時也會確實地提高該處的屏障強度。

而且仔細一看，從可以聚集周遭的魔力這點來看，便能得知這是預定可以長時間使用的魔導具。既然如此也不可能會發生魔力輕易耗盡的狀況吧。

也就是說這和莎蘭娜所使用的「隔絕領域」是同類型的魔導具。差別只有一個是設置型、一個是裝備型，而前者的效果範圍較大，後者只在一定程度的範圍內有效。

「明明只要乖乖被我殺掉就好了……還真是麻煩呢。這下不就沒辦法照計畫進行了嗎！」

「那種事我怎麼可能知道啊。畢竟犯罪者怎樣做事才方便與我無關吧。」

「……同感。基於單方面的理由殺人本來就很奇怪……毫無美感可言。」

「無名氏小妹妹，妳是站在哪一邊的啊！」

莎蘭娜非常憤慨。但桃紅色忍者少女依然故我。

「忍者是很遵循道義的……」

「……說的話很高深莫測嘛？光看妳的外表年齡還真想不到。」

「……迷上我的話，會燒傷的喔？」

「……這話中包含很多意思。我可沒打算在別種意義上做什麼危險的事情喔？」

「別種意義……你好色。」

「為什麼會變成這樣啊……」

明明生命正遭受威脅，周遭的氣氛卻莫名溫馨。

這裡本來該變成滿是殺氣的殺戮現場的，場面卻讓人感覺很無力。

不過對茨維特來說只要能爭取時間就好了，所以這狀況真是幫了大忙。

「……我果然還是要殺了你……」

「為什麼啊。就算殺了我，你的立場也不會變喔？」

「因為你在我面前把妹！而且對象居然還是個小蘿莉！這不是超讓人羨慕的嗎！可惡——————！」

萊茵哈特的嫉妒讓他反倒怨恨起茨維特。

「……你的腦袋沒問題嗎？對小孩子出手，這根本是變態吧。儘管有和年紀相差甚遠的對象結婚的貴族，但那大多是政治聯姻，最重要的是到對方長大之前都不會出手的。雖然也是有例外啦……」

「我……想對蘿莉出手啊！」

「居然斬釘截鐵這麼說……原來你是貨真價實的變態啊。我知道你為什麼會淪落為奴隸了……你太忠於自己的欲望了。」

「謝謝。我就當作這是在誇獎我吧。」

「我才沒在誇獎你！」

萊茵哈特真是個完全不行的傢伙。那超乎想像的愚蠢讓他不禁將視線移向莎蘭娜。儘管沒說什麼，但從茨維特的眼神可以看出他非常傻眼。

「別、別用那種眼神看我啊……我也沒想到他會笨到這種地步呀！」

「但他是妳的夥伴吧？想點辦法啦……」

「這小弟弟是幾天前才被介紹過來的，我也無可奈何啊。我又不是他的監護人！」

「不要……把我說得像是什麼糟糕的人啦——————！」

「「不，因為你就是個相當糟糕的傢伙啊……」」

因為這句話而怒火中燒的萊茵哈特拔出了劍，追殺起茨維特。

而茨維特則是已經站了起來，一邊背著忍者少女一邊拚命的逃跑。

對莎蘭娜而言，幾乎可以說沒有比這更麻煩的局面了。可是她要是隨意襲擊茨維特，感覺又有可能會被捲入萊茵哈特的攻擊中，所以無法出手。

感情用事的笨蛋最難應付了。

這讓人感到無力的襲擊行動，往別的方向演變成更麻煩的狀況了。

◇◇◇◇◇◇◇

烏凱牠們十分煩惱。

護衛的對象茨維特在結界的另一邊。由於周圍被屏障給圍住了，所以牠們無法進入結界中。感覺很強大的獵物就在身邊，牠們卻因為結界的緣故什麼都辦不到，只能在樹上旁觀。這讓牠們恨得牙癢癢的，巴不得立刻跳進去參戰，盡情的打一場。

「咕咕……（怎麼辦？這樣下去的話師傅會生氣吧……）」

「咕咕咕咕。（有沒有辦法闖進裡面呢？雖然周遭的傢伙很弱，所以是沒什麼問題……）」

「咕咕，咕咕──（先冷靜的觀察一下吧。說不定哪裡有洞。）」

三隻雞瞪大了眼睛觀察著周遭的狀況。

過於焦躁只會看漏重要的情報，牠們拚命壓抑著想要戰鬥的衝動，持續觀察著屏障。

接著牠們便看見有隻山鳩穿過結界飛了出來。

「咕咕，咕咕。（看到了嗎？剛剛那個……）」

「咕咕，咕咕咕咕。（嗯，看來上面沒有屏障的樣子。）」

「咕咕咕咕咕。（既然這樣，想必得從上方突破了，然而我等無法飛到那麼高的地方啊。）」

這三隻雞雖然會飛，但頂多只能低空飛行。從身體構造上來看，牠們的身體對於要在空中飛行而言太重了，也大得無法順風飛往高空。

當然，也有和牠們體型相當卻能飛往高空的鳥類存在，但是咕咕們的翅膀並不適合用來在高空中飛行。

「咕咕咕咕。（既然這樣，只能利用較高的樹木來入侵了。）」

「咕咕，咕咕。（嗯，如果只是滑翔的話，吾等也能辦得到。）」

「咕咕咕。（雖然不能順風而行是個問題，但也只能這麼做了。）」

三隻雞點點頭，出發去尋找特別高的樹。

而這一切都是為了與強者一戰……

◇　◇　◇　◇　◇　◇

「快點……得快點回到營地！不然茨維特會……」

「說是這麼說，有這麼多魔物根本沒辦法前進啊……」

「居然用了這麼麻煩的東西……我絕對要殺了薩姆托爾那傢伙……」

迪歐等人為了求助而朝著營地前進，卻在途中遭受魔物集團的襲擊，正在戰鬥中。

雖然他們事前就聽說了襲擊的事，但沒想到一行人會被分開。而且就算想要求助，也被「邪香水」引來的魔物給阻斷了去路，讓他們想撤退卻無法前進。

「不會吧！是薩姆托爾在我們撤退的路線上用了邪香水？」

「那傢伙的勢力正在走下坡，所以這可能性很高啊……他八成是打著破爛的如意算盤，想跑來拯救身陷危機的我們，藉此恢復自己的支持率吧。」

「因為他是個笨蛋嘛。為了輕鬆地提升自己的支持率，他真的會做出這種亂來的事情吧。」

「那傢伙幹得出這種事吧。畢竟是個笨蛋……」

熟知薩姆托爾個性的惠斯勒派學生們冷靜的分析、推測。最後便導出了眼前的狀況是薩姆托爾自導自演所造成的結論。

「你們幾個，少說話快來幫忙！只靠我們兩個可撐不了多久啊！」

「我還是別當傭兵了吧……這樣根本划不來啊……」

負責護衛他們的兩位傭兵雖然拚命的打倒魔物，其數量卻逐漸增加。

這樣下去他們總會用盡力氣，成為魔物的餌食也只是時間的問題吧。學生們也頂多只能勉強使出中級的魔法，而且因為非常耗費魔力，也不能隨便使用。

像是在嘲笑焦急的他們，魔物的數量又變得更多了。

「到此為止了嗎……既然這樣，只能強行殺出退路逃走了吧。各位，要一起使用魔法了喔。」

「沒辦法了……雖然可以的話想盡量保留魔力啊。」

迪歐等人為了達成目的沒辦法再顧及這些了。要求助就必須想辦法解決眼前有大量魔物的問題，他們沒有什麼選擇的餘地。

迪歐在杖上注入魔力，準備朝著魔物施放魔法。

——轟轟轟轟轟轟轟轟轟轟轟轟轟轟轟！

然而前方成群的大量魔物被強大的魔法給轟飛了。

「大豐收、大豐收♪只要賣掉這些魔物的素材，生活上就暫時安全無虞了呢。」

「伊莉絲……就算是我也沒辦法支解這麼多的魔物喔？」

「就算只有魔石也好吧？只要賣出去就可以換到不少錢對吧？」

「問題是沒有時間支解……有這麼多魔物在，時間根本不夠。」

出手攻擊的是負責護衛瑟雷絲緹娜等人的伊莉絲和嘉內。

迪歐等人很高興看到援軍出現，卻因為伊莉絲施放的範圍魔法威力之強而瞠目結舌。

「伊莉絲小姐，請妳不要衝到太前面去。魔物的數量很多喔？」

「不要緊、不要緊♪這座森林裡的魔物都很弱，連我都能一擊就打倒喔？小瑟雷絲緹娜妳也可以輕鬆撲殺牠們吧？」

「請妳不要用撲殺這種說法啦！這樣聽起來不就像是我是因為嗜好才揮舞著鈍器嗎～」

「不是嗎？魔導士一般來說不會擔任前衛吧？也很少看到使用權杖的人喔？」

知道拯救自己脫離險境的是瑟雷絲緹娜，傾心於她的迪歐心中便湧上了一股熾熱的情感。

儘管實際上救了他們的是伊莉絲……

「瑟雷絲緹娜小姐……為了拯救我們……」

愛情是盲目的。他的眼中只有瑟雷絲緹娜，容不下其他人。

「那種事情是無所謂，可是又有其他魔物過來了唷？妳們打算怎麼辦？」

有大量的魔物從卡洛絲緹手指的方向急速往這邊靠近。待在這裡的話肯定會被捲入魔物們的混戰中。

然而伊莉絲稍微沉思了一下之後，便「啪」地拍了一下手。

「好，因為實在太麻煩了，我就把牠們全打飛吧♪『爆破』。」

「「「咦？」」」

——咻咚轟轟轟轟轟轟轟轟轟轟轟轟轟轟轟轟轟轟轟嗡！

強大的魔法在拉瑪夫森林中炸裂開來，將魔物連著森林一起給炸飛了。

在這之後只見伊莉絲拚命地避免引發森林火災，不過這也算是她自作自受吧。

她沒有發現自己已經開始逐漸受到大叔的影響了。

◇◇◇◇◇◇

「「「…………………」」」

強大的魔法炸裂開來的樣子，讓在遠處觀望的薩姆托爾等人看得目瞪口呆。

雖然就跟迪歐他們所猜想的一樣，他們打算上演一場自導自演的救人戲碼，然而到這一步為止卻出現了許多估算錯誤的狀況。

首先是用了太多邪香水，導致魔物的數量過多這件事。他們抱著「魔物這種東西三兩下就能打倒了吧」的輕佻心態，看到成群結隊的大量魔物卻怕了起來。

下一個估算錯誤的是伊莉絲的存在。就在他們正想著要怎樣救出迪歐他們時，伊莉絲便手腳俐落的從旁搶走了這份功勞。

而最驚人就是那個「爆破」。

除了四大公爵家的祕藏魔法外，在一般情況下這魔法被視為高級戰略魔法，甚至可說是魔導士的大絕招。他們完全沒想到伊莉絲這種小女孩竟然能使出這魔法。

而且她在來到迪歐等人身邊前，已打倒了許多的魔物，用了這麼多魔法卻沒發生魔力枯竭的狀況。這要薩姆托爾他們不傻眼也難。

唉，雖然實際上伊莉絲是一邊靠魔力藥水補充魔力一邊過來的，但薩姆托爾等人自然無從得知。

「……那個小丫頭到底是何方神聖……為什麼能使出那種程度的魔法啊。」

「誰知道啊……無論如何，這下很明顯沒有我們出場的餘地了。」

「啊啊……不管怎麼看她都有宮廷魔導士等級的實力吧。應該是『煉獄魔導士』的弟子吧？」

「很有可能……而且那個……是『爆破』吧？她擺明是個高等魔導士喔？有那種人在他們手底下，我們是不是糟了啊？」

計畫完全被推翻，薩姆托爾的臉上浮現怒意。

「別開玩笑了！可惡！索利斯提亞公爵那傢伙……居然派了這種人過來，太可恨了。」

「現在先撤退吧。反正我們不管做什麼都無濟於事了。」

「是啊，回去比較好吧……照這個樣子來看，那邊也很有可能會失敗……」

目睹了這些遠超過預期的狀況，讓這些血統主義派的人心裡有些動搖。

當然在這裡的人並非全都支持血統主義，其中有許多人是被布雷曼伊特的魔法給洗腦了。洗腦魔法在精神受到強烈衝擊後就會變得容易解除，而被洗腦的那些人看到了伊莉絲的爆破魔法後，精神上產生了極大的動搖。

結果就是施加在這些人身上的洗腦效果減輕了，他們開始擅自準備要回去。

要是布雷曼伊特在場，就可以重新對他們施放洗腦魔法，強化洗腦的效力，可是既然他不在這裡，薩姆托爾便無法阻止被洗腦的學生們的行動。

「等一下！你們怎麼可以擅自……」

「吵死了！相信你的結果就是這樣。果然茨維特才是對的。」

「欸，我說你啊……我想應該是不至於，但你該不會對我們用了洗腦魔法吧？我的記憶有些……不對，是感覺非常的不對勁，到底是怎樣？」

「真的……現在回想起來，有很多可疑之處呢～」

施放的魔法效果愈強，魔法解除時的反作用力也愈大。

他們至今雖然仍處於洗腦魔法的影響下，但已經開始漸漸取回足以反抗薩姆托爾程度的自我意識了，也有明顯地擺出敵對態度的人。

薩姆托爾被完全孤立也只是時間的問題了吧。

「……嘖……可惡的茨維特，我一定會洗刷這份恥辱的……」

完全不覺得自己有什麼不對的薩姆托爾，反而更加怨恨起茨維特了。

第二話　大叔急速奔走中

莎蘭娜與萊茵哈特持續攻擊茨維特。

然而他們的攻擊幾乎全被屏障給彈開了，至今仍無法殺死茨維特。

這魔導具的效果令他們不滿的咂嘴，但以他們的立場而言也不能就此放棄。茨維特看到了他們的長相，要是被通緝，他們就無法在這個國家生存下去了。

更何況他們是對公爵家的少爺動手，被抓到的話肯定會被判處死刑吧。

所以他們非得在這裡殺掉茨維特不可。

「你差不多可以乖乖去死了吧？我也想回去了呢……」

「那你就回去啊？唉，要是你可以回去的地方還在就好了！」

「去死吧，你這現充！『勇氣之擊』！」

——鏘嗡嗡嗡嗡嗡嗡嗡！

注入魔力的斬擊被屏障給擋下，萊茵哈特被彈飛了出去。看來這屏障也有將對手的攻擊反彈回去的效果。

「可惡！這到底是怎樣的魔導具啊……居然把我的斬擊給彈了回來。痛痛痛……」

「不能隨意出手呢。要是施展了強力的攻擊，一個沒弄好，那威力便會原原本本的反彈到我們身上。沒想到這東西居然還有反彈衝擊的效果……」

「嗯……很麻煩。」

「無名氏小妹妹……妳只有攀在那個小弟背上而已吧？」

「……這樣還滿好玩的。」

「「…………」」

無名氏小妹妹玩得很開心。而且完全沒有在幫忙暗殺的工作。

她現在仍緊貼在茨維特背上，享受著眼下這個被甩來甩去的狀況。沒有表情的臉老實的紅了起來，讓人有些在意到底是什麼這麼有趣而令她感到興奮。

「可以請妳不要在人家的背上玩嗎？妳也差不多該下來了吧……」

「……不要。」

「什麼不要……我也累了好嗎。」

「……你說我不重的。」

「我的確是有說妳沒那麼重，可是妳有時候會勒到我的脖子啊……妳的臂甲會抵到我的喉嚨，這妳不能想點辦法嗎？」

「……雖然這麼說，其實很高興？被少女給抱著，心跳加速？」

「我可不是蘿莉控！」

「……真令人羨慕。只有一次也好，我也想聽蘿莉說『哥哥，我最喜歡你了♡』，然後緊抱住我啊！」

「真笨啊……小孩子不就只會煩人嗎。錢比起那種東西好得多了。」

「『是個結不了婚的女人啊……金錢至上又只會亂花錢……毫無疑問的是個婊子！』」

「誰是婊子啊！」

在場的兩位男性刻意不說是誰。兩人心照不宣。

而不管這點，該說小孩子就是天真嗎？不知道到底在想什麼的無名氏小妹妹以某方面而言成了非常可怕的存在。攻擊本身雖然被守護符展開的屏障給擋下了，但看到朝自己襲來的刺客，她的身體還是自然的擺出了防禦的姿勢。

而這麼做的結果，就是少女的手臂因慣性及體重勒住了茨維特的喉嚨，害得他呼吸困難。

「妳就這樣勒死他不就好了？」

「……叫年輕人就這樣變成殺人犯少女A的大嬸……惡魔。」

「誰是惡魔啊，真失禮！」

「……大嬸。惡魔不行的話……壞蛋。」

「不要叫我大嬸，我還很年輕好嗎！而且誰是壞蛋啊！」

「……殺人犯全都是壞蛋，妳不知道嗎？」

「…………」

就因為這是事實，讓人無話可說。

殺人正是犯罪行為。這道理連小孩子都懂。

「不過就這樣什麼都不做感覺也很不爽啊……任人宰割可不合我的個性。」

「你可以試著攻擊我們呀？反正你也打不中就是了。」

「真的嗎？一個沒弄好你們可是會喪命的喔？」

「哈！你是想說以現充你那麼低的等級能殺死我們嗎？現充還是乖乖去死吧……」

「不，我可不是現充喔？受女生歡迎的是我弟……可惡……」

「「…………」」

兩人間經歷了一段漫長的沉默。

「「同志！」」

然後忽然用力地握了手。

這一瞬間，在兩個不受歡迎的男人之間萌生了某種奇妙的友情。

「那個小弟弟不可能不受歡迎吧，他可是公爵家的少爺耶？有很多人搶著要吧。他說這話擺明了就是想爭取時間嘛，笨死了……」

「嚇！這麼說來……」

「受歡迎～？妳認真的？會接近公爵家的女人，目的不都是權力和錢嗎！為了奪取繼承權可以若無其事的企圖毒殺丈夫，像這種跟妳同類的人渣女我才不要咧！」

「你這話什麼意思啊！少擅自把人家當作壞女人隨便亂說話！對女人說這種話未免也太失禮了吧？」

茨維特打從心底徹底的否定。貴族的婚事背後有很多複雜的狀況。

「我……想要真正的愛！我想要比起夢想更值得去愛的好女人！只要有一個這樣的女人在，其他的我都不需要！」

「的確！比起婊子，單純地愛著自己的女人只要有一個就夠了。大姊毫無疑問的是個婊子！同志啊，我完全可以理解你的心情！」

「同志，你能理解嗎！」

「真失禮，誰是婊子啊！一點都不了解我還敢說這種話……」

「妳為了錢什麼事都做得出來吧？只想要輕鬆賺錢對吧？不然的話妳怎麼會在這種地方，應該會老老實實的去工作吧。在妳跑來當殺手的時候這話就已經沒有說服力了。」

「妳會接近加蘭斯先生也是看上他的權勢和財力吧？明明要是哪天他一敗塗地了，妳就打算乾脆地跟他切斷關係還敢這麼說……視財如命又不好好工作。大姊……作為一個人而言，還真不知道該怎麼說妳耶？」

「…………」

由於事實正如他們所言，莎蘭娜也無話可說。

就連接近加蘭斯也是因為她判斷對方很有錢，又願意讓自己過著奢侈的生活。但是為了達到這個目的不惜出賣自己的身體，也難怪她會被說是婊子。

而且只要可以過著奢侈的生活，別人的性命怎樣都無所謂。自我中心到了極點。

更何況就算說是魔導具，但像她這樣在身上誇張地戴了一堆飾品的女人，根本不可能像一般女性那樣老老實實的工作。整個人明顯地散發出暴發戶的氣息。

「我們家實際上很過得很簡樸喔？因為擅自花用人民的稅金，國家就沒有辦法好好運作啊。所以根本不需要這種感覺就很會亂花錢的女人。身為公爵家的人必須負起相應的責任，沒有可以自由花用的錢。」

「生在擁有權勢的大家族中也很辛苦啊……那如果是政治聯姻該怎麼辦？而且結婚對象還是大姊這種婊子的話呢？」

「基本上會把對方給幽禁起來吧。就算逼不得已結了婚，基本上也是分居。畢竟就算表面上要結婚，但在決定要結婚的時候就已經先徹底調查過對方的為人了吧。」

「會捨棄婊子啊……唉，但這比起隨便浪費人民稅金的政治人物來得好多了。」

「本來婊子就沒辦法接近公爵家啦。鋪張浪費的女人一開始就不會被列為新娘候選人，品行端正才是最重要的～再說公爵家對政敵絕不手下留情，真有必要的話會私下解決掉對方的。」

「嗚哇！公爵家真可怕……」

茨維特和萊茵哈特兩人十分意氣相投。

而有個女人正看著他們兩個氣得肩膀顫抖，怒火衝天。

「一直婊子、婊子的吵死了，臭小鬼！既然這樣，我就立刻送你們下地獄去吧！」

「婊、婊子生氣了……我們明明只是說出事實而已……」

「還說啊！就算是事實，被人當面指著說也是會火大的！」

「她承認這是事實了……果然是婊子啊……」

「……我要殺了你們。」

「「婊子真的生氣啦——————！」」

莎蘭娜怒瞪著前方。看來是認真的想要殺掉他們。

人在被他人指出對自己不利的事實時，可以分為會因此反省，或是惱羞成怒這兩種反應。而莎蘭娜就屬於後者。她順著感情揮舞的劍擊中了屏障，不斷發出尖銳的金屬撞擊聲。

然而攻擊始終無法傷到茨維特，這讓她更加的不爽。

「去死吧，可惡的小鬼們！」

「小鬼們……？妳比外表看起來更老嗎？唔喔！」

「雖然有屏障在，但感覺還是很恐怖呢……喔哇！」

原本就已經很讓人無力的場面，這下又變得更混亂了。

「唔呵呵呵……去死吧，臭小鬼。每個都把人當白痴耍……」

「……見賢思齊，見不賢而內自省。不接受事實改變自己的話，總有一天會孤老終身的喔？大嬸……人生感覺很長，其實不然啊……」

「小丫頭喔喔喔喔喔喔喔喔！連妳也來這套嗎！」

「還真是意外的達觀呢……真不像小孩子會說的話。」

「不要再火上加油啦！那個婊……大姊已經切換到超級模式了喔！氣勢強得有可能會變成金髮，或是跟展開各個機關的機動兵器一樣喔！」

莎蘭娜的戰鬥力感覺有如某個星球的外星人，或是超乎常理的寫實機器人一樣上升了。

茨維特和萊茵哈特怕得渾身顫抖，拚命的逃跑，但還是拿感情用事的女人沒轍。自我中心的人就是難搞。

「……黑社會沒有什麼信賴關係。只要派不上用場了就會輕易的被捨棄……馬上就感情用事的大嬸已經沒用了……」

「「……!?」」

「……隨妳說吧。你們的替代品要多少就有多少！」

「……我不清楚。因為我……已經是第三個了……」

「「什麼第三個啊！」」

才剛想說她居然面無表情的說出這麼嗆的話，無名氏小妹妹卻突然裝傻起來。

這與其說是火上加油，不如說是在火裡投入了核子彈。然而明明做了這種事，她卻面無表情，可愛地歪著頭。

如果她是故意的，那可真是沒比她更麻煩的人了。

「夠了……這世上可靠的只有自己和錢而已。就請你們都死在這裡吧……為了我……唔呵呵呵呵。」

「糟糕了呢……她氣到完全失去理智了喔，那個婊……不，大姊。」

「是啊……既然事實被人說出來會生氣的話，不要那樣做就好了嘛……看來她把寄生他人當作理所當然的事情吧～有所自覺的事情被人指出來還惱羞成怒。」

「……更年期障礙？」

「「!?」」

無名氏小妹妹又丟下了一顆震撼彈。莎蘭娜的臉上沒了表情。

接著她從空無一物的空間中拿出了一個有如小西洋棋棋子的東西，像是要給萊茵哈特看似地，把東西朝著他舉了起來。

「……（剛剛那個，和師傅所用的空間魔法一樣……）」

「……那邊的小鬼，你以為你有自由嗎？你知道這是什麼嗎？」

「那是什麼？妳是想下棋嗎？」

「這個啊……是跟你脖子那個隸屬的項圈成對的東西喔？叫做『監視之棋』，只要在裡面注入魔力……」

「咕啊啊啊啊啊啊啊啊啊啊啊啊啊啊啊！」

萊茵哈特的身體中像是有高壓電竄過一樣，疼痛與麻痺感讓他當場痛苦地扭曲著身體。而露出冷酷的笑容看著他的莎蘭娜，神色和剛剛簡直判若兩人。

「真、真骯髒……」

「誰叫你這小鬼要瞧不起大人。管教自家養的狗也是很重要的事，對吧？」

「原來如此……啊！」

「!?」

茨維特立刻使用「白銀神壁」砍下了莎蘭娜的手臂。「監視之棋」從她被砍下的手中掉到了地上。

然而下一個瞬間，莎蘭娜的手臂就出現在原本的位置。剛剛被砍下這件事簡直像是假的一樣，她的手臂毫髮無傷。

「你會用奇怪的魔法啊……完全看不見呢……還真麻煩。」

「妳也是啊……恐怕是用了『替身人偶』或是『獻祭人偶』……以封有魔力的魔法符或人偶來當替身，使受到的損傷無效化。咒術師的道具啊。我還是第一次看到。」

「『烈風刃』！」

「嘖！」

萊茵哈特以突然放出的風之斬擊讓莎蘭娜往後跳開後，便立刻撿走了掉在地上的「監視之棋」。

「這樣我就自由了……謝啦，同志。」

「明明不想戰鬥卻要互相廝殺這種事我可敬謝不敏啊。你的身體沒事吧……」

「還行。不過……她超乎想像的歇斯底里啊。」

「還真是徹底的瞧不起人呢……遊戲已經結束了，我要拿出真本事殺了你們！」

莎蘭娜有如潛入了地底，消失在自己的影子中。

「那是『潛影術』嗎！糟了……闇屬性的魔法很難察覺……」

「是暗殺者特有的技能嗎，要找出她很麻煩呢。那個婊子大姊上哪去了？」

「屬性好像是『影』，但那和闇屬性有什麼不同啊？完全搞不懂……」

「我也不知道啊～雖然是可以區分啦……是說現在不是說這話的時候吧！婊子在哪裡？」

「……她在那裡喔？」

背上的無名氏小妹妹指著旁邊一棵樹的影子。

「什麼？謝啦！『火球』！」

「從一開始就徹底打算要任意使喚我嘛！吃我這招吧，『紅蓮斬』！」

「唔，居然這麼乾脆的就倒戈！還真是些麻煩的小鬼！」

被人輕易看穿所在處後，莎蘭娜立刻離開了原地。兩人的攻擊在千鈞一髮之際爆裂開來，她在內心對這麻煩的現況咂了咂嘴。

「喂，無名氏小妹妹！達令對妳有恩吧？妳為什麼擅自就倒戈了啊？妳明明就能從背後勒死他吧！」

「……我爸爸說，從非法的地下錢莊借的錢，就算不還也沒關係。」

「妳的人情道義呢！難道妳想恩將仇報嗎！」

「恩情……我已經用救他一命這件事償還了。既然知道他把我當成用過即丟的棄子，我也只是反過來利用他而已。和目的是錢的大嬸一樣……不管用什麼手段我都要確保自己有飯吃。」

「……」

『『這女孩是怎樣……超恐怖的耶……』』

以為她是個異想天開的奇怪女孩，卻精明狡猾得嚇人。

一邊裝成無知的孩子，一邊利用地下組織確保食物來源，要是事情不妙就乾脆地切斷關係。實在不是小孩子會有的盤算。

茨維特和萊茵哈特因少女的可怕以及黑心而顫抖著。

「就、就算是這樣，妳不也是靠達令才能活到現在嗎！多少盡一些道義吧！」

「……我奶奶說過，『壞人只要利用他們就好。不過要是接受了貧困之人的幫助，絕對不能忘記這份恩情』……」

「是怎樣的奶奶啊！真是，不管哪個傢伙都……」

雖然加蘭斯說是撿到了這女孩，然而實際上他只是被小孩給利用了。

「這孩子是出自哪裡的修羅一族啊！欸，前半的內容意外的硬派耶……」

「這可不是小孩會有的思考方式啊。到底是受了怎樣的教育才會變得這麼狡猾啊……」

以某種意義上來說，她比在場的所有人更看得清現實。

外表看似小孩，想法卻很成熟。實在是非常冷酷的忍者。

「而且……大嬸會輸。我可沒笨到會對一場還沒比就知道勝負的比賽下注。」

「我？雖然很難纏沒錯，但以你們為對手可難不倒我喔。很麻煩就是了……」

「不對……來了。」

——沙沙！

忽然有銳利如刀刃般的東西從天空上射了下來，刺入地面。

「是、是誰？」

「是誰啊!?」

「是誰!!」

在天空彼方舞動的身影，是有著純白羽翼的——

「……小咕咕♡」

三隻雞從天而降。最強的護衛抵達了現場。

而剛剛刺入地面的，是咕咕們的羽毛。

「咕咕……（這……是什麼狀況？）」

「咕咕咕咕？（不知道……看來是敵人中有兩個人叛變了吧？）」

「咕咕……咕咕。（唔……那麼對手是這個母的吧？怎麼辦？）」

然而三隻雞有些不滿。

牠們意氣昂揚的到了這裡，卻發現敵人起了內鬨，只剩下一個對手。要由誰出戰便成了問題。

「小咕咕，超可愛——♡」

「咕咕！（咕哇！）」

無名氏小妹妹迅速地離開茨維特的背上，就這樣跳到了桑凱身上。

「「咕咕——！（桑凱——！）」」

由於無名氏小妹妹突然失控，桑凱被她給一躍拿下，脫離了戰線。對於剩下的兩隻來說這可是千載難逢的好機會。

「咕咕……（桑凱可以排除在外了嗎。那剩下的就是……）」

「咕咕咕咕……（在下和烏凱……）」

「「咕咕咕咕，咕咕！（剪刀石頭布！）」」

於是烏凱和山凱開始用猜拳來和平的解決由誰出戰的問題。

另一方面，桑凱則是……

「咕咕咕咕咕咕咕，咕咕咕咕咕咕！（放開我，這樣的話吾便無法戰……喔！妳在摸哪裡！啊、啊啊……♡）」

被人舒服地撫摸，讓牠因為快樂而顫抖著。

無名氏小妹妹用簡直像是按摩師般巧妙的指壓技巧讓桑凱乖乖就範，並且充分地享受著柔軟的羽毛，嘴上還喃喃說著：「嗯……超棒的♡」

小女孩忍者是咕咕們的天敵。

「『這些傢伙……在幹什麼啊……』」

看來身為戰鬥狂的猛獸也是有弱點的，桑凱已經無法戰鬥了。剩下兩隻也用猜拳分出了勝負，決定由烏凱出戰。

山凱非常遺憾的樣子。

「咕咕……（我是妳的對手……）」

「到底要多瞧不起人啊……我絕對要殺了你們！」

「咕咕？……咕咕。（被逼到絕境反而惱羞成怒了嗎？……這場戰鬥感覺會很無趣啊。）」

莎蘭娜準備發動她擅長的「潛影術」，運用魔力沉入影子裡的時候，烏凱瞬間邁步拉近了距離，揮出強而有力的翅膀（拳頭）。

她雖然連忙用項鍊型魔導具展開屏障，卻因為威力超乎預期的打擊而被烏凱從影子裡拖了出來，擊飛到數公尺外。手也因這股衝擊而麻痺了。

「什麼?比想像中還快……這雞是什麼玩意啊？難道至今為止你們都還留了一手嗎！」

「……咕咕？（……只有這種程度嗎？）」

對烏凱來說似乎有些不符期望，牠露出了失望的表情後嘆了口氣。

這態度讓莎蘭娜不爽地咂了咂嘴。

她一邊回想著薩姆托爾等人給她看過的影像，一邊後悔自己沒有更確實地思考對策。與人戰鬥需要衡量彼此的實力，而莎蘭娜是個總是在對自己有利的情況下出手攻擊的殺手。和人正面對決的經驗可說是壓倒性的不足。

再說周圍被結界給隔開了，所以她就算想逃也逃不掉。自己耍的小手段完全起了反效果。

「這雞開什麼玩笑啊，明明是隻雞卻瞧不起人……」

「……咕咕～……（……趕快解決吧，期望落空了。）」

「這態度真讓人火大……我要把你變成烤雞。」

「咕咕……（陳腔濫調……）」

莎蘭娜完全沒被當成對手。然而這也成了烏凱的大意之處。

判斷無法從這場戰鬥中獲得什麼的烏凱，使用「縮地」逼近莎蘭娜後，便對她的腹部施予強力的一擊。

這沉重的一擊連內臟都能破壞。

也充分地凝聚了魔力在內，這肯定是完美無瑕的一擊。實際上牠也確實感覺到了那手感，然而——

明明確實地給了敵人一擊，卻忽然沒了觸感。

「咕咕？（唔？）」

只有代替莎蘭娜被破壞得慘不忍睹的木製人偶掉在地上。

這時烏凱才發現自己犯下了極大的錯誤。

「咕咕！（糟了！）」

「去死吧！混帳雞！」

化為漆黑旋風的莎蘭娜，從四面八方對烏凱使出了斬擊。這是暗殺技能之一的「化影連擊」。這一招不僅可以在瞬間使出威力強大的斬擊，由於會讓自己和影子同化，也有在瞬間使物理攻擊無效化的效果。

因為會妨礙察覺氣息等探查能力，所以很難判斷對方是從哪裡發出攻擊的。

闇系魔法或暗殺技能的恐怖之處，就在於這種連探查能力都能使之無效化的隱密性。

烏凱小小的身體就這樣掉進了樹叢中。

「呵呵呵……解決了。剩下的兩隻也得盡快解決才……行……」

打倒烏凱的莎蘭娜準備鎖定下一個目標。臉上掛著大膽的笑容，用舌頭舔著嘴唇的樣子十分煽情。

但是從烏凱墜落的樹叢裡忽然釋放出了龐大的魔力。

她立刻回頭，只見身上受了一點傷但仍然健在的烏凱就站在那裡。

「咕咕……咕咕咕咕咕咕咕。（因為敵人弱小而大意……被人針對這一點出手，看來我還太不成熟了。）」

「什麼？我的確有攻擊到的手感啊，為什麼還活著啊……」

「難道是『鬥氣功』？不會吧，牠在那瞬間強化了身體來保護自己嗎！」

「……正確來說是『硬氣功』。以魔力使身上的羽毛變硬來保護自己。好強……」

「這咕咕還真是強得不像話啊，只能說不愧是師傅養的。根本是怪物……」

看準牠大意而使出的攻擊的確很成功，但烏凱可沒弱到會被這種程度的攻擊給打倒。

不如說烏凱反倒因此注意到了瞧不起對手是件十分失禮的事情。

「咕咕，咕咕咕咕咕。（我為我的失禮道歉。現在開始我會使出全力來當閣下的對手。）」

「我、我……有種很不好的預感耶。」

烏凱認真了起來。

小小的身體逐漸膨脹，白色的羽毛染上了有如火焰般的深紅色。尾羽附近更是長出了像蛇一樣的長長尾巴，腳則是變成了更粗壯、更適合在地面移動的樣子，鉤爪也變得更為銳利。嘴裡長出了一排像是要把肉給撕裂的尖銳牙齒，雞冠雄壯威武的豎立在頭上。

這些外在的變化並不是因為牠急速的成長或進化了。而是烏凱牠們這些咕咕亞種的特殊能力，使牠們可以利用獲得的力量來變化為進化後的型態。

烏凱牠們不認為進化後變強是件好事，所以一直操控著魔力，控制自己的身體變化。最後便獲得了可以自由地變身為進化後型態的能力。

擁有這種變身能力的魔物很多。由於其中也有可以擬態為人類的魔物，意外的算是滿廣為人知的能力，但烏凱牠們是第一批擁有這種能力的鳥類魔物。

烏凱牠們雖然是咕咕，但不僅可以自由的變化為上級魔物，就算維持咕咕的外型，也能使用一部分雞蛇的能力。要舉例的話就是毒或麻痺爪。

順帶一提，這變身能力在牠們到傑羅斯家之前就擁有了，但大叔沒有親眼看過這能力，所以不知道。

「咕喔喔喔喔喔喔喔喔喔！（光輝閃耀．雞蛇型態！）」

「等一下————這什麼啊————！跟剛剛根本是不一樣的生物嘛！」

到剛剛為止都還是可以放在兩腿上大小的咕咕，現在化為了身長超過三公尺的巨大魔物。包含尾巴在內應該有六公尺吧。

那巨大的身軀忽然晃動了一下，不知何時移動到了莎蘭娜的面前。接著乾脆俐落地揮出凝聚了魔力的翅膀（拳頭）。

「咿！」

莎蘭娜在千鈞一髮之際避開了，眼前卻是十分恐怖的光景。

牠揮出的翅膀（拳頭）所施放的打擊化為了一陣爆風，摩擦產生的熱量讓周遭的樹木瞬間成了焦炭。要是正面接下這一擊，那可不是受點小傷就能了事的。

攻擊造成的衝擊波打上了結界，發出巨大響聲的同時，屏障也劇烈地搖晃著。這一擊有著一個不小心或許能夠破壞結界的威力。

「這、這可不是開玩笑的！」

莎蘭娜馬上就想用潛影術潛入影子中逃跑，但烏凱可沒溫柔到會讓敵人給逃脫。只要判斷對方是敵人，直到打倒對方前都會持續戰鬥是魔物的本能。

烏凱對著周遭放出了「石化吐息」。樹木和花草都在瞬間變成石頭後化為碎片。牠使出了就算潛入影子中也絕對逃不掉，對莎蘭娜而言可說是最糟的攻擊。

這招正確來說不是石化，而是以魔力使物質本身暫時變質，讓分子構成凝固的攻擊。雖然說只是暫時的，但構成肉體的物質要是凝固了，不管是什麼都會粉碎，無法復原。是魔力抗性不夠高就無法防範的強力攻擊，然而相對的，使用這招也要耗費大量的魔力，所以無法經常使用。

「咿咿咿咿咿咿咿咿！」

莎蘭娜理所當然的被逼了出來，但黑色的斗篷已經開始石化粉碎了，她連忙甩開才得以避免石化。

「……還好我有先把異常狀態無效的技能給練起來，石化原來這麼強啊……」

「……嗯，我也是……」

「我是多虧有魔導具才沒事，但那個強度是怎麼回事啊……簡直是怪物。這可不是我所知道的咕咕……是說那個外型和能力根本是雞蛇吧？」

認真起來的烏凱盡情地使出了令人無法招架的力量。與這種超乎常理的生物為敵，也只能跟莎蘭娜說句節哀順變了。

不管再怎麼強，只要有些許大意都有可能失去性命。正因為她教會了烏凱這件事，烏凱才會拿出敬意認真對付她。而莎蘭娜也不得不面對這股力量。

「你們幾個來救救我啊！有女性被怪物給襲擊了耶？」

「不，雖說是女性，可是是打算殺了我的傢伙耶～就算外型是魔物，牠也是在擔任我的護衛，我可沒打算出手。而且妳可是殺手耶～」

「妳啊，剛剛對我做了什麼？用隸屬的效果折磨我對吧？我有什麼義務要去救妳？」

「……在向人挑起爭端時就該做好會死的覺悟。就算從殺人的那一方變成被殺的那一方也沒什麼好抱怨的。」

在旁邊看熱鬧的人沒打算出手幫忙。說起來這也是理所當然的結果。

「咕喔喔喔喔喔喔喔喔喔喔喔喔喔喔喔！」

變成這個模樣後，彷彿魔物的本能浮現出來似地，烏凱執拗地襲向莎蘭娜。

茨維特的眼前上演起壯烈的鬼抓人戲碼。

順帶一提，這時的桑凱已經升天了。在這之後，山凱不知何時也被襲擊，被摸得欲仙欲死。只能說無名氏小妹妹的技巧是一流的。

◇◇◇◇◇◇

一台機車奔馳在森林中。

機車周圍展開了魔法屏障，一邊將躲不開的枝椏給撞斷一邊筆直突進。

『要快點……唉，雖然有那個守護符在，應該可以撐個半天沒問題吧，但還是怕有個萬一。得趕快過去才行……嗯？怎麼了？』

沉迷於挖礦的大叔滿心焦急地騎著「哈里．雷霆十三世」前進後，發現前方有某種像是牆壁的東西。

是個半透明且有點霧狀的牆壁。

『結界啊……是魔導具吧。可是以現今魔導士的等級能夠做出這種規模的魔導具嗎？是舊時代的遺物嗎，還是……對方有可能和我一樣是轉生者？』

用至今為止在異世界生活所得到的情報來推測的話，他不認為以現在的文明水準能夠製作出這種程度的魔導具。

想得到的可能性只有從遺跡中被挖掘出來的魔導具，或是有其他的要素了。

『有可能要跟同鄉戰鬥嗎……雖然我不是沒想過，但成為敵人的話很難搞啊。在某些狀況下，說不定還得面對我自己賣出去的凶惡裝備……真麻煩啊。』

沒錯，有可能會和同樣是轉生者的人為敵。

若是以自己和伊莉絲的狀況來思考，那麼大多數的轉生者應該都保有「Sword and Sorcery」中的裝備和強度。而其威力與這個異世界的常態相比，明顯地不在普通的範疇內。

武器的威力也是這樣，但更重要的問題是等級的差距。

大部分的轉生者都在「Sword and Sorcery」的世界中，以打倒魔物獲得的經驗值和點數強化了自身的能力。並且藉由讓技能發展為上級技能，讓自己成長得更為強大。從異世界人的角度來看，一定會說他們這樣根本是作弊吧。

除此之外，精神層面也很令人在意。

活在地球的轉生者們，就算是為了自衛，他也不認為這些人能夠忽然下手殺人。眼下伊莉絲就對此有所抗拒。明明有可以輕鬆殺死盜賊的實力，實際上卻辦不到這件事而被抓了起來。

這雖然不能說是壞事，但這世界可沒溫柔到抱著那種天真的想法也能生存。大多數的轉生者遲早都得面對這個現實吧。

『雖然不能斷言所有的轉生者都完全不抗拒動手殺人這件事……但至少我就能想到一個這樣的人。』

他的腦中浮現的是以前曾和自己戰鬥過的黑衣魔導士。雖然像是在互相試探彼此實力的一場戰鬥，但對方毫無疑問的能夠和自己戰得不分高下。

不，實際上傑羅斯到目前為止都未曾使出全力戰鬥過。

他平常就已經強得跟怪物沒兩樣了，所以心底某處下意識的想避免使出全力吧。『那個魔導士，就算是要對人出手也沒有半點猶豫……那實力毫無疑問的可以視為是上級玩家吧。真難應付啊……唉，想這些也沒用，罪犯不是抓起來就是要解決掉，把事情想的單純一點吧……可是如果出現那種等級的對手，要處理起來就麻煩了啊～真鬱悶……』

他已經在某種程度上做好敵人可能是轉生者的覺悟了，但一想到真的要面對這狀況時，還是只覺得鬱悶。

畢竟事件的導火線就是傑羅斯本人。就算事前不知情，但這些人也是因為他們打倒了邪神才會受到波及的。其中對他們抱有恨意的人恐怕也不在少數吧。

儘管如此，他更沒打算就這樣被人殺死……

『現在要以保護茨維特為優先。得想辦法破壞那個屏障才行……辦得到嗎～？』

儘管用有些懶散的語氣自言自語著，傑羅斯仍在裝設在原本儀表板位置上的面板中注入魔力。

可動支架將搭載在機車邊車上的長方形貨櫃向上升起後，貨櫃像是龍的嘴巴般朝上下打開。從內部傳來「嘎咻、嘎咻」，像是在把什麼東西裝填進去的聲音。

「魔力填充完畢，確認魔法術式的啟動狀況……正常運作中。『鋼釘發射器』開始啟動。」

貨櫃內部是由圓筒型的長槍管，以及橫向旋轉的槍械構造所組成的。

將六個魔力槽全部用上，只為了擊出一發鋼釘。是將「銃槍」結合轉輪手槍式的汽缸構造後製成的一種攻城兵器。

「『鋼釘發射器』，發射。」

從左側的邊車射出的鋼釘化為子彈，貫穿了防止他人侵入的結界屏障。

構成結界的屏障是靠魔法術式維持的。就算只有一次，但只要有從外部的攻擊穿透了屏障，構成結界的魔法術式便會被破壞，無法繼續維持屏障，就此消失。

然而此時他大大的失算了。

搭載在邊車上的貨櫃由於擊出鋼釘的威力與衝擊而飛到了後面去，傑羅斯騎著的哈里．雷霆十三世在原地高速旋轉著。

「喔喔喔喔喔喔喔喔喔喔喔？」

更大的問題是刻在擊出的鋼釘上的攻擊魔法。

上面刻的好死不死是範圍魔法「爆破」。魔法會在擊中的地點上發動，連城砦的防禦牆都能破壞掉。

輪轉式汽缸內的魔力槽雖說是小型的，但每個魔力槽中都壓縮了大量的魔力在內。而這樣的東西有整整六個的話，發動的魔法威力便可想而知了吧……

——轟轟轟轟轟轟轟轟轟轟轟轟轟轟轟轟轟轟轟轟轟轟轟轟轟轟轟！

超乎想像的爆炸聲隨著地面震動傳了過來。大叔的額頭上流下了冷汗。

「原來如此……在這個世界裡，威力也有很大的落差呢～……糟糕……這個也封印起來比較好吧。

哈哈哈……」

大叔一陣乾笑。

「鋼釘發射器」的確是很強大的武器，然而至少在遊戲內使用時，威力並沒有大到會把彈著點給整個炸飛。一個廣範圍魔法的影響是有極限的，可是在這個世界裡的威力似乎整整高上了一截。森林一隅飄出因超高熱量而產生的煙霧。

『又破壞了大自然啊……總之現在先把這事放一邊吧。希望茨維特沒事啊……』

大叔擔心起別的事情，逃避面對現實。他催動「哈里．雷霆十三世」，再度奔馳於森林中。

『把以前的武器都處理掉吧……威力太嚇人了。』他在心中碎唸著。

擁有許多這種危險武器的大叔，想著光是拆解這些東西就要花費多少時間，便再度鬱悶了起來。

事到如今，大叔才注意到自己一個人便擁有許多足以和國家為敵的魔導武器。

第三話　大叔解放心中瘋狂的一面

「咕啊啊啊啊啊啊啊啊啊啊啊啊！」

變化為雞蛇型態的烏凱的踢擊，折斷了巨大的樹木。

知道輕忽大意有多危險的烏凱，字典中已經沒了手下留情四個字，誠心誠意的使出全力在攻擊莎蘭娜。

相較之下莎蘭娜根本覺得自己快沒命了，好幾次直接吃下烏凱的攻擊，都是靠「替身人偶」或「獻祭人偶」才活了下來。

「什麼怪物啊……討伐魔物可不是我的專長啊！」

莎蘭娜的等級很低，為了補足欠缺的實力，需要蒐集大量的強化型魔導具。以道具的效果來提升身體能力。

大家應該多少注意到了，她也是轉生者，而這種類型的道具大多是她在「Sword and Sorcery」中透過PK取得的。無論哪個裝備都不是從一種素材開始慢慢蒐集製作出來，而是透過欺騙或是搶奪，從別人身上得來的。

然而她不管怎樣都無法勝過實力天差地遠的強力玩家，經常反過來被人痛宰。

特別是被「殲滅者」盯上的時候，簡直糟透了。對方反過來打倒她之後，硬是讓她穿上了詛咒系的裝備，丟到了龍居住的洞穴裡。

由於那些替身道具的關係，她想死也死不了，附有詛咒的道具更是吸引了強大的怪物過來。再加上就算想逃，退路也被魔法攻擊給堵住了，無法逃脫。

從莎蘭娜的角度來看，那些傢伙就像是惡魔。雖然其他玩ＰＫ的夥伴有勸過她不要對「殲滅者」出手，但她不聽勸硬要挑戰的下場就是這樣。

烏凱這毫不留情的攻擊，完全足以讓她回想起那時的景象。

「還真能撐啊……那女人。」

「應該說她只是因為替身道具的關係無法輕鬆死去而已吧？以某方面來說那可是地獄喔？不過在那之前，大姊到底帶了多少那種東西在身上啊……」

「……我想要強大的小咕咕……」

「『妳認真的嗎！』」

還是咕咕時使用的「石化」，頂多只是讓身體組織硬化，類似毒的攻擊。然而現在使用的「石化吐息」是讓物質凝固崩解。他們實在不懂少女到底為什麼會想要這種凶惡的生物。

唉，雖然她只是想要摸摸而已，但在茨維特他們耳中聽來就是說了非常恐怖的話。

這事無關緊要，不過少女身邊有兩隻咕咕已經爽到升天了。

「那個格鬥咕咕光一隻就這樣了喔？要是再加上剩下兩隻會怎樣啊？」

「別說啦……我不想思考這件事～真不想與牠們為敵啊……抖抖抖抖……」

「那個女人的程度大概多少啊？師傅說烏凱牠們已經超過４００級了喔……」

「你說的程度是指等級嗎？呃，４００級？這怎麼可能，看那強度應該不止吧！大姊我估算在２００上下，是靠著魔術道具才好不容易能夠對應眼前的狀況……」

一般的咕咕沒有烏凱牠們這麼強。

大部分的魔物在升上一定的等級後，就會進化為高一階的上級魔物。無論什麼種族至少都得經過兩次的進化，不過以咕咕的情況來說，要進化為雞蛇，途中必須經過好幾次的進化才行。

而且進化為上級魔物，並不會像某個遊戲那樣一下子就變成不同模樣的生物，而是會長出角來，或是體型漸漸變大等，徐徐地產生變化。

而能力則是會受到生息環境的影響。愈是嚴苛的自然環境，就會有愈多強大的上級魔物，也曾發現過許多亞種的存在。然而就算進化為最高級的雞蛇，強度也沒有這麼誇張。

烏凱牠們不僅在咕咕的狀態下擁有超乎常理的實力，甚至還獲得了可以「變身」成最高級魔物的能力。

儘管有「狼人」或「虎人」這種擁有變身能力的魔物，但這種魔物都是為了讓獵物輕忽大意，才會變身使自己看起來比較弱小的。真要說起來，比起變身，感覺更像是擬態為接近人類的樣子。而且就算要改變外型，但要從骨骼開始變化需要耗費大量的魔力與體力，到擬態完成前也得花上不少時間。

此外擬態時由於是處在硬是將能力壓抑住的狀態下，也有只能發揮原本的一半力量的缺點在。

正因如此，使用這個能力需要搭配作戰計畫，像是由群體中最強的老大擬態去當誘餌，再以整群魔物一起襲擊上鉤的獵物。

以這點來說，能夠自由變身成上級種族的烏凱牠們的生態，從生物學的角度來看也很明顯的是不尋常的特殊案例。

如果是一般的魔物，進化後外型就完全固定了，不可能從上級魔物再變回下級魔物。要是有生物學家在這裡，一定會把牠們視為全新的品種吧。

對眼前這完成了異常進化的咕咕，萊茵哈特難掩驚訝之情。

『這什麼啊……這裡不是「Sword and Sorcery」的世界嗎？』

在腦袋理解速度追不上現狀而陷入沉思的萊茵哈特旁邊，茨維特正冷靜的分析著莎蘭娜。

「光靠魔導具，還真虧那女人能撐到現在啊……但是動作變遲鈍了喔？」

「因為她都沒有鍛鍊技能，所以道具的效果沒了，快到極限了吧。就算是我，也是從『實習劍士』開始把等級拉到頂的喔？她一定是那種投機仔啦～」

「那個女人看起來就跟努力這個詞無緣啊……」

「她看起來不寄生在別人身上就沒辦法生存，所以要不是事情變成這樣，我才不想跟她扯上關係呢……畢竟她感覺會輕易的把人當成道具，用過就丟啊。」

這時雙方的話語與認知雖然有誤差，但很奇妙的是對話依然成立了。

在他們兩人的眼前，身上纏著紅蓮之火的烏凱大膽的飛踢，一邊踢倒了好幾棵大樹，一邊迫近莎蘭娜。

捨棄了小看敵手之心的烏凱，有如鬼神般地大鬧著。

「為什麼打定主意袖手旁觀啊，快來救我啊！這麼好的女人被怪物襲擊了耶！」

被烏凱執拗的攻擊著的莎蘭娜拚上了老命。

可是茨維特他們聽到「好女人」這個詞，露出了極為嫌惡的表情。

「好女人？哪裡有那種東西啊？」

「如果是毛茸茸的生物的話這裡倒是有，但可沒有那種女人喔？」

「……自己說自己是好女人的人太自戀了。感覺臉皮超厚的。」

「妳講話還真不留情呢……雖然說得沒錯。」

「妳其實是個超級毒舌的角色？就是這點令人興奮、令人憧憬啊～！是說無名氏小妹妹，差不多可以告訴哥哥妳的名字了吧～？」

「……不要。」

在不斷閃躲強烈攻勢的莎蘭娜旁邊，氣氛實在非常的悠哉融洽。

「你們幾個給我記住！我絕對會把你們大卸八塊的——呀啊！」

「妳的本性暴露出來了喔？到底哪裡是好女人了啊。不就是個徹頭徹尾自我中心的任性女嗎……」

「是啊。只要自己過得好，就可以若無其事的犧牲他人吧～她一定會欺騙男人，叫人家養她吧？真不想碰上這種女人啊。哪裡才有我渴求的色色精靈呢……」

「這樣做有什麼不對了！反正人就是靠著利用他人活下去的生物吧！咿咿咿咿！」

墮落得理所當然的女人。這女人吃了一記烏凱的上鉤拳，飛到空中後又被一腳給踢飛出去。

坐享他人的善意，把給人添麻煩後迅速逃走這件事視為理所當然的米蟲。沒人會想跟她扯上關係吧。

——咚轟轟轟轟轟轟轟轟轟轟轟轟轟轟轟轟轟轟！

在他們悠哉的閒聊時地面忽然振動並傳來爆炸聲，讓所有人都回過頭去。

環繞在周遭的結界完全消失，在此同時，衝擊波與沙塵從後方朝這裡逼近。

茨維特等人立刻趴在地上，躲過襲來的衝擊波。

「怎、怎麼了？發生什麼事了呀！」

「啊～會做出這種事情的只有一個人。應該是師傅吧……」

「你的師傅？這爆炸的威力不管怎麼看都超過爆破耶！」

「要是一個不小心，說不定會波及到我們呢……也該考慮一下狀況吧。」

「……毛茸茸～～～～♡」

掌握了現狀的茨維特，以及蹲在地面躲開爆炸衝擊波的萊茵哈特。無名氏小妹妹則是同時摸著兩隻咕咕，非常滿足。桑凱和山凱現正爽翻中。

爆炸產生的衝擊波過去後，在他們眼前出現了一個放出高溫的巨大隕石坑。

眼前的狀況讓三人目瞪口呆了好一陣子。

「那個女人和烏凱怎麼樣？」

「那隻巨大的雞沒事喔？就連那種爆炸衝擊都絲毫不為所動……到底多誇張啊。」

「……大嬸她，啊……」

無名氏小妹妹所指的位置前方，只見莎蘭娜不知為何一邊像鑽頭似地旋轉一邊從高空往下墜落。她就這樣毫無抵抗的撞擊到地面上，但是在撞擊的同時，碎裂的木片也散落在周遭。看來是靠著「替身人偶」逃過了一劫。

沒過多久，漆黑的機車像是切開塵埃似地現身，一邊甩尾旋轉，一邊毫不留情地將倒在地上的莎蘭娜給撞飛。

這怎麼看都是刻意的殘忍行為，讓茨維特和萊茵哈特驚愕不已。

「呼……趕上了嗎。茨維特，你沒事吧？」

「「不是，比起這種事……你剛剛做了什麼？」」

這明明是場顯然帶有殺意的凶狠交通事故，當事人卻爽朗到不行的向茨維特搭話，簡直像什麼事都沒發生過的樣子……

◇◇◇◇◇◇

粉碎了結界的傑羅斯繞過「爆破」的爆炸中心，騎著哈里．雷霆十三世穿過森林。

因為自己的失誤而延誤了救援的時間，萬一對方暗殺成功那就糟了。他內心焦急，拚命地催著油門。

這時傑羅斯看到了某個人，不，應該說是發現了她。

對方乍看之下是位眼尾有些下垂、眼神柔和的女性，然而服裝怎麼看都像夜店小姐一樣低俗，那堆徹底展現出暴發戶品味的飾品，喚醒了他過去的記憶。

那是他還年輕，住在公司宿舍時的記憶。

『……那個寶石和戒指是怎樣？我可不認為沒工作的姊姊有錢買那種東西。』

『很不錯吧？是男朋友送我的禮物喔。是三樓的增田先生給我的。』

『……那不是董事嗎！妳為什麼要去誘騙有老婆的大叔啊！』

『哎呀？接受人家善意的贈禮有什麼錯？我只是陪他吃吃飯，他就大方的買給我了啊。』

『別開玩笑了，妳想害我被炒魷魚嗎！這要是一個沒弄好我會被趕出公司吧，考慮一下社會觀感啊！』

『既然你這麼說，就給我錢呀。總之先給我個五百萬就可以了喔？』

『自己去工作就好了吧，妳這米蟲！』

那是僅有一瞬間的回憶。

在逃離塵埃似地移動時，一看到那個人的臉，傑羅斯的心中便湧上了一股強烈的衝動。有如累積的熔岩瞬間上升，激烈的情感湮滅了所有思考，像火山噴發一樣爆發開來。

這股衝動名為殺意。至今為止都封印在精神深處的這份感情，在看到那個人的臉的瞬間徹底失控了。這時的傑羅斯心中沒有半點「如果那是別人的話該怎麼辦」這種猶豫，一口氣把油門催到底，加快了哈里．雷霆十三世的速度。

好像聽到了「嘎啊！」這種奇怪的聲音，但他完全不在意。確認那個人墜落的方向後，他便騎著機車追過去給對方致命一擊，以高速甩尾毫不留情的撞飛對方。這甩尾是等級高的人靠力量硬是完成的。

這時他不知為何覺得心中十分爽快。

化為碎片的「替身人偶」飛散在空中。

「呼……趕上了嗎。茨維特，你沒事吧？」

「『不是，比起這種事……你剛剛做了什麼？』」

「有什麼事嗎？雖然我好像撞飛了什麼垃圾，但這有什麼問題嗎？」

「『……不，沒有任何問題。』」

大叔的表情非常爽朗，反而令人害怕。

毫不留情的把一個人給撞飛還用甩尾追加了致命一擊，然後只用一句「垃圾」就帶過了。莎蘭娜雖然是個在各種意義上都讓人不想跟她扯上關係的女人，可要是被人問「有必要做到這種程度嗎？」的話，還是會覺得有些困惑吧。

可是傑羅斯卻毫不猶豫地這麼做了，而且還一副若無其事的樣子。也難怪他們會懷疑起他的人格。

「咕喔……（師傅，十分抱歉，沒能給她致命一擊……）」

「烏凱！你這該不會是……進化了？差點認不出來呢，這外表是怎麼了……」

「咕嘎，咕嘎！（這是吾等的特殊能力。其實在下是不太想變身成這個樣子的……）」

「特殊能力？還真是有趣的能力呢……嚇了我一跳啊。我說真的……」

「等等，為什麼你可以和牠對話啊！太奇怪了吧？」

「我也是憑感覺理解的，要說可不可以跟牠對話，這我也很難說啊……因為我是飼主吧？」

在和凶惡的超奇妙生物烏凱之間的對話成立的時間點上，便已經多少能夠看出傑羅斯是個與其說是不合常理，不如說完全超乎一般常識範疇的人了，但萊茵哈特刻意沒將這件事說出口。

對茨維特來說，應該是覺得事到如今也沒什麼好大驚小怪的了吧。

「哦……？」

「……嗯？」

傑羅斯的視線停在少女身上，那裝備看起來好像是某個他認識的人。

他從記憶中回想起那個名字，雖然覺得自己說不定認錯人了，但他還是試著開口詢問對方。

「妳該不會是杏小姐吧？『影之六人』小隊的……」

「……嗯。好久不見了，『殲滅者』。最近也很有精神的在大屠殺嗎？」

「哎呀～我近期都在忙田裡的事喔。屠殺啊……最近在礦山遺跡有幹過呢……」

「你是『殲滅者』嗎！該不會是……『黑』？」

「嗯？你是……」

傑羅斯在看到萊茵哈特的瞬間，「鑑定」技能便擅自發動了。他的名字浮現在眼前。看到那名字的傑羅斯不禁「噗！」的噴笑出聲。

他不是故意要嘲笑人家的名字，是因為那名字實在太慘了。

「你……名字變成了『超愛色色精靈村長』了耶……（他肯定是轉生者吶～這是故意用搞笑哏來取角色名的結果吧……）」

「不要用那個名字叫我————！」

萊茵哈特，也就是超愛色色精靈村長，他取了個搞笑的角色名，卻因為轉生到異世界而出了問題。因為這名字實在太丟臉了，所以他才自稱萊茵哈特，努力的想在異世界打造奴隸後宮，卻遭人控告性騷擾而被衛兵給逮捕。

而且在被逮捕前又引發了爭端，罪加一等的結果就是淪為重罪奴隸。

怎麼看他都是因為很愚蠢的理由才淪落至此的。被人說出現在的名字，他淚眼汪汪地強烈後悔著自己過去的作為。和某個貴族少年不一樣，他這完全是自作自受。

「人生就是不知道會發生些什麼事情呢……也是有只是想開個玩笑，卻要後悔一輩子的例子啊……」

「……真笨啊，好色村……」

「不要那樣叫我————！唔喔喔喔喔喔喔喔喔喔喔！」

好色村放聲大哭。然而這是他自己犯下的錯，怨不得人。

雖然是題外話，不過他的本名叫做「榎村樹」。絕對沒搞錯。

「這名字還真慘啊……真虧你父母能接受這種名字……原來你不叫萊茵哈特啊……」

「唔喔喔喔喔喔喔喔喔喔喔喔喔喔喔喔喔喔！萊茵哈特是我的靈魂之名啊！別管我了啦————！」

「你這麼喜歡精靈啊？情色又豐滿，前凸後翹的……對我來說是個無法理解的境界呢∼……」

「超喜歡的……喜歡到讓我的男子魂猛烈燃燒的程度！我可以大聲說出我最愛色色又豐滿的精靈了！追求男人的浪漫有什麼不對！」

「原來如此啊。名字展現了你這個人……堅強的活下去吧。要是你能夠碰見精靈就好了，同志……」

「唔喔喔喔喔喔喔喔喔喔喔喔，不要用那種溫暖的眼神看著我！過去的我是笨蛋————！」

什麼都不知道的茨維特非常同情好色村，然而這同情只讓他顯得更為悽慘。

就因為這個名字是他自己在創造角色時取的，所以只能說是他自己不好。

愈被人同情，好色村就愈是受到心靈創傷的折磨。

想說當個哏而取了個搞笑的名字是無所謂，但他沒想到會用這個名字轉生到異世界吧。轉生後好色村真的哭了。

就算向神要求重新來過也沒有發生任何事，好色村是認真的憎恨著神。這種情況下他的憎恨對象雖然是四神，但就算知道這件事，傑羅斯也肯定不會將他視為同志的。

和某個貴族家的少爺立場不同。

「好痛……要是沒有『替身人偶』，我早就死了。喂，是你騎車撞到我的，你可要付錢賠償我啊！」

「啊……老太婆復活了。」

「茨維特，那個女人是敵人對吧？如果是敵人我就不用手下留情了……」

「嗯，是敵人。這邊這兩個原本也是，不過現在已經倒戈了。」

「原來如此……『災厄狂風』。」

「呀啊啊啊啊啊啊啊啊啊啊啊啊啊啊啊啊啊啊！」

風系範圍魔法忽然迎面襲來，莎蘭娜被附帶侵蝕效果的旋風給捲了進去，升上高空。風刃造成的斬擊從四面八方襲向她，她當然不可能沒事。「替身人偶」和「獻祭人偶」的殘骸散落一地。

「順帶一問，那女人叫什麼？我會好心的幫她把名字刻在墓碑上的，所以告訴我吧。」

「……嗯。老太婆的名字叫莎蘭娜。超自我中心……」

「既然是敵人，殺了也無所謂吧？總覺得只要殺了她，心情就會很暢快呢。這下非殺她不可了吧～呵呵呵……」

「『為什麼……笑得這麼爽朗啊？這樣很可怕耶……』」

從茨維特的眼中看來，傑羅斯不是一個會亂放魔法的人。相較之下，好色村很清楚「殲滅者」有多麼手下不留情。

茨維特憑著直覺判斷傑羅斯跟莎蘭娜之間有什麼過節，而好色村則是回憶起了「殲滅者」們對ＰＫ玩家那毫不留情的私下處刑，兩人都察覺到了──『『啊啊……這傢伙死定了。』』

就算兩個人想到的事情不同，仍導出了同樣的結論。

儘管方向不同，但他們兩個的思考方式說不定很像。雖然有聰明與笨蛋的差異在……

「欸，你！突然這樣做太過分了吧，要是我死了怎麼辦啊！」

「嘖，還活著啊……唉，反正也只是再活久一點而已。這個世界真的很棒呢……嘿嘿嘿。」

「你父母沒教你要好好對待女性嗎！居然忽然就出手攻擊？一般來說……」

「可惜我啊～對於壞人是打算不分性別的全都殺光喔？男女平等，這句話很棒吧？要恨就恨妳自己運氣不好吧。」

「做出這種事，別以為我會輕易饒了……等等，你莫非是……聰？」

「……果然是姊姊啊……既然有機會在這裡碰上妳，因為妳實在太礙眼了，就麻煩妳趕快去死吧。

這也是為了我的幸福著想♪」

「『居然是姊弟？』」

傑羅斯以爽朗的聲音說道，臉上掛著極為邪惡的笑容。這一瞬間，不該再會的兩人又再度相遇了。

「你、你啊！既然是弟弟就來幫姊姊忙啊，那是為人弟弟的義務吧！」

「沒那種義務。不如說負責送墮落到黑社會的姊姊上路才是弟弟的義務吧？幸好在這裡就不會留下屍體了呢。屍體會成為魔物的餌食……」

「送我上路？而且連怎麼處理屍體都想好了？你對於要殺人這件事沒有任何感覺嗎！」

『『輪得到妳來說這種話嗎……』』

茨維特等人打從心底這樣想著。相較之下，傑羅斯則是……

「以前因為有處理屍體和法律等麻煩的限制在，所以我才放棄了這個計畫……但還好這裡是個生命不值錢，弱肉強食的世界。我可以盡情地順著自己的心意，讓妳徹底化成灰喔。啊～不用跟我道謝喔？因為這是弟弟對親姊姊最後的一點心意……呵呵呵……」

明明要殺掉親姊姊卻沒有半點猶豫的樣子。不如說他根本充滿了幹勁。

而且要解決莎蘭娜的話，這個世界的環境實在是太方便了。

「好了，姊姊……妳想要幾分熟呢？五分？全熟？畢竟魔女審判一般都會用火刑嘛。今天的惡意和殺意都是獻給妳的喔♪」

「居然讓師傅氣到這種程度，那個女人到底做了什麼啊？」

「誰知道呢……不過以她目前為止的行動來想一下的話就知道了吧？雖然只是我的猜測，不過她應該是靠著弟弟的錢包過活，寄生在他家吧？畢竟那個大姊感覺就不會老老實實的去工作……」

「原來如此……畢竟她很會亂花錢的樣子，說不定連欠的債都推給弟弟了吧～」

「你們幾個，幫幫我啊！這個沒血沒淚的傢伙要殺掉一個好女人耶！救我的話我會瞞著達令給你們一些甜頭的。」

「「不，這是你們姊弟之間的恩怨吧？沒有我們這些外人插手的餘地啊。而且妳這個婊子……」」

「不准叫我婊子，你們這些該死的臭小鬼！」

無論是茨維特還是好色村都沒打算介入其中。

對他們來說，比起莎蘭娜，眼前的大叔更可怕。只要不牽扯上這件事就可以保障自己的人身安全，他們也沒道理要去幫莎蘭娜。而且這是姊弟間的恩怨，他們可沒打算干涉別人的家務事。

傑羅斯又發動了「鑑定」的技能，視野中顯現出了眼前的姊姊的部份情報。她的職業是詐欺師。而她現在的名字也說明了她的個性。

「……莎蘭娜啊。這名字是想表達『就算沒化妝，你也會沉迷於我』嗎？妳到底有多厚顏無恥啊。明明也不是什麼可以當小魔女的年紀了，像妳這種大嬸不行啦～除了丟臉之外也沒別的了，把妳當做可燃垃圾處理掉應該沒問題吧？」

「原來莎蘭娜是這個意思嗎？這麼說來她是大叔的姊姊對吧？實際年齡是幾歲啊？」

「今年就四十六歲了吧。不過外表看來變年輕了……是用了『回春靈藥』嗎？之前都是靠濃妝來掩飾小細紋跟痘痘的……」

「無名氏……不對，小杏妳好厲害喔！她真的是老太婆耶。一眼就看穿了她真正的年齡，妳的觀察力真不得了！」

「嗯哼～～～♪」

無名氏小妹妹，也就是杏一臉得意的樣子。

「誰是老太婆啊，你們這些小鬼真失禮，女人是不會老的！」

「在說出這種話的時候，就擺明是個大嬸了啊……唉，算了，重新轉換一下心情……接下來是審判的時間囉？讓我們來細數妳的罪狀吧！」

「我才不要！我好不容易才變年輕的，接下來要過著奢侈的生活啊！而且我沒有什麼不對啊，那些人這麼好騙卻把責任都推在別人身上，是這個世道太奇怪了！」

「還是老樣子啊。不過變年輕啊……我想妳五年後就會變成皺巴巴的老太婆了啦，但這是姊姊妳自己的選擇呢……說不定十年後就會死了。葬禮採用獸葬可以嗎？」

「不管怎樣都想把我拿去餵野獸啊……是說等一下，你這話是什麼意思啊！為什麼我會變成老太婆啊？我現在還這麼水噹噹耶！」

『『這年頭沒人會用水噹噹了吧。果然是老太婆……』』

茨維特和好色村眼神冷漠的看著她。

這點先放著不管，回春靈藥確實有能讓使用者變年輕的效果，可是也伴隨著嚴重的副作用。

生物從出生到死亡為止的細胞分裂次數是固定的。回春靈藥雖然能夠強制活化肉體，讓使用者返老還童，但同時也會對肉體造成極大的負擔。被強制活化的身體細胞會在幾年內一口氣衰退。

結果就是依據變年輕的歲數，使用者會以其倍數的年齡迅速老化。莎蘭娜外表看起來像是二十幾歲，實際年齡卻是四十六歲。假設她變年輕了二十歲，回春靈藥的副作用就會讓她至少衰老四十歲。身體會比本來的歲數一口氣再多老化四十年份。

順帶一提，由於「時光倒轉靈藥」沒有對外販售，所以沒有在市面上流通。這是因為要取得素材太困難了。製作上需要名為「龍的寶玉」的特殊稀有素材。

雖然還需要很多其他東西，但要取得這個的難易度實在太高了。

「哈哈哈哈，一口氣成了八十歲的老太婆呢♪是姊姊自己選擇這麼做的，可不關我的事喔？真是愉快，爽快，妳活該啦～♪」

「……為了眼前的欲望而縮短了自己的壽命。自作自受。」

「沒救了呢。因為選擇了簡單又輕鬆的路而自取滅亡嗎……果然還是腳踏實地好。」

「我也得小心點。是說沒有安全的返老還童魔法藥嗎？」

「『時光倒轉靈藥』是安全的。唉，不過先用了『回春靈藥』之後就沒用了，畢竟兩者併用是會死人的……」

莎蘭娜的臉色逐漸發白。到了這時候她才發現自己犯下了最大的錯誤，她感受到了對死亡的恐懼。

相反的，傑羅斯一臉清爽的樣子。

那笑容扭曲得甚至讓人覺得邪惡。知道礙事的傢伙很快就會消失了，他打從心底感到開心。

「想、想點辦法呀！你是我弟吧？難道姊姊死了你也無所謂嗎？你不覺得我很可憐嗎？」

「我完全不這麼想喔？而且在妳用了回春靈藥的時候就已經沒救了。就算我手上有時光倒轉靈藥，妳喝了也一定會死喔？我無能為力。也不想為妳做些什麼。」

「騙人！你一定知道可以救我的方法！你是明知道卻故意不告訴我吧！」

「我不知道喔。我主要負責的是製作魔導具和改造魔法，魔法藥不是我的專長。雖然我多少會做，但也就是這種程度而已喔？妳是根據什麼才說出這種話啊，這個笨蛋姊姊……」

傑羅斯若無其事的說謊。其實他也很擅長製作魔法藥，並不像他所說的只專門製作武器和魔導具。

唯一的真話就是他不知道使「回春靈藥」失效的方法。

「那你為什麼會那麼清楚回春靈藥的事啊，這不是很奇怪嗎！」

「因為那是我的夥伴做的啊？『那個派不上用場呢……雖然可以返老還童，但副作用太慘了。不行啦～那個不行～失敗了呢。欸嘿♡』卡儂是這樣說的呢。雖然以回春靈藥為基礎來製作『時光倒轉靈藥』這部分我有幫忙，但是卡儂有沒有去做解除靈藥效果的研究我就不知道了。我是有聽說她順便當作清庫存，在某處賣掉了大量的回春靈藥啦。」

而莎蘭娜就是透過ＰＫ從購買者那邊搶了靈藥過來。不斷搶奪他人東西的女人，被自己搶來的東西給報復了。真是個做壞事總有一天會有報應的最佳範例。

「反正快點告訴我！你想殺了我嗎！」

「妳事到如今還在說什麼啊……我一開始不就說了嗎，我也不知道要怎樣才能解除魔法藥的效果，就算知道也沒道理要告訴妳。而且……我現在就會在這裡送姊姊妳上路了喔？」

「那是弟弟該說的話嗎！你沒打算為偉大的姊姊鞠躬盡瘁嗎？」

「偉大？妳是想說臭婊子說錯了吧。好了，妳祈禱完了嗎？安心吧，我會細心地解決妳，連骨頭都不會剩下來的。畢竟妳就算被殺了好像也會再復活呢。」

傑羅斯捨棄了人情道義，默默下定決心要冷酷地解決掉親姊姊，刻劃在潛意識內的魔法術式瞬間顯現出來。他的周圍出現了無數的火球，完全進入了戰鬥狀態。

「『火炎方陣』。」

「等等……你是認真的……」

在對方話說完之前，他便不由分說地讓火球群擊向對方。「火炎方陣」是「炎之槍」的高階版魔法。攻擊的次數是炎之槍的一倍以上，幾乎是地毯式轟炸了。

傑羅斯一點都沒有心軟，就如同他所宣言的，要細心到連骨頭都不剩那樣，執拗地不斷施放帶有惡意的攻擊。途中注意到『這樣下去可能會演變成森林大火』，便改用水系魔法「寒冰方陣」，一邊滅火一邊持續使用魔法攻擊。

被火焰給包覆的森林瞬間化為白銀世界。

看來他還是保有一定程度的冷靜。

「……唔！」

他感覺到殺氣，瞬間拿出魔法杖隨意擺出架式後，一道斬擊砍了過來。這是莎蘭娜使出的攻擊，然而傑羅斯俐落的擋了下來。

傑羅斯沒放過這個機會，以加裝在魔法杖上的刀刺向莎蘭娜，但在途中就沒了手感，他立刻使出「白銀神壁」包覆在魔法杖上，把杖當作一把大劍揮動。

看不見的劍一邊砍倒周圍的樹木，一邊襲向莎蘭娜。他確實有將莎蘭娜砍成兩半的手感，然而「獻祭人偶」代為承受了傷害，莎蘭娜毫髮無傷。

「你……你教了那邊那個小弟弟魔法對吧！都怪你，害我本來可以用過就丟的棄子不能用了！你到底要妨礙我到什麼程度才甘心啊！」

「那可真是太好了。因為我這次可是他的護衛喔？從一開始我們就處在必須互相殘殺的狀況下喔。反正不管怎樣妳都活不久了，死在這裡也是一樣的吧？」

「你對姊姊一點敬意都沒有嗎！」

「妳要讓我說幾次啊？妳以為會有嗎？就連心中的一角都沒留下半點灰塵，我完完全全沒有那種意思呢！我的心中沒有半點陰霾！」

好色村則是想著『果然是把我當成棄子啊……』，重新體會到了自己的狀況。

無謂的手足相殘由低級的互罵與壯烈的斬擊，發展成了互相砍殺的狀態。

鋼鐵撞擊迸出了火花，只要沒看穿其中一招就會遭受致命傷，確實想至對方於死地的互相殘殺。雖然幾乎都是傑羅斯單方面的在攻擊對方——

「妳到底帶了多少可以讓傷害無效的道具在身上啊？拜託妳快點去死啦。」

「我怎麼可能告訴你啊！你才是，趕快放棄吧！」

「唉，只要一直攻擊到妳死為止就好了吧……畢竟妳也不可能帶無數個在身上，再說讓妳輕鬆死去也不合我的作風，不徹底的折磨妳一番我是不會罷休的。」

「你到底多會記恨啊！器量狹小的男人是不會受女生歡迎的喔！」

「我才不想被婊子看上咧。特別是像姊姊妳這種女人。就是這樣，妳就乾脆俐落的去死吧！」

傑羅斯的斬擊每一擊都足以使她瞬間喪命。這過強的攻擊力讓莎蘭娜身上帶有的攻擊無效化魔導具很快就迎來了極限，接連粉碎散落在地。

兩人原本在等級上就有壓倒性的差距，就算魔導具的效果再強，只要持續施加負荷，也很快就會到極限了。更何況她為了防禦而展開的屏障輕易就被切開了。

強化身體能力的魔導具也因為持續被榨取超過極限的魔力而失效，成了只會礙事的裝飾品。

「『光輝渦流』。」

明明還是白天，眩目的光線卻把周遭照得一片白。閃耀到讓人不禁想遮住眼睛的巨大電漿球以莎蘭娜為目標，往她的頭上墜落。

『糟了……沒辦法，拿出我的王牌吧。』

莎蘭娜把手放到胸口上那條她最近才拿到的項鍊上。

「死在你自己的魔法下吧！」

她扯下掛在脖子上的最後的魔導具，朝天高舉著。

魔導具發揮了功效，鏡面的盾擋下了「光輝渦流」後，將魔法反射到了傑羅斯的頭上。

「『精靈王的項鍊』！是最後的王牌嗎……」

話還沒說完，傑羅斯就被電漿球給包覆住，消失在爆炸中。

而精靈王的項鍊也無法全身而退，兩顆大寶石都出現了裂痕，沒辦法再當作魔導具使用了。

然而對莎蘭娜而言，最礙事的人已經消失了，接下來要怎樣挽回局面都行。

「呼、呼……就算再怎麼強，吃下自己的攻擊還是會受傷吧。」

「師傅！不會吧……」

「接下來……就輪到你們了。就讓我把你們瞧不起我的份徹底奉還給你們吧……」

「以大姊的等級來說，道具應該幾乎都用光了。現在的話，就算是我們也一定能夠獲勝的，同志！」

「去死吧，小鬼……什麼？」

就在莎蘭娜打算去殺掉茨維特他們的瞬間，出現在胸口的刀尖讓她停下了動作。在她的背後，穿著漆黑長袍的魔導士一派輕鬆的用魔法杖刺穿了她。

「什麼……這是騙人的吧？」

「以跟小嘍囉沒兩樣的姊姊為對手，我怎麼可能使出全力呢。更何況一擊就殺了妳，也無法洗清我心中的恨意。剛剛的魔法我也已經很偷工減料嘍？而且『潛影術』可不是姊姊妳專屬的。可別小看『殲滅者』喔？」

「那樣叫手下留情……你說『殲滅者』？別開玩笑了！而且你居然打算殺害親姊姊……」

「我以前說過吧？我們只是有血緣關係的陌生人。在妳若無其事的出現在這裡時難道沒想過自己會被殺嗎？唉，雖然妳是死不了啦……因為妳用了『魔人偶』對吧？」

「……這個很貴的喔？你要賠我！這可是我好不容易才拿到的耶！」

「我拒絕。反正妳也是從別人那裡搶來的吧？算了，妳下次就沒這麼好運了。要是看到妳，我一定會確實地把妳給解決掉。這是我已經決定好的事情……別以為我會可憐妳。」

傑羅斯揮動魔法杖後，莎蘭娜雖然被切成了兩半，她的身影卻在下一瞬間變成了木製的人偶。「魔人偶」，這個道具是能夠將使用者的意識、外型，所有能力都複製轉移過來的人像，使用這個魔導具的時候，身為本體的肉體會被冰凍保存著。

雖然這就像人類附身在木製的人偶上，但是人偶所受到的損傷和實際損傷相同，要是因攻擊而損毀的話，精神就會被強制送回原本的肉體上。

既然是魔導具，就有其使用極限，更何況這是非常昂貴的道具。她恐怕沒辦法在這個世界再弄到一樣的東西了吧，所以才會用好幾個魔導具來做補強，避免毀損。

就算暗殺時反被人攻擊，只要本體沒事就不會死，由於「替身人偶」和「獻祭人偶」可以減輕本體所受到的傷害，所以可以防止「魔人偶」遭到破壞。

無論要用幾次都行，實際上會變得像是有不死之身一樣吧。

也可以用來製造不在場證明，對於暗殺來說沒有比這更方便的道具了，不過可以活動的時間大約只有三天。是能夠利用休息來補充魔力的優秀道具。

「被她逃掉了啊……唉，從一開始就不在這裡就是了……哦？」

傑羅斯撿起了掉在「魔人偶」旁的豪華項鍊後，看向鑲嵌在上面的兩顆大寶石。

那是傑羅斯在尋找的東西，也是非常難以取得的素材。

雖然反彈了傑羅斯的魔法，但因為威力太強了，所以相當於魔導具心臟的「精靈結晶」裂開了。這個魔導具已經沒有辦法再次使用了。

然而要當作素材倒是綽綽有餘。

「精靈結晶……而且是天然的。這樣就可以製作人工生命體了……什麼？」

他的眼前突然出現了紅色的寶石。

簡直像是在互相呼應般，和精靈結晶發出了一樣的光輝，似乎想要表達什麼。傑羅斯曾經看過這個物品。

『這是邪神魂魄……雖然這麼說，但這玩意也是一團謎。這不是從「Sword and Sorcery」裡的邪神身上掉落的道具。那我是什麼時候拿到的？既然我沒有撿到這東西的記憶，就代表這是某人在不知不覺間放進我道具欄的？到底是誰會做這種事？四神……不，這不可能……』

「邪神魂魄」——一般來說，看名稱就能知道這是邪神的魂魄核心。

以前這東西對「邪神石」起了反應，但這次是「精靈結晶」。這就像是在告訴他邪神魂魄是可以固定在人工生命體的身體上，不過問題不在這裡。

他在意的是「是誰把這個東西給他的？」

假設是這個世界中被稱為四神的存在讓包含自己在內的地球人轉生了的話，他不認為四神會讓轉生者持有等同於祂們敵人的魂魄。

有不同於四神，擁有的強大力量的某人介入應該是比較合理的解釋。

『那個叫做弗雷勒絲的神的郵件中確實寫到了「辛苦的是你們世界的諸神」之類的事情。要是那段話是真的，就代表為了方便起見，是由地球的神讓我們轉生的。既然這樣，為什麼不是讓我們在地球上復活，而是轉生到異世界呢？這之中感覺還有些內情啊。』

讓傑羅斯等人轉生的不是四神，而是地球上的神——如果這個推測是正確的，就代表地球上的神擁有甚至能讓他們轉生的強大力量，讓傑羅斯等人復活後，將他們送到了異世界。

既然有能夠讓死者復活，並且對應「Sword and Sorcery」中數值的力量，那麼他會產生「為什麼不讓他們在地球復活？」這個疑問也很正常吧。

唉，因為依據現況是不可能導出這個問題的答案的，所以先放在一邊。

『然後是這個「邪神魂魄」。讓我持有這個東西的意義是……』

現在重要的是這個「邪神魂魄」的存在。

邪神是四神的天敵，而傑羅斯擁有這個物品的事實，正好為「並非四神讓傑羅斯等人轉生」這件事做了背書。

再加上「邪神魂魄」對用來製作人工生命體必備的精靈結晶起了反應，這點多少可以看出地球諸神的用意。

可能單純只是想找四神麻煩，也有可能是基於某種意圖想讓邪神復活。總之在他眼中看來，地球諸神傳達出了這樣的訊息。

雖然傑羅斯認為是後者，但這也只是他個人的猜測，因為沒有可以和地球諸神聯絡的方式，所以也只能停留在推論的階段，無法下定論。

唉，要做多少假設都行，只是現在沒辦法證明就是了。

只能靠狀況來判斷這點讓人非常地焦躁。

但他可以感覺到，有種自己不知道的某種東西正悄悄地動了起來。

『唔嗯……雖然不知道是何方神聖，但對方是希望我能讓邪神復活嗎？嘿嘿嘿，就來試試看吧……這樣我也可以問邪神一些事情，要是感覺不妙也只要幹掉祂就行了。』

或許是前頂尖玩家的直覺吧，他認為「邪神魂魄」有什麼重要的意義。

改變了觀點的大叔，可以說以非常輕浮的心態決定要進行一個危險的實驗。

「好了，回營地去吧。總之危機已經解除了呢。」

不知道剛剛那危險的想法上哪去了，大叔的思考乾脆地轉向現實層面的事。

「唉，是這樣沒錯，可是……師傅，這要怎麼辦啊？」

莎蘭娜消失無蹤，剩下的只有被破壞得亂七八糟的森林。

還附帶了兩個倒戈的殺手。

茨維特的危機是解除了，但這痕跡從各方面來說都太慘烈了。

第四話　大叔認真的考慮

各處都有「九頭蛇」的據點，而且大多都在地下深處。

雖然這麼說，但這個世界在建築新的城鎮時，大多都會先掩埋舊有的城鎮作為地基。犯罪者們便重新利用這些被掩埋的舊城鎮，打造出絕佳的藏身之處。

具體上來說，他們會利用各個犯罪組織走私的奴隸們來挖洞，再將那裡當作據點來使用。以這個流程在各地設置了據點。出入口也都有偽裝過，有如網絡般在地下展開的通道，最終甚至可以視為一個地下都市。

由於這些犯罪組織的規模都很小，便藉著拓展地下通道時聯手合作，巨大的犯罪組織「九頭蛇」才因此誕生。

然而這「九頭蛇」卻因為一個男人而遭受了幾乎毀滅的沉重打擊。

原因出在一位少女身上。

少女的家族代代都繼承了「預知未來」的血統魔法，而九頭蛇打算硬將這能夠得知未來的力量收歸己有。

可是包含少女的雙親在內，這一族的人為了拯救當時還是個孩子的她而齊心抵抗。根據紀錄來看，當時經歷了一場相當悽慘的戰役。

最後只留下了少女一人，其他族人全被殺光了。而少女也下落不明。

然而九頭蛇並未放棄。畢竟只要獲得了「預知未來」的血統魔法，就能夠保證組織往後的繁華富貴。他們執著地徹底調查，瘋狂的尋找。後來終於找到了倖存的少女，但是擋在他們面前的卻是索利斯提亞公爵家。

倖存下來的少女在索利斯提亞公爵家擔任侍女。而且還是公爵家的下任當家，德魯薩西斯的專屬侍女。

當時的德魯薩西斯雖然仍是學生，但能幹的程度在黑社會中也是廣為人知，他接連擊垮了好幾個地下組織，並吸收到自己的旗下。要與他為敵實在太危險了。

不過他們轉念一想，只要能夠得到少女就會有辦法解決了，所以還是決定綁架她。他們本以為這個辦法成功了，結果卻因此暴露了九頭蛇中樞的據點，在黑社會中執牛耳的巨大組織就這樣在一個月內被人殘暴的瓦解了。

而讓人察覺據點所在地的線索是一把短劍。

德魯薩西斯在打倒碰巧負責執行綁架計畫的其中一人時，回收了他使用的那把短劍。調查後發現那原本是古代某個部族使用的東西。由於有同樣的東西放在博物館中展示，便能判明這出土自某個城鎮的地下遺跡。

而他也因這情報得知了組織的據點位在地下這件事。

畢竟地下遺跡的構造有如迷宮，在調查遺跡後不歸任何人管理。只要在各處打通作為避難路線的出入口，便成了最適合當作犯罪組織據點的地方。

德魯薩西斯與幾位夥伴一起闖了進去，也順帶出動了衛兵與騎士團，徹底的擊潰了「九頭蛇」。

◇◇◇◇◇◇

加蘭斯帶著少女在森林裡奔跑。

這少女的血統魔法「預知未來」非常的強。只要能夠事先得知未來會發生的危險，做出不同的選擇，便能確保人身安全，黑社會的生意也有機會重起爐灶。

為了這個目的，他和幾名部下一起前往歐拉斯大河的河岸邊。他們得從那邊搭船逃到其他國家才行。

只要能夠逃離這個國家，接下來利用這個少女的力量東山再起就行了。為此他甚至殺掉了養大自己的頭目，把少女給搶了過來。

然而他們撤退的狀況並不順利，一動就會被逼入絕路。

儘管很焦躁，加蘭斯仍用力地拉著少女的手。

『跑快點！這樣會被他們追上啊！』

『不行的。你會死在這裡吧……這已經是既定的事實了。』

『少說蠢話了……只要有妳在我就能捲土重來！只要有妳的力量！』

『那是不可能的喔？要說為什麼……那是因為是我引導事情發展成這樣的。』

『什、什麼……？』

加蘭斯不知道少女在說什麼。

不，該說他無法理解吧。他肯定從來沒想過「預知未來」的魔法背負著多大的風險。

然而眼前的少女不同。她用帶著堅定決心的眼神直直地看著加蘭斯。

『我們這一族都不長命。這是因為以人類之身觀測未來這件事本身就違反了自然法則。我們是藉著削減自己的壽命，才能得知未來的走向的。』

『那、那又怎樣！如果那是事實，那就更要讓妳成為我的東西了！』

『看來你還沒搞懂呢。我們一族為了讓這個魔法從世界上消失，從古代就一直持續在布局喔？讓你們殺了我的雙親也是布局的一環。』

『什麼？』

『你還不懂嗎？我的意思是，你們之所以會渴望能獲得雙親或我的力量，是我們這樣安排的結果。』

這話聽起來很蠢。然而對於繼承了「預知未來」魔法的一族來說，這是非常重大的事。這個魔法無法自行控制，總是會以作夢的方式讓他們看見未來。

而這每看一次就會縮減壽命，使得他們總是活不久。那麼到底要怎麼做，自己的族人才能平穩的活下去呢？他們不斷地削減自己的壽命追尋這個答案，終於找到了解答。

簡單來說，就是讓世界往他們能夠生下不會繼承「預知未來」力量的子孫的方向運轉就好了。這是沒有其他辦法，族人們花了漫長的時光所求得的一線希望。是他們賭上性命的悲願。

少女的族人為了讓自己的血統魔法不會再度出現，在歷史的背後悄悄地行動著。

他們為此也曾經犧牲族人，也曾做出將家人賣給當權者的苦澀決定，有時也必須看著族人迎接悲慘的下場。

這全都是為了追求一族的血緣能夠延續下去的希望，由夢想著能夠讓這個違反自然法則魔法從世上消失的所有族人一起進行的，壯闊的預定和諧。

知道這真相的瞬間，加蘭斯不禁背脊發涼。

『太、太瘋狂了……』

『很奇怪嗎？可是你沒資格說這種話喔？你也想獲得我們一族的力量不是嗎？就因為永遠都會有你們這種帶著惡意的人會來爭奪這股力量，所以包含我在內的人只能犧牲了，我的雙親也是……』

少女雖淡然地說著，仍顯露出些許感情。

『將我們逼到這種地步的不是別人，就是像你這種人喔？那麼我們反過來利用你們也行吧？就像你們為了自己而利用我們，我們也可以為了自己的幸福來利用你們吧？你很想知道未來對吧？這就是你們想看到的未來。已經沒有辦法改變了。』

加蘭斯第一次對人類感到害怕。

「九頭蛇」有長久的歷史，是個存在於社會黑暗面一百又數十年之久的組織，期間也曾利用過擁有「預知未來」血統魔法的魔導士。

然而，如果這一切全都是他們布下的局，那就表示九頭蛇這個組織本身就被他們給操控著。打算利用對方，卻反而被他們誘導，朝著這個結果行動。

而現在自己會出現在這裡，也是受到少女他們的誘導所導致的結果。如果這是真的，他實在無法接受這件事。

『怎麼可能會有這種事！全都是妳在胡扯吧！妳只是想要爭取時間……咕喔！』

加蘭斯的左肩忽然被箭矢給貫穿，讓他痛得當場蹲了下來。

上面似乎塗有速效性的麻痺毒，使他的身體漸漸麻痺。而他的部下更是被冰魔法給擊中，成了噁心的裝置藝術。

『米雷娜，妳沒事吧？』

『蜜絲卡，妳好慢喔～預知差一點就要不準了～』

一頭藍髮、戴著眼鏡的少女拿著弓，一邊警戒周遭一邊走到少女身邊後，用頭撞了一下米雷娜的額頭。

『好痛喔～～！蜜絲卡好過分～～』

『這是妳有事情瞞著我的懲罰。真是的，怎麼這麼見外啊……』

『因為～要是把未來告訴妳，事情就泡湯了嘛～我只能先瞞著大家啊～是說德魯他人呢？』

『是是是，打得真火熱啊。德魯那傢伙不在……』

『我在這裡喔？真是的……別讓我操心啊，米雷娜。晚點再教訓妳。』

『嗚嗚～……要溫柔點喔？』

穿著深紅長袍的青年從樹蔭下現身。

年紀大概還不滿二十歲吧，但他的臉給人一種難以說是青少年的成熟感。然而在看到米雷娜的瞬間，他的表情也變得稍微柔和了些。

『那得看米雷娜妳的表現了。既然這樣，要在床上也可以喔？』

『哎唷～～你在這種場合下說什麼啊？我是有點開心啦……』

『妳這不是超開心的嗎！不過德魯你是什麼時候……你剛剛不是還在跟他們的殘黨戰鬥嗎？說什麼「這裡就交給我吧！」……』

『他們比我想像中的還要弱。法芙蘭森林裡的魔物比他們還強上十倍吧。熱身都不夠。』

『不要跟那邊的怪物做比較啦！你到底是想追求怎樣的刺激感才甘心啊。真是的，明明那樣大鬧了一場……』

『我沒打算要住手喔？畢竟這是我的樂趣所在。是說這傢伙就是最後一個了嗎？』

德魯薩西斯看向加蘭斯，手上現出了火球。

『居然對我的女人出手……應該已經做好覺悟了吧？抱歉，我可沒打算讓你活著啊。』

加蘭斯看向周遭。

已經完全沒有退路了，就算被抓起來也肯定會被處以死刑。他知道自己犯了多少罪。想要活命的話只能跳入懸崖下的河裡了。

然而在身體中了麻痺毒而無法自由行動的情況下，很有可能會溺死。

眼下也沒有別的選擇，加蘭斯能採取的行動只有一個。他只能賭一把了。

『哪能這麼輕易地讓你殺了我！』

加蘭斯朝著懸崖奔去，但身體卻比預期中更無法動彈。儘管如此他仍為了賭這一把而拚盡了全力。

就這樣，加蘭斯被德魯薩西斯放出的魔法所造成的衝擊波給彈飛出去，掉到了懸崖下。

他沒有墜入歐拉斯大河後的記憶。但是加蘭斯漂到了下游的岸邊，保住了一命。

接著他便為了哪天能夠東山再起而潛伏於世。

◇◇◇◇◇◇◇

「……是夢啊，做了個討厭的夢呢。真不吉利。」

加蘭斯在等待莎蘭娜回來報告的期間稍微打了個盹。

他作為「九頭蛇」首領，精力旺盛地不斷活動，透過走私奴隸、販賣毒品等方式賺取資金，擊潰了好幾個犯罪組織並吸收他們，只用了半年便讓組織急速的壯大起來。

他原本應該是個年約六十五歲的中老年人了，但他在距今約三個月前使用了從莎蘭娜那裡得到的「回春靈藥」，變回了三十多歲的年輕樣貌。

然而加蘭斯完全不知道這靈藥的副作用。

「唉，算了。我也不認為莎蘭娜會失敗，這樣我就能對那傢伙報一箭之仇了。也足以讓全國都感受到我有多恐怖了吧……嘿嘿嘿。」

從旁人的角度來看，他就是個在自己的房間裡自言自語的危險大叔。不過要是能夠成功暗殺公爵家的人，「九頭蛇」的名號就會再度響徹整個黑社會。

儘管這件事尚未達成，加蘭斯仍沉醉於眼前唾手可得的組織復興之夢中。他就是這麼信任莎蘭娜身為殺手的實力。

加蘭斯伸手拿起放在桌上的酒瓶，把酒倒入放在旁邊的玻璃杯中後仰頭一飲而盡。

就在他臉上浮現愉悅的笑容，要再往玻璃杯中倒酒的時候，事情突然發生了。

「老大！事情不好了！」

「怎麼了？我現在心情正好呢……如果是什麼無聊事的話，我會殺了你喔？」

「是、是……是騎士團！騎士團攻進來了！」

「你說什麼？怎麼可能……他們是怎麼知道這裡的……」

「比起那個，不趕快逃就糟了啊！出口完全被封住了！」

「嘖，是那傢伙嗎？……到底要妨礙我到什麼地步才肯善罷甘休啊！可惡！」

過去的「九頭蛇」曾經發生過被人用定時發動型的魔導具給封住逃脫路線，成員們集體逃到被刻意留下的幾個出入口時又慘遭強力的魔法攻擊，整個組織被人殘暴地給殲滅的事情。手段冷酷無情，簡直像是在驅除鼠害。而且侵入者為了保險起見甚至還放了毒，害得他們有許多部屬痛苦的死去。

基於那次的經驗，現在加蘭斯也不會在一般人來往的鎮上設置據點。畢竟有大量流氓出入的話，就算不想也很引人注目，地點容易被人鎖定。說是這麼說，但也不可能把據點設在有魔物出沒的郊外。

為此他才準備了好幾個像這種在地下有祕密空間的酒場，每過幾天就換一個地方當據點，藉此擾亂追兵的耳目，保護自己。

「那個公爵……該不會是用自己的兒子來當誘餌吧？還真敢做啊！」

加蘭斯詛咒起自己的天真。

學院的年輕小鬼們提出委託正合他意。就算是索利斯提亞公爵家，他也不認為對方能夠干涉學院的例行活動，頂多只能派幾個人去當護衛而已。

而且就算僱了人，他也不覺得那人能夠順利地成為負責保護茨維特的護衛。因為他事前就已經知道傭兵是以隨機的方式分配到各學生小隊的了。

加蘭斯雖然認定暗殺行動一定會成功，卻沒料到公爵居然會把兒子當成誘餌，直接盯上他們的據點。德魯薩西斯公爵顯然是想將九頭蛇完全擊潰。

「去你媽的，冷血也該有個極限吧！嘖，換據點了！」

「部下們要怎麼辦？這樣下去的話，他們……」

「替代品要多少就有多少吧！現在當然要以逃出這裡為優先啊，你是白痴嗎！」

拋下這句話後，加蘭斯便挪動身後的架子，選擇從裡面的通道逃脫。

他急忙穿過通道，不顧一切的跑過複雜的地下通路。因為從遠處傳來了劍刃相交的聲音，他知道已經沒有時間了。

他在長長的通路裡奔跑了一陣子，好不容易才抵達出口。打開門後，外頭是位於城鎮郊外處的森林。出口被種來當作掩護的樹木給遮了起來，從外面看來只是普通的洞穴。

「只要逃到這裡，接下來……唔咕！」

簡直像是在重現過去的場景，飛來的箭矢貫穿了加蘭斯的左肩。

儘管臉上露出了因傷所苦的表情，他仍看向箭矢飛來的方向，只見藍髮、戴眼鏡的女性拿著一把弩槍站在那裡。

加蘭斯見過那個女人。令人吃驚的是那個女人的樣貌幾乎沒什麼改變，唯一不同的恐怕只有她穿的不是學生制服，而是女僕裝吧。

而那個可恨的男人則雙手盤在胸前，站在她的旁邊。

「還真是讓人懷念的長相啊，沒想到你還活著。」

「哼，如我所料，是德魯薩西斯公爵啊……親自到這種地方來，真是辛苦你了……」

「真的是。要是你們沒做什麼奇怪的事，我也不會行動吧。以前讓你逃掉了才會招來這種事。我一向會把欠人的都奉還回去，你就做好覺悟吧。幸好這裡沒有河，不會再讓你像以前那樣逃掉嘍？」

「嘖，是利用了那個女人的力量嗎……不然你是不可能找到這裡的。」

「說這什麼難聽的話……這是我長久調查下來的成果。就算不靠那種無聊的力量，這種事情我也能輕鬆辦到的喔？無能的人才會輕易地去仰賴力量。」

加蘭斯應該很清楚德魯薩西斯的可怕之處。

然而實際上德魯薩西斯比他所想得更能幹。

連隱藏的通路都被看穿了這點，表示他的部下中藏有密探吧。這也是加蘭斯常用的手段，只是對手比他更為狡詐罷了。

不過只要想辦法解決眼前的這兩個人，就可以逃掉了。

一般人在這種情況下早就覺得無計可施而放棄了，但是加蘭斯仍被野心給蒙蔽，決定不顧一切的賭看看能不能打倒他們。他拔出腰間的小刀，衝向德魯薩西斯。

「去死吧！」

「太弱了……」

朝德魯薩西斯揮出的小刀被他反手拿著的匕首給擋下，德魯薩西斯接著立刻用膝蓋重擊身體搖晃不穩的加蘭斯腹部。顯然相當習於戰鬥。

看著雙手拿著匕首，宛如盯著獵物的肉食野獸般緊盯著他動作的德魯薩西斯，加蘭斯詛咒起自己的輕忽大意。他雖然後悔著不該與德魯薩西斯為敵，但事到如今已經太遲了。

不規則的手臂動作讓加蘭斯無法預測匕首的動向，完全掌握不了接下來的攻擊。

加蘭斯數度用小刀刺向他，也不時會試著揮舞斬向他，但都被擋了下來，而且每次擋下來時都會對加蘭斯的臉或腹部施加沉痛的打擊。

他承受住這比想像中更沉重，一擊就快讓人失去意識的衝擊，努力掙扎著想要撐過這個場面。

「把親兒子當作誘餌來殲滅我們……作為一個當權者來說是很優秀，但作為一個父親來說糟透了吧？」

「一味寵愛是沒辦法讓孩子成長的。有時讓他們走在艱苦的道路上也是為人家長的責任。而且你以為我沒準備任何對策嗎？你太輕易就把王牌給打出來了。」

「很難說啊，我的女人手腕可是很高強的喔？現在應該正在解決你家的小鬼吧。」

「這也很難說啊。可不是只有你有手腕高強的人手啊。更何況我派去那傢伙身邊的護衛遠比我強多了。所謂的怪物就是用來形容那個人的吧。」

「………」

加蘭斯在內心咂了咂嘴。

德魯薩西斯的確很強。就連現在的自己也不知道能不能贏過他。

而連這樣的男人都說很強的護衛，他實在不認為莎蘭娜能勝過對方。從加蘭斯的角度來看，德魯薩西斯也稱得上是怪物了。

實際上現在也是，他已經攻擊好幾次了，德魯薩西斯卻可以輕鬆的應付，沒受半點傷。這不是怪物那算是什麼。而且攻擊的話還會被還擊，不斷的累積身上的傷。他實在不認為自己能贏。

「可惡……我可不能死在這裡！」

「那是不可能的，放棄吧。」

加蘭斯硬是舉起了動彈不得的左手臂擋下了德魯薩西斯刺出的匕首，接著用右手上的小刀朝著他的喉頭刺了過去，但他在千鈞一髮之際將身體往後仰避開了，只有臉頰被稍微劃出了一道傷口。此時德魯薩西斯左手拿著的匕首沒入了加蘭斯的心臟。

水平的匕首刀刃穿過了肋骨間的縫隙，確實會成為致命傷的一擊貫穿了他的胸膛。

「咕啊！」

「既然活了下來，平靜的度過餘生就好了。你就是抱有無聊的野心才會落得這個下場。自作自受。」

「畜……生……我……你這畜生啊啊啊啊啊啊啊啊啊！」

加蘭斯擠出最後的力氣，打算來個玉石俱焚，帶德魯薩西斯一起上路。

然而他的行動落空了，蜜絲卡用手上的弩槍射穿了他的眉間，身為現任「九頭蛇」頭目的他，人生就此落幕。

沒了氣息的加蘭斯身體逐漸衰老，最後變成了幾乎完全看不出原本樣貌的瘦弱老人。

「這……是用了什麼靈藥嗎？因為看起來很年輕，我正覺得有些奇怪……」

「之後問問傑羅斯大人如何？他好歹也是大賢者，說不定會知道些什麼吧。不過德魯！你啊，玩得太過火了！趕快解決掉他不就好了。」

「這稱呼真令人懷念呢。呵……感覺連我也變年輕了。」

「你已經夠年輕了，在各種意義上……真是的，米雷娜為什麼會喜歡上這麼危險的傢伙啊，完全無法理解……」

「這我也不知道，不過……妳的樣子跟那時候完全沒變呢。聽妳用那種語氣跟我說話，就會想起以前的事。那時候真開心啊。」

德魯薩西斯瞇起眼睛，用有些懷念的眼神看著蜜絲卡。

她的外表和以前幾乎沒變，讓人有種時間倒轉的感覺。這一方面令人懷念，同時也讓人有些傷感。

「應該是那時候也很開心吧？懷念過去的話米雷娜可是會生氣的喔？一邊說著『我也想要跟你們一起玩啊～～』這種話。」

「還真想聽她這麼說啊。但我會覺得有些懷念，也是因為蜜絲卡妳用以前的語氣說話的錯喔？」

「這沒辦法吧，畢竟我好歹也是個混血精靈……有時也會因為不是純正的人類而覺得很難受呢。」

「這樣啊……可別在瑟雷絲緹娜面前用這種語氣說話喔？她一定會嚇到的。」

「只有現在啦。因為在你面前沒必要藏啊……不過啊，一般來說會叫我到這裡來嗎？我可是差一點就沒辦法在那孩子回來之前趕回學院耶？」

「因為希望確實地完成任務，還是多幾個老練的人手比較好。只是比預期的花了更多時間。不趕快回去工作就要做不完了。」

「真是的……趕快收收走人吧。不趕快回去會令人起疑吧。要是搭船能趕得上就好了……」

德魯薩西斯用魔法燒掉了加蘭斯的屍體後，為了回到自己治理的領地朝著碼頭邁進。由於事前都已經準備好了，也不需要再和騎士團打照面。

他的工作成山，在這裡的期間文件也不斷累積著。

能幹的男人是不會浪費時間的。因為這是他和已逝的摯愛所訂下的最後的約定。

他珍惜著每一分每一秒，盡情享受著人生。

◇◇◇◇◇◇

＝＝＝＝＝＝＝＝＝＝＝＝＝＝＝＝＝＝＝＝＝＝＝＝＝＝＝＝＝＝＝＝＝＝＝＝

「您現在可以選擇是否要自動獲得技能了。要怎麼做呢？（ＯＮ／ＯＦＦ）」

＝＝＝＝＝＝＝＝＝＝＝＝＝＝＝＝＝＝＝＝＝＝＝＝＝＝＝＝＝＝＝＝＝＝＝＝

「…………」

成功救出茨維特回到營地後，傑羅斯看著突然浮現在眼前的奇怪項目，不知道該說些什麼。

他最近在這個世界裡獲得的職業技能是「教師」及「神仙人」，還有不知道什麼時候冒出來的「超土木工」這三項。無論是哪個，都是不存在於「Sword and Sorcery」世界中的職業技能。

「教師」的職業技能是從「指導」技能發展出來的，但「超土木工」就讓人完全搞不懂。

發展為「教師」前的技能「指導」，是他在教導瑟雷絲緹娜他們的時候自然獲得的，可是「神仙人」的獲得條件他就不清楚了。他猜可能是要發現類似「暗殺神」、「魔導賢神」、「藥神」、「魔導具神」、「鍛造神」等，某些特定的生產系或武術系職業技能。

「超土木工」則是有土木工人必備的「木材加工」、「基礎工程」、「石材加工」等技術，除此之外也包含了「饒舌歌」、「舞蹈」、「人生敲擊樂」等無關的技能。

根據這點來看，他肯定原因一定出在飯場土木工程上。

事到如今了才說可以選擇是否要自動獲得技能，如果可以選擇「ＯＮ／ＯＦＦ」的話，真希望一開始就放入這個選項。他至今為止根本不知道有這個機能。

「……總之先把自動獲得給關掉吧，不過這機能到底是什麼啊？忽然就出現了耶？真搞不懂，為什麼事到如今了才冒出來啊？」

不管怎樣，他還是很感激可以設定這件事。

只要有這個機能，之後他就不會在不知不覺間獲得新的技能了。雖然沒有辦法阻止現有技能升級這點有些遺憾。

技能雖然只是輔助個人能力的東西，但是技能升級也會連帶影響到身體能力。到了傑羅斯這種等級，身體能力也被提升到了異常的程度。

比方說用手刀攻擊頸部使對方暈倒的技能，由傑羅斯來用便會直接砍下對方的頭。他現在是一直發動著「手下留情」的技能，藉此自動調整。

『先不管這個開關機能是這個異世界的法則，還是加裝在我個人身上的特殊能力，問題是那傢伙在這個世界這件事……要是又被她給纏上我可受不了。下次遇見她的話……一定要確實地解決掉才行……』

碰到了一點都不想見到的人，讓大叔的思考變得有些危險。

由於從以前就有許多慘痛的遭遇，大叔的殺意沸騰到了會毫不猶豫的將她埋葬在黑暗中的程度。

他已經做好了要是再碰面，肯定會用上全力殺掉對方的覺悟。現在的大叔有著等同於超人的體力，可以輕鬆地殺掉一個人。

這超人的肉體要是沒有依據戰意及感情的強弱自動發動的「手下留情」技能，滿溢而出的殺意會讓他無法控制自己的力量，甚至沒辦法過一般的生活。

而要是技能再持續增加的話，很有可能會連「手下留情」的技能都無法抑制住他的力量。儘管獲得了有用的機能，卻相對的因為想起了麻煩的姊姊，使大叔鬱悶的嘆了口氣，看向食堂的方向。

杏和好色村正在那裡吃著飯。

「……好吃……好吃♪」

「超好吃的啦————！好久沒有吃到這麼像樣的一餐了……咦？我的眼淚怎麼會……」

之前或許過著很辛苦的生活吧。他們正以驚人的氣勢吃光料理。

「叔叔……」

「怎麼了？伊莉絲小姐。」

「那兩個人……和我們一樣對吧？因為邪神的緣故被殺……」

「我不覺得是邪神造成的喔。不如說應該是四神導致的吧。」

「可是四神……是這個世界的神對吧？祂們為什麼會把邪神封印在遊戲世界裡呢？一般來說電子世界跟三次元世界不同吧？」

「我是可以想到很多理由跟方法啦，但沒有確切的證據呢……」

「叔叔心裡有些底了對吧？我現在就是想聽聽看你的推測啊。」

傑羅斯也做了一定程度的推測。不過只要沒有證據，這些推測就跟妄想沒兩樣。

「這點只要讓邪神復活就會知道了吧？畢竟祂好像很痛恨四神，我們只是代罪羔羊而已。不，這說不定也有可能是有如輕小說發展的預定和諧……」

「你剛剛說『祂很痛恨四神』吧？莫非是叔叔你們這些『殲滅者』打倒邪神的？」

「妳說對了。現在回想起來，盡是些奇怪的事情呢……仔細想想，邪神的攻擊模式根本不同。一般來說應該會注意到這點才對的……」

「是這樣嗎？在一般的遊戲裡，怪物的攻擊都有一定的模式，可是『Sword and Sorcery』裡的都很不固定，簡直像是真正的生物不是嗎？」

「可是啊，就算是那樣也還是有一定的規則性喔。但我們最後打的邪神不一樣。因為我們已經打了好幾次了，所以知道祂的攻擊模式，可是只有那個時候完全不同……」

和邪神戰鬥時，他們只覺得可能是加入了新的攻擊模組而已。

但是冷靜一想，遊戲公司去強化從沒被玩家打倒過的最終魔王邪神，這很奇怪吧。畢竟連「殲滅者」都無法打倒祂。

而且雖然已經講過很多次了，但傑羅斯不知道製作「Sword and Sorcery」這款遊戲的公司名稱。這公司簡直像是一開始就不存在，就連記憶中都完全找不到。

如果邪神是真的，那麼問題就會延伸到我們在玩的遊戲世界到底是什麼了。既然邪神擁有真實的肉體，就代表「Sword and Sorcery」的世界也是存在現實中的世界。

「難道『Sword and Sorcery』的世界也是異世界嗎？不這樣想的話就說不通吧？」

「以輕小說而言是個很無聊的樣板就是了。但不這樣想就會有很多事情無法解釋。畢竟是比起這個世界更有系統（法則）的被管理著的世界。」

「不過也有和這個世界共通的地方……這樣的話……」

「沒錯，遊戲世界是以這個世界為基礎構成的，這樣想會比較自然吧。雖然這個世界有些太過隨便了……」

在「Sword and Sorcery」中，儘管由於生息的地點不同，怪物的等級和強度也有不同，但打倒時所能獲得的經驗值是固定的。攻擊模式也是由幾種固定的模組做循環，和其外表不同，行動相當地機械性。

另一方面，這個世界的怪物經驗值是不固定的，就算生息在同樣的地方，也會有個體差異。行動也會有個體差異，非常的現實。

儘管是非常近似於遊戲的世界，仍可肯定其中有自然的生物。

相反的，「Sword and Sorcery」的世界也是，透過五感所體驗到的感覺真實得簡直不像只存在於數據上的東西。儘管裡面的確有遊戲的要素在，但過於寫實，反而有些奇怪。

就算是以超乎常理的超高技術來管理情報，卻也沒人注意到這技術力的異常之處。

這不對勁的感覺簡直就像是世界本身在隱藏著「Sword and Sorcery」的存在，太不自然了。

而決定性的關鍵就是邪神的存在——

「我們應該是被捲進什麼事件裡了吧～？雖然理由感覺非常的隨便。」

「四神所說的再封印，簡單來說就是把感覺快復活的邪神給丟進『Sword and Sorcery』的世界裡吧？我覺得這樣做真的很不負責任耶，這樣是干涉了其他的世界吧？」

「說是封印，但邪神漂亮的復活了呢。看祂動起來很有活力的樣子……唉，我是覺得四神有沒有足以干涉異世界的力量這點很難說啦。因為祂們留下了『辛苦的是你們世界的諸神啦』這樣的話，所以讓我們轉生的大概是地球的神。這樣一來，四神其實只做了名為封印邪神，實際上是非法投放廢棄物這件事。不過這裡的問題就在於為什麼是封印吧？」

「這是什麼意思？」

「既然復活了，打倒祂就好啦。我們就打贏嘍？雖然是有些麻煩，但不是辦不到。也就是說四神明明有四個，卻比邪神還弱。因為有打過，所以我大概知道邪神有多強，不過除了最後的邪神外，最終魔王的邪神反而強上一倍，超麻煩的……」

「……咦？叔叔……你現在是不是說了很奇怪的話？」

這不能當作沒聽到的一句話，讓伊莉絲瞬間僵直了身體。

如果不疑有他的相信傑羅斯所說的話，就代表「Sword and Sorcery」的邪神比真正的邪神還要強。

而且「殲滅者」打倒了真正的邪神，這就代表「殲滅者」比四神還要強。

因為四神比邪神還弱。

「……這樣叔叔你根本最強嘛。明明是這樣，卻沒辦法打贏最終魔王的邪神，『Sword and Sorcery』的邪神有這麼強嗎？」

「因為祂會三段變身呢，這點壓倒性的強啊……真的無法應付，相較之下貝希摩斯和魔龍王感覺可愛得多了～可是啊……」

「你們打倒了最後的邪神……真正的邪神這麼弱嗎？」

「不，很強喔？行動完全沒有規則可言，讓我們陷入了苦戰，現在一想那就像是真正的生物呢。該說不像是程式操作的行動嗎？非常的自然。不過最後我們還是贏了啦。先不提這個……嘿嘿嘿，接下來要怎麼辦呢～」

回想起來當時有許多不自然的地方，愈去細想也只會累積愈多新的疑點。

但與此相反的，大叔露出了非常邪惡的笑容。

「叔叔，你應該沒有半是好玩的想著『來做點危險的事情吧～』……？你的笑容開心到讓人覺得可怕喔？」

「…………」

大叔沒做任何回答，像是要矇混過去似地叼起香菸，點了火。

「你不要那麼做啦！我想好好去冒險，可不想被捲入什麼諸神黃昏中喔！」

「我不會做那麼誇張的事情啦。應該……」

「應該？這表示事情有可能會變得很誇張嗎！你是在開玩笑吧？我是不知道你在想什麼，可是我真心希望你放棄，算我拜託你啦────！」

大叔沒有回答。

只有香菸的煙霧代替回答，飄盪在空虛的拉瑪夫森林中。

第五話　大叔離開拉瑪夫森林

莎蘭娜在寂寥的旅館房間中醒了過來。

由於「魔人偶」被破壞了，她的意識沒辦法繼續停留在魔導具上面。

雖然那個「魔人偶」也是她透過ＰＫ獲得的，但用起來很方便，所以她一直將它視為重要的道具，很珍惜的使用。

然而她完全沒想到這會被破壞。

而且這件事情還是她的親弟弟「大迫聰」做的。他非常痛恨身為姊姊的莎蘭娜——「大迫麗美」，所以毫不留情，甚至是認真的想要殺了姊姊。

這當然是麗美自己不對，然而她只把聰當成方便的搖錢樹，完全不覺得自己有哪裡不對。她要有所反省的話，姊弟之間的關係也多少會有些變化吧，可惜她的字典裡沒有反省兩個字。

「居然做出這種事……聰～～～～！」

依她的個性當然會反過來怨恨聰。

「魔人偶是我好不容易才弄到手的耶！而且『替身人偶』和『獻祭人偶』也全都用光了，我這不是大虧本了嗎！」

「替身人偶」和「獻祭人偶」在這個世界都算是舊時代的遺物。當然現在幾乎可說是沒有人會製作了，很難重新取得。

這樣麗美就算要執行暗殺工作，也得親自出馬才行，難以保障自身安全。更何況她的壽命因為「回春靈藥」而所剩無幾，量她也不敢隨意行動。

她認定只有弟弟聰能夠解除這個魔法藥的效果，然而到了這地步，姊弟之間的不睦已經成了恨意。

聰之所以會對親姊姊說「請妳去死吧」，這全是麗美至今為止的所作所為所造成的結果吧。弟弟徹底被憎恨給附身，到了會喜孜孜的來殺死她的程度。光是看到她的身影便毫不留情的想用魔導機車輾死她。

在地球上至少是不會想要她的性命，但在這個異世界生命並不值錢，只要利用魔法或魔導具，想要達到完全犯罪也不難。

而且在麗美的手牌全都用光了的情況下，聰還警告她「沒有下一次了」。要是出現在聰的面前，他肯定會殺掉麗美吧。

明明被對方恨之入骨了，麗美卻還能斬釘截鐵的說「自己沒錯」。這個性以某方面來說也是很厲害。

「真是的……不但若無其事的對親姊姊見死不救，還想要殺掉我，太冷血了吧！」

對於人生的樂趣全被剝奪，只能過著在鄉下務農生活的聰來說，聽到這話一定很想說「別開玩笑了！」吧。遺憾的是麗美就是個自我中心到極點的人。

不管是把弟弟的人生給搞得一團亂，還是把別人的錢給花光，這些她都毫不在意，而且完全沒有要反省的意思。

但是現在麗美身上有個很大的問題。

「不過『回春靈藥』居然是有缺陷的商品……別開玩笑了！不，既然是聽說的，他也有可能是在誆我。畢竟他基本上就是個壞心眼的傢伙，這可能性很高。」

如果聽所說的是真的，她過幾年就會變成老太婆，很快就會老死了。

這可以說是她自作自受吧，但她就是個超級自我中心的人，而且比誰都還要骯髒。

「算了。既然是聽的夥伴做的，那聽當然也要負起連帶責任。但就算想叫他負責，問題是那傢伙是『殲滅者』……沒準備好就接近他一定會被殺，真棘手啊……」

她說著便想起自己以「殲滅者」為目標時，遭受對方報復的事。雖然是自己種下的因，但這代價還真是超乎她的想像。

不但硬是被裝上了莫名其妙的裝備，還悠悠哉哉的把她丟到了有好幾隻龍棲息的洞窟裡，讓她在無處可逃的狀況下不斷戰鬥，而且持續了很長一段時間。

由於等級差距太大了，她無法打倒魔物，只有消耗性的道具不斷地被耗費掉。

在這裡沒有任何的「同情」或是「心軟」，只有「要將敵人徹底的逼入絕境，完全殲滅」的堅定意志。

時間過了愈久，就有愈多其他的魔物成群出現，每次出現時她的絕望感便瞬間上升，一直到死回存檔點之前，她徹底的體驗到了地獄的滋味。

而且在存檔點重生後帶有詛咒的物品效果還是在，直到失效為止她都不停的被魔物給追趕著。

「殲滅者」會徹底報復對方到最後，執念深到就算稱他們為惡靈也不為過。

對包含麗美在內的ＰＫ玩家來說，「殲滅者」是他們最害怕的對象，她完全沒想過其中一個居然會是自己的親弟弟。

雖說是偶然，但這對姊弟間還真是充滿了因緣與業障。

「考慮到有什麼萬一，要是『回春靈藥』的效果還在的話我就會死……雖不排除他只是在誆我的可能性，但那傢伙嘲弄人的表情讓人格外在意。既然他這麼清楚細節，身上一定有解毒藥。問題是要怎樣從他身上搶來……」

她就是非常寵自己。單方面的認定傑羅斯一定知道可以解除「回春靈藥」效果的道具。她原本就只會把事情往對自己有利的方向做解釋，所以就算老實跟她說「這世上沒有可以解除靈藥效果的東西！」她也不會相信。

而且她以不好的方面來說，是個非常謹慎的人。

總之今後的方針已經決定了，但還留有很大的問題。在地球上聰只是普通的人類，但在這個異世界裡他不但是大賢者，也是真正的「殲滅者」。

他是個等級高又擁有壓倒性強度的怪物。等級較低，只能靠著裝備道具的效果來增強能力的人根本無法和他對抗。就是這點麻煩。

而且他甚至擁有暗殺技能，麗美根本於沒有勝算可言。

「首先找到他家，然後想辦法賴在裡頭，再來解決周遭的障礙……反正他一定是個家裡蹲，只要用跟平常一樣的手段……」

因為不想死而一心盤算著詭計的麗美——也就是莎蘭娜。

但她忘了，最了解她自己的，就是她的弟弟聰……
她的腦中已經徹底忘了弟弟不是個每次用同樣的手段就能搞定的對象。
最重要的是現在的傑羅斯沒有什麼好客氣的了。
在地球上的話還好說，在這個異世界傑羅斯若是敵人，可是非常危險的對手。
不過從記憶中抹去這些經驗的她，已經為了實踐自己擬定的綿密計畫而開始行動了。
這份行動力實在很棘手。
在她的腦中，傑羅斯所代表的意義只剩下任她利用的「弟弟」而已了。
不，說不定就是因為知道那是自己的親弟弟，她才覺得可以利用吧。
而且她完全沒想過計畫失敗的可能性。
「給我等著瞧吧……不管用什麼手段，我都會讓你說出來的……呵呵呵。」
只愛名利的她決定要先找出傑羅斯的住處。
真的是個學不會教訓的女人。這個性也真令人羨慕啊。

◇◇◇◇◇◇

在拯救茨維特後過了兩天。
實戰訓練結束，學生們踏上往伊斯特魯魔法學院的歸途。
馬車的貨架上搬運著因等級提升而一身倦怠的人，其他人則是徒步移動。

傑羅斯等人坐在傭兵用的馬車上，伊莉絲和嘉內身邊滿是從魔物身上取得的素材，兩人對於這成果十分滿意的樣子。另一方面，雷娜一臉陰沉的像是徹夜沒睡，獨自為了沒能對她看上的少年們出手而哀傷著。

那些少年們由於傑羅斯的訓練而覺醒了，熱衷於有些偏頗的正義。現在擅自稱茨維特等人為惠斯勒改革派並仰慕著他們，同時也熱情地想要自行創造出改革的點子。

在馬車裡，傑羅斯正拿筆在紙捲上畫著某個女性的畫像，而且有好幾個版本。

「叔叔……你在幹嘛啊？畫肖像畫？」

「這個嗎？因為有個可恨的畜生，所以我在畫通緝用的畫像。妳覺得把這個交給德魯薩西斯公爵會怎麼樣呢？」

「可恨……是之前說過的你姊姊對吧？我想拿給公爵的話，他應該會普通的把這個人當成通緝犯來處理吧？不過……你還真會畫畫耶。」

大叔畫的畫像非常寫實，但他在學時的美術成績很差。

而這樣的傑羅斯之所以能夠畫出這麼寫實的畫，是因為他是生產職，依據裝備不同需要做不同的設計或加上裝飾，所以很擅長這種工作。

「沒錯，她可是打算殺害公爵家的繼承人喔？她往後將會被賞金獵人追捕，每天都得過著避人耳目的生活吧。因為她絕對會在近期內跑來找我。」

早已預料到姊姊行動的傑羅斯搶先準備了對策。

他認為姊姊為了尋找消除「回春靈藥」副作用的方法一定會現身，所以想藉由賞金獵人來封住麗美——也就是莎蘭娜的行動。

「不過啊，為什麼通緝用的畫像有這麼多種啊？這個看起來像小孩子耶？」

「因為那個笨蛋手上可能有好幾個『回春靈藥』啊。我要先發制人來牽制她，縮小她的行動選項。那個女人很會裝，難保不會有人上了她的當。」

「到底是怎樣的姊姊啊……大叔你的家庭運真不好呢……」

「她在別人面前都會裝出一副好姊姊的樣子喔。嘉內小姐應該馬上就會上當吧。路賽莉絲小姐也是……」

無論哪方人都太好了，嘉內和路賽莉絲對莎蘭娜來說就像是肥羊。

本來只是想借她一點錢的，卻在不知不覺間必須背負大筆債務。那女人的個性就是這麼糟。最慘甚至有可能會變成奴隸，她就做得出這種惡毒的事情。

傑羅斯一邊畫著肖像畫，一邊說明。

「多、多麼惡劣的女人啊……我才不想碰到她咧！」

「如果看起來同年或是比自己年幼的話，妳們兩位很有可能會受騙吧。她為了達到目的不擇手段，要是不小心留下了信件或便條，她就有可能會利用那個來偽造文書。那女人就是這麼過分。」

「到底是怎樣的女人啊！惡劣也該有個限度吧！」

「她的個性爛到可以斬釘截鐵的說出『好人都是肥羊』這種話，是個認定他人的錢都是自己的東西的人渣。為了讓自己可以過著奢侈的生活，就連別人的性命都能輕易的犧牲，她就是這麼自我中心的女人……唉～……」

「叔叔你真辛苦啊……」

「她應該可以若無其事的做出誘拐無依無靠的孩子，拿去賣給奴隸商人這種事吧。因為那個女人的論調就是『其他人都是為了被利用後捨棄而存在的』……」

因為想要守護身邊的人，所以他準備了各式各樣的地下對策。不這樣的話嘉內她們很有可能會輕易受騙上當，等回過神來時已經成了妓女的夥伴。

要是放著不管，受害者只會持續增加。大叔又重新下定了決心，下次一定要確實地解決掉她。

「不過啊～叔叔你不知道消除靈藥效果的方法吧？就算這樣你姊姊也會來嗎？」

「那個女人只會把事情往對自己有利的方向想喔。就算我說我不知道，只要那傢伙不相信就沒用，最重要的是她絕對不可能會相信我說的話。那傢伙肯定會來！」

「啊啊～雖然之前你說過，但她是這樣的人啊～你說得很肯定呢……」

「任性……我可不覺得用這麼可愛的詞就足以形容她喔？不管怎麼想她都是個大壞蛋吧！」

「也就是說，她有可能再使用『回春靈藥』，返老還童到變成小孩子後再來接近我們對吧？」

「沒錯……這肖像畫就是為了預防那種狀況準備的。因為她總是覺得自己還年輕，所以對於『老太婆』、『大嬸』這種詞很容易反應過度。本人對此沒有自覺就是了。」

嘉內和伊莉絲完全了解莎蘭娜有多糟了。

在他們說著這麼重要的事情時，旁邊的雷娜仍看著少年們的身影落淚。

「卡布魯諾，我們果然應該消除貴族和庶民出身的魔導士之間的差別待遇吧？」

「嗯，然而這實際上要辦到是有困難的。為了完成家族所肩負的任務，從小接受英才教育的貴族魔導士有很強的自尊心，我認為他們不會這麼輕易的接受這件事，而且他們很拚命的想要往上爬。如果是次男或是三男或許可以拉攏過來，但他們應該也沒有與老家為敵的氣魄吧。」

「改革雖然很困難……可是我們得去做才行！」

「那當然！未來是由我們這些年輕一代來創造的。不讓那些拘泥於古老陋習的老人們引退的話可就困擾了。」

「卡布魯諾少爺──太棒了──！」

儘管有一些……奇怪的人混了進去，但少年們已經做好了為了更好的未來犧牲奉獻的覺悟。他們為了改革這個國家，正以現有的知識從不同的觀點來討論對策。

雖不知道這些少年們今後的走向如何，至少現在他們沒有往錯誤的方向前進……希望是這樣。

「前陣子明明還是不知世事的純真少年的，這幾天卻忽然變得這麼成熟～……讓那些孩子們變成大人可是我的任務喔？明明應該要是這樣的……」

「「「不，沒有那種任務吧！」」」

在有許多青少年的地方，像雷娜這種淫魔在旁邊四處遊蕩在各方面來說都很糟糕。

雖說幸好少年們只會留下美好的回憶，但要是有了小孩就麻煩了。

特別是要是有了貴族或大商家繼承人的孩子，肯定會給許多人帶來困擾。

「雷娜小姐……一時的快樂與生活費，哪邊比較重要？」

「快樂！要是拿掉這個我就什麼也不剩了！」

「不要說得這麼乾脆──！我可是覺得很丟臉喔！要是有了小孩該怎麼辦！我實在不懂雷娜到

底為什麼要做到這種程度耶？」

「那是因為嘉內妳還是處女啊。趕快請傑羅斯先生讓妳成為真正的女人吧。這樣就能理解我的心情嘍？而且如果是女孩子我就會普通的養大她，如果是男孩子的話……（吸口水）……唔呼呼♡」

「妳、妳在說什麼啊———！」

嘉內很晚熟，所以對這種話題沒有免疫力。明知如此還故意丟這種話題過來，雷娜也是相當的粗線條。而且倫理道德觀也有些奇怪。

這用來避免嘉內對她說教雖然是個有效的手段，但雷娜的常識跟社會上的一般常識真是差得遠了。

「傑羅斯先生，你也差不多該對嘉內出手了吧？這樣下去嘉內會錯過婚期的喔？身為朋友我有些擔心呢。」

「我個人是無論何時都ＯＫ啦，剩下的就看嘉內小姐的心意嘍？雖然硬是對不情願的女性出手是有些問題……但我是不否認這樣的發展很令人熱血沸騰啦。」

「呀啊？你你你……你說什麼！在那之前，路也……」

「這裡也承認一夫多妻制吧？只要路賽莉絲小姐也一起結婚不就好了？啊，這樣的話孤兒院會變成怎麼樣啊？」

「反正教會後面就是傑羅斯先生的家，沒問題吧。要是出了什麼事，也只要叫傑羅斯先生來就沒事了。不過要是結了婚，嘉內就無法繼續過傭兵生活了吧……這點可能有些困擾？」

伊莉絲和雷娜開始調侃嘉內。

問題是只要講到這種話題，嘉內就會開始意氣用事。這樣下去，她說出「我才不想結婚！」也只是時間的問題。

要是心情變得更差的話，說不定會有好一陣子都不願意聽人說話。

「唔嗯～……或許和路賽莉絲小姐一起好好的談一次比較好吧。只是我也是個年紀不小的大叔了耶？沒問題嗎？」

「我覺得沒問題喔？畢竟雷娜小姐也會對青少年出手，以叔叔的狀況來說，你是個連未來的事情都會好好規劃的大人了嘛。比犯罪者來說好得多了吧？雷娜小姐在這方面就很隨便啊……」

「居然被伊莉絲否定了！唉，我是不否認啦。」

「妳稍微自重點吧！為什麼這麼大方的承認啊！」

對於傑羅斯來說，他也無法輕易地決定要結婚。更何況他是要一下子娶兩個人。

而且兩人是十分要好的兒時玩伴，雙方都對傑羅斯有好感。嘉內雖然否認這件事，但態度上完全藏不住。

唯一在意的只有戀愛症候群的發作，不過發作都是很臨時的，去想這也沒用。

只能祈禱不要發生最慘的失控狀況。

「總之這個話題之後再說吧。因為看到這麼可愛的嘉內小姐，我的本能感覺快要失控，無法再忍耐了……我是說真的喔？」

「啊、啊嗚～……我、我哪裡可愛啊……」

『『『不，妳真的超可愛的。』』』

傑羅斯等三人默默的在心底吐槽。

她那滿臉通紅又不時偷看傑羅斯表情的動作，真的超萌，具有十足的破壞力。

只有本人毫無自覺而已。

◇◇◇◇◇◇

學生們走在前往伊斯特魯魔法學院的路上。

回程和去程一樣是以徒步為主的行軍。大部分的學生們也理所當然的要步行。

不分貴族與平民，一律平等，其中也包含了茨維特等人。

「「可惡——你的老二最好掉下來啦！」」

不受歡迎同盟的茨維特和好色村從遠處看到了傑羅斯等人的互動。

他們一起發出了靈魂的吶喊。

對於人生＝沒有女朋友資歷的兩人來說，傑羅斯周遭的狀況實在太令人羨慕了。

對這兩人來說伊莉絲也在守備範圍內，更何況像嘉內或雷娜那種成熟的女性也像是陪伴在他身邊的樣子，會被他們兩人認為是現充也是無可奈何的事情。

「為什麼……為、什、麼那種大叔會被女生們……這世界太沒道理了！」

「我懂你的心情，同志……不過只有女人能夠理解的魅力，我們是不會懂的。果然還是經濟能力和有前途這點吧？」

「哼……反正我們只是年輕人……也是有因為年輕而無能為力的事情啊……」

「如果是師傅，應該可以同時照顧好幾個女人吧。他有那樣的財力啊……」

「經濟能力和實力啊……要是我也以生產職業為目標就好了……」

意氣相投的兩人說著像是在大白天就喝醉酒的醉漢一樣的抱怨，情緒漸漸的高昂了起來。

對這兩人來說，傑羅斯的立場實在讓他們羨慕到了無以復加的程度。

「茨維特……比起那種事，你也差不多該幫我跟瑟雷絲緹娜小姐牽個線了吧。我可是很期待喔？」

這時，和他們走在一起的迪歐拋出了關於自己的話題。

「雖然你這麼說，但那傢伙總是待在大圖書館啊？因為她很用心在研究魔法。我常看到她跟庫洛伊薩斯說話……迪歐，你該不會到現在都還沒跟她搭話過吧？」

「我不知道該怎麼掌握時機……畢竟我是戰鬥系的魔導士，處在使用魔法的立場上啊～研究的內容我到現在還是完全搞不懂。真羨慕庫洛伊薩斯啊，要是可以了解她的興趣就好了～」

「麥金托什也很常跟她說話啊～……」

「是馬卡洛夫吧？你也差不多該想起人家的名字了……不，等一下！他也很常和瑟雷絲緹娜小姐說話？該不會馬卡洛夫也對瑟雷絲緹娜小姐……」

想到自己過去的同學和心上人開心對話的樣子，迪歐心中的妒火熊熊燃燒。

就連自己都還沒有好好跟對方說過話，這意外的伏兵讓他有些焦慮。

而這份焦慮開始往危險的方向發展了。

「趁現在先讓他消失吧……得盡早把接近她的害蟲給除掉才行……」

「等一下，那傢伙只是來問魔法術式的事耶！如果只是這種關係你就要暗殺對方，這可不是只有你的好感度下滑就能解決的事情喔？」

「我……我也想和她討論魔法啊啊啊啊啊啊啊啊啊啊！」

迪歐發自靈魂深處的吶喊。

遺憾的是迪歐並非屬於創造魔法那一邊的人，而是使用魔法那一邊的人。他是為了活用現存魔法而進行鍛鍊，專門負責戰鬥的魔導士，和研究者所處的立場及思考方式不同。對他們來說，研究基本上是以研討戰術或戰略為主。

當然，他沒有立場介入瑟雷絲緹娜與身為生產職又是研究家的馬卡洛夫之間的對話。如果是關於戰略的話題，要他說多少都行，但關於如何改良及提升魔法術式的效率，他就出不了什麼意見了。

由於旁邊還有同樣是研究家的庫洛伊薩斯在，他總是只能在旁邊看著，連想要創造個交換意見的機會都辦不到。處於光是稍微講上幾句話就會令他的心情隨之起伏的寂寞立場。

「同志……你也很辛苦呢。那個吧，你是在幫好朋友跟妹妹牽線對吧？可以的話希望你也能介紹給我……不，沒事。」

「你沒繼續說下去是對的喔？如果你繼續說下去的話……最好多注意一下背後喔？」

「迪歐，你也沒資格說人家吧……你打算拿我家爺爺怎麼辦？」

「……只能在被他殺掉之前殺了他吧？如果我有什麼萬一……茨維特，希望你能幫我收屍。」

「居然賭上了性命？你到底做了怎樣的覺悟啊——！」

「同志的爺爺有這麼恐怖嗎？比起那個，真希望可以趕快拿掉這個『隸屬的項圈』啊……」

關於好色村的處置方式，接下來他將被護送到衛兵那裡，接受與被賣到地下組織經過相關的質詢。

由於協助了搜查，要是可以藉此逮捕到和黑社會勾結的奴隸商人的話，很有可能獲得減刑。

此外，正因為好色村是犯罪奴隸，處在無法依照自己的意志來反抗命令的立場下，所以他主動脫離違法狀況的行為也會被視為「有所反省」。

再加上阻止暗殺行動時他也幫上了忙，綜合以上的條件，他能重獲自由的可能性也相當高，不過現在還在等待德魯薩西斯的判斷。

「說到同志讓我想起來了，另一個人……是叫杏嗎？她在幹嘛啊？沒看到她人……」

「那女孩好像在你師傅待的那台馬車上睡覺喔？不知道為什麼三隻咕咕都爽翻了就是了……」

『『居然一個人搞定了那種最強生物……以某方面來說那女孩才是最強的吧？』』

少女窩在傑羅斯等人搭乘的馬車一隅睡著了。

在她身邊，爽到翻白眼的咕咕們無力的抽搐著。

茨維特與好色村對於使讓他們見識到說是最強也不為過的強悍雞群束手無策，徹底壓制住牠們的杏簡直目瞪口呆。

無視這兩人的想法，凡事都只按著自己步調走的少女睡得十分香甜。

◇　◇　◇　◇　◇　◇

「這……做出了不知道是什麼的素材了耶？這到底該用在哪裡才好呢……」

「你又在調配魔法藥了嗎？這次可別又弄出什麼奇怪的氣體啊？」

庫洛伊薩斯仍學不乖的在馬車貨架上勤奮地調配著魔法藥。

幸好這次沒再產生什麼奇怪的毒氣，但是就算試著「鑑定」，也完全不知道做出來的藥有什麼效果。讓他傷透了腦筋。

「就算用庫洛伊薩斯少爺的『鑑定』也無法得知有什麼效果嗎？」

「嗯……雖然鑑定出是強化藥，但除此之外就看不出來了……搞不懂呢。」

「強化藥……也要看是用來強化什麼的呢。」

卡洛絲緹的專長雖然是製作魔導具，但她也很了解魔法藥。

雖然強化藥有很多種，但沒有複雜到靠「鑑定」能力查不出來的程度。搞不懂說明文字這種事情是不可能發生的。

「該不會是新的藥吧？如果是的話，就能解釋為什麼無法鑑定了。」

「我也是這麼想的，瑟雷絲緹娜。正確來說鑑定後出現了『？？？強化藥』的結果，不知道是怎樣的東西。雖然是偶然做出的東西，不過我把配方給保存下來了。」

「這樣就可以再做出同樣的東西了。我們的派系又寫下了歷史新的一頁了呢！這真是太棒了。」

「可是在那之前必先調查出這有什麼功效才行。庫洛伊薩斯哥哥……你可千萬別做人體實驗啊……」

「我才不會……瑟雷絲緹娜，妳把我當成什麼了？」

混合令人在意的藥草和菇類做出的強化藥，是無法鑑定的未知新藥。

這時雖然只要拜託傑羅斯，就可以請他做更詳細的鑑定，但是身為魔導士的自尊心不允許他這麼做。因為庫洛伊薩斯是個無論什麼事物都要親自調查才會罷休的研究家。

「我敢肯定，因為這是庫洛伊薩斯做出來的東西，所以一定不是什麼好東西！」

「馬卡洛夫……你這話還真過分。我……的確做了很多奇怪的東西出來。但是實驗必定伴隨著失敗，而這失敗將會化為嶄新的成果！」

「你自己也知道喔？但是以你的狀況而言，不是一句失敗就能帶過的吧。畢竟都有犧牲者出現了……」

至今都沒出現死者實在是一件很神奇的事情。

問題是雖然沒鬧出人命，仍有人被慘烈的症狀給折磨、留下了強烈的心理陰影，或是看見了從未見過的人造生物等等。

「這麼說來，以前卡洛絲緹小姐在庫洛伊薩斯哥哥房間裡到底看到了什麼啊？妳可以詳細地告訴我嗎……卡洛絲緹小姐？」

「…………」

卡洛絲緹不發一語，但臉色蒼白的像個死人。

雖然睡在腐海房間裡的庫洛伊薩斯沒有發現，但他的房間裡確實存有不應存在的同居人。

卡洛絲緹在偶然間打開了沒上鎖的房門，看到了那個不可能出現的東西。

而那個東西就成了無法從她的精神中消去的心理陰影。

「不要啊啊啊啊啊啊啊啊啊啊啊啊啊啊啊啊啊！」

慘叫。看來她看到了相當可怕的東西。

「這不可能！這世界上怎麼可能會有那種生物！那樣……恐怖又驚悚，怪異又噁心的異形生物……而且還是個愉快的玩意……」

人在正面碰上精神會被逼到絕境的狀況或景象時，有時會像這樣將記憶埋藏在腦內深處，忘記一切。看來她應該已經遺忘的記憶還殘留在潛意識裡。

瑟雷絲緹娜別無他意的提問，喚醒了她封印在深處的記憶，當時的狀況有如走馬燈般鮮明地閃過她的腦海。

「──「愉、愉快？她到底看到了什麼？」──」

她拋下了令人在意的訊息後，便像是被什麼給附身了一樣蹲在馬車裡，開始喃喃自語。就算想問她詳情，在場眾人所說的話也無法傳入她的耳中。這問了也沒用吧。

這世上有些事情還是不要知道比較好。

「真的假的……她到底在你房裡看到了什麼啊？」

「我也不知道……我只記得卡洛絲緹暈倒在走廊上，大家在照顧她。我是希望她能告訴我她看到了什麼，可是……」

「看那樣子，還是不要硬是逼問她比較好。庫洛伊薩斯哥哥的房間裡到底有什麼呢？是個謎團呢……」

「這麼說來，一年前我曾聽到庫洛伊薩斯的房間裡傳來『住手、住手啊！我要踹飛你喔！』的聲音，可是那時候庫洛伊薩斯睡在研究大樓裡呢～那到底是誰呢？」

「我可不知道，我還希望誰來告訴我呢。」

伊斯特魯魔法學院的危險領域，也就是位於學生宿舍中的庫洛伊薩斯的房間，成了有未知生物棲息的謎之領域。

無論是誰都害怕踏進那間房，成了大家都知道絕對不能靠近的危險地帶。

這處在奇妙時空下的房間，不知為何只有伊．琳能夠進去，還能夠打掃。

也從未聽伊．琳說過有在庫洛伊薩斯的房間裡看見什麼未知的生物。

「只有伊．琳沒事呢……她真的什麼都沒看見嗎？還是她只是跟卡洛一樣，把那件事從記憶中抹去了？」

「我不否認這個可能性，可是我到現在都沒事喔？這部分要怎麼說明呢？」

「誰知道。你住在那邊都不曉得了，我們這些外人哪會知道啊……」

「說得也是。唉，不過現在得先專心思考關於這個強化藥的事情吧……說真的，這到底是什麼東西啊？」

庫洛伊薩斯雖然對未知的事物非常有興趣，卻也不至於會過度執著於無法判明的事物。

他看著不知道是什麼的強化藥，開始從各式各樣的魔法藥調和法中選出特定的幾種。

沿途沒出什麼大問題，學生以及包含傭兵在內的一行人就這樣走在回程的路上，平安的回到了學院都市史提拉。

透過這次的實戰訓練，大多數學生間的等級差距都縮小了，可說訓練本身是成功的。

其中也有成績從吊車尾一口氣提升到前幾名的人，結果他們的能力遠遠勝過了講師。對於講師們來說，麻煩的學生又增加了。

學院因此從根本開始重新審視他們的教育方針，但對於參加者來說這件事怎樣都好。

無論如何，在拉瑪夫森林舉行的實戰訓練正式落幕了。

第六話　大叔前往大圖書館

收到伊斯特魯魔法學院實戰訓練結束的消息，傭兵公會取回了原有的平靜。

雖說是每年的慣例，但麻煩的活動結束了，明天開始又要面對平常的日課。

這時，有位傭兵來到了公會長的房間。

是不善與人交流又寡言的傭兵，拉薩斯。

「……我要進去嘍。」

「哎呀～歡迎回來。所以呢？事情經過如何啊？拉薩斯小弟♪」

「……不要叫我小弟……護衛學生的工作平安結束了。」

和他對話的是史提拉城的傭兵公會分會長，擔任此處公會長的賽馮。

「然後呢？傑羅斯先生的實力如何啊？」

「……老實說深不見底。擅長格鬥戰到了簡直不像魔導士的程度。而且就算對手是魔物，也只能窺見他實力的一小部份。太驚人了。」

「是啊～畢竟他連我都能輕易的打發了，到底是何方神聖啊？」

「……輕易的打發你？我記得你的等級有312，他該不會……在這之上吧？」

「因為我和他交手過所以知道，他不知道該怎麼處置自己的力量。雖然可以靈活運用，但可能沒有使出全力戰鬥過吧？」

拉薩斯是以傭兵公會派出的監察官角色參加這次的護衛任務的。

由於他是經過磨練的一流傭兵，實戰經驗也很豐富，所以經常會以監察官的身分來參加這種重要的任務。除了監視往後會成為傭兵的未來的魔導士外，有時也會站在招募新人的立場。

順帶一提，他的別稱是「剛腕之拉薩斯」。屬於S級，過去曾和賽馮一起組隊，解決了各式各樣的委託，實力高強。

正因為他很了解賽馮的實力，才會對於賽馮被輕易打發一事感到難以置信。

「……到了這種程度嗎。平常先不論，他戰鬥起來是個非常危險的男人。特別是處在賭上性命的環境下時，他的人格會大幅改變，變得非常好戰喔？」

「哎呀？莫非有雙重人格？這點我可沒注意到呢。」

「不……真要說起來，應該是因為他深知魔物的危險性所以才會變得相當冷酷吧。實際上要打倒魔物時，他一瞬間就解決了。」

「哦～……不過你應該不覺得他只有這樣吧？」

「是啊……以感覺來說，有某種殘暴的氣息潛藏在他的身上。有時會令人背脊發涼。」

「既然拉薩斯你這麼說，那應該沒錯吧。真可怕呢～♪」

或許是因為有過那樣的境遇吧，拉薩斯的直覺意外的敏銳。

然而他敏銳的直覺判斷傑羅斯十分危險。

「……你為什麼那麼高興？」

「這個嘛～大概是因為知道了自己還有可能變得更強吧？魔導士可以強到那種程度喔？你不覺得我們應該可以更上一層樓嗎？」

「……我不否認。不過強到那種程度的人還算是人嗎？跟魔物簡直沒兩樣。」

「只要不與他為敵就沒事了。既然可以溝通，剩下的就是誠意問題了吧？要是沒來由的排斥他，這才真的會引起對決呢。」

要是因為對方是強者便排斥，根本無法去計算與他敵對時的風險。

傑羅斯的確很強，光用初級的魔法「火焰」就能把哥布林給燒光。他認真使用魔法的話，簡直難以想像會有多大的威力。

最重要的是他身邊有一定的交友圈。這就代表他跟那些只執著於強大的人不同，擁有可以接納他人的器量。

這是因為只拘泥於力量的人，必然會排拒他人，也有容易輕視他人的傾向。

以具有實力的人而言他相當危險，但作為一個人來看的話則是可以信任的對象。

不過就算是這樣，仍無法改變他是個麻煩存在的事實。

「哎呀，沒問題吧？畢竟有公爵大人牽制著他，他對當傭兵也沒什麼興趣的樣子。」

「……如果是這樣就好了，但他要是認真行動起來，我可不知道狀況會變得怎麼樣喔？」

「是啊，不過你不覺得很想見識看看嗎？」

「……我不這麼想。那肯定會變得很棘手吧。我不想被捲入麻煩事裡。」

拉薩斯在公會中擔任負責培育新人的教官。他是結了婚才轉來做這個工作的。

想要回到妻子身邊，擁有穩定收入的話，便不適合再以傭兵為業了。

不像他那粗礦的外表，他是個一心深愛著唯一一位妻子的忠誠男人。

「好了，工作也做完了，今天來我家喝酒如何？我妻子們也很歡迎你來喔？」

「不……我要回去了。我想趕快回去看看我太太。而且在你家感覺靜不下來……特別是你的妻子們。」

「是嗎？我覺得比起喜歡小女孩來說好多了啊？我待在拉薩斯家反而才覺得靜不下來呢。」

「…………」

賽馮喜歡不輸男性的強勢女性。簡單來說就是喜歡外表比較男孩子氣，身材也很健美的女性。

相較之下拉薩斯則是偏好瘦小又可愛的女性。以一般的說法來說就是容易受到蘿莉體型的女性吸引。

順帶一提，拉薩斯的太太有著不符實際年齡的幼兒體型，也就是俗稱的合法蘿莉。而且還是外觀非常可愛的矮人族。

拉薩斯並不是蘿莉控。但他不知為何總是被喜歡可愛幻想風格的女性給吸引，追求瘦小又可愛的女性變成了必然的結果。然而至今為止都因為他那嚴肅可怕的臉及雄壯的體格而被拒絕。

這樣的他是在幾個月前才結婚的，其實還處在新婚蜜月期。

「唉，硬是要約新婚的你來喝酒也太不解風情了呢。今天就讓你早點回去陪太太吧。」

「……嗯。是說賽馮你有那麼多妻子，不會起爭執嗎？這我從以前開始就很在意了……」

「會啊？不過這樣就能感覺到我真的被愛著呢♡非常刺激喔？」

「……那是我不想了解的境界。」

比起那種多人爭執的場面，還是圓滿的家庭比較好。他完全不羨慕處在比自己更深世界的戰友。拉薩斯到現在還是無法掌握賽馮的個性。

不過男女關係非常深奧這點他倒是已經充分了解了。

他在這之後離開了分部長辦公室，為了見妻子而直奔家裡了。是個愛妻人士這點似乎和戰友是一樣的。

要說他唯一的煩惱，就是因為和外表有如少女的矮人族女性結了婚，導致公會內出現了懷疑他是個蘿莉控的傳聞。

拉薩斯也是個在各方面都很辛苦的人。

◇◇◇◇◇◇

回到史提拉城的大叔，早早便回到旅館休息，療癒旅途的疲憊。

伊莉絲和嘉內也同意這點而回去休息了，唯有雷娜在傍晚跑到了城裡。

傑羅斯事到如今已經不想去深究她上哪去了，雙手合十對同時成為犧牲者的少年們祈禱後便當作沒發生過這件事。

沒必要自己主動去介入這種麻煩事。他就這樣抱著不負責任的態度鑽進了被窩中。

隔天早上，一如往常的穿著灰色長袍的傑羅斯，和伊莉絲等人一同聚集在傭兵公會的食堂。

在那裡的是……

「嗯呼呼呼♡年輕的孩子果然很棒呢～♪」

嘴上這麼說著，肌膚充滿光澤，看起來非常高興的雷娜。

結束了護衛工作的雷娜，似乎又完成了一項工作回到旅館來了。用一般的說法來說就是玩到早上才回來。

雷娜的心情好得不得了。

雖然她的行動有些問題，但沒人打算進一步追究。

因為說了也沒用。

「雖然把素材拿去賣錢花了一點時間，不過這下總算可以回桑特魯了。大叔接下來打算怎麼辦？既然沒什麼事要做了，我們是打算立刻回去啦。」

「我會在史提拉城多待一天喔？因為我想去這城裡的大圖書館查些資料。妳們要回桑特魯的話，我是可以送妳們到有碼頭的鎮上，怎麼樣？」

「……還是算了吧。我已經不想再坐那個了。」

「我有同感……坐那個感覺都要沒命了。」

嘉內和雷娜拒絕搭乘「哈里．雷霆十三世」。

雖然正確來說，她們坐的是掛在機車後頭的拖車。

就算是以地球上的法定速度駕駛，對於生活在這個世界的嘉內等人來說還是快到要沒命了吧。

在文明程度上是以馬車為主流的這個世界，要她們去搭乘數百年後的交通工具實在太艱辛了。簡直像是叫住在亞馬遜叢林裡的原住民去搭雲霄飛車。

需要花上不少時間才能習慣。

「畢竟妳們那樣就會暈車了嘛，早點動身回桑特魯城比較好。」

「伊莉絲妳呢？要和傑羅斯先生一起留在這城裡嗎？」

「嗯。畢竟和叔叔在一起很安全，我也有點在意魔法學院裡都在上些怎樣的課。」

正如大家所知，伊莉絲和傑羅斯一樣是轉生者。

她理所當然的不清楚這世界的常識，需要從各式各樣的地方蒐集情報。以前曾被盜賊給抓住這件事，也讓她感覺到自己太缺乏這個異世界的常識了。

所以她才打算待在實力堅強的傑羅斯身邊調查異世界的事情。情報愈多愈有利這點無論在現實中還是遊戲裡都是一樣的，所以她也想試著增加自己的選項吧。

「學生之外的人雖然不能把書帶出大圖書館，但一般人也可以進去閱覽，所以對於想查資料的人來說是個好地方呢。是說真的不需要我送妳們嗎？妳們搭船也要花錢吧？不會花光報酬嗎？」

「我們手上還有賣掉素材得來的錢，付得起回程的船費吧？我和雷娜慢慢的回去吧。」

「回得去嗎……？跟雷娜小姐喔？」

三個人的視線都集中到雷娜身上。

畢竟她只要發現中意的少年就會忽然消失，讓人實在不覺得她們能順利的回去。

她肯定會消失到哪裡去，然後來不及搭上船吧。

「真、真失禮！我也會是看時間跟場合的好嗎？不要把我跟傑羅斯先生的姊姊混為一談！」

『『『是哪張嘴敢說這種話啊……明明發現獵物就當機立斷，旁若無人又自我中心……』』』

「就算是我，也不會和可愛的男孩們談情說愛到連回程的船費都花光啦！而且要是沒有傑羅斯先生，不就拿不到公爵家那邊的任務報酬了嗎。我會乖乖的啦。」

『『『這絕對是謊言！』』』

這瞬間，三個人的想法完美地同步了。

「……之前妳嘴上說沒錢，卻從旅館裡走出來了吧？和好幾個少年們一起……」

「是你多心了。也有可能是傑羅斯先生你看錯了吧。我不記得我有去過那樣的地方。」

『『那妳之前沒回來教會的時候呢？要是真的忘了，那些少年們也太可憐了……』』

扯上與少年們之間的戀愛糾葛，就不能信任雷娜。畢竟她曾經在任務途中忽然消失，在那之後才被人看到她從旅館裡走出來的樣子。把錢交給她太危險了。

「嘉內小姐，這是船費。我會順便請我們家那三隻雞當妳們的護衛，還請妳想辦法把雷娜小姐護送至桑特魯城。」

「……了解。我會負起責任帶雷娜回去的。還是盡量避免犧牲比較好……就讓我期待那三隻的戰力吧。」

「還有，這個寶石給妳作為以防萬一時的住宿費，還請小心千萬別讓雷娜小姐給搶去了。我可不希望這被她拿去當作開房間的錢啊。」

「……責任重大啊。我真的能完成這個任務嗎？」

「你們兩個，太失禮了吧————！」

嘉內背下了某種重責大任。

雖然雷娜看到大叔和嘉內的互動非常憤慨，但這也是她自作自受吧。俗話說無風不起浪啊。總是在玩火，不知道何時會被衛兵抓走的雷娜是沒有選擇權的。他們可是不安到了可以的話想用草蓆把雷娜包起來再放進箱子裡，以釘子封箱後再用鐵鍊捆起來的程度。

「是說叔叔你想查些什麼啊？魔法還是藥劑的素材？啊！也有可能是武器或防具的素材吧～」

「主要是歷史喔。特別是和四神教以及邪神相關的……我想驗證一下自己的假設有多少是正確的，而且根據狀況不同，我有可能會被捲入奇怪的事情裡呢。想盡可能地蒐集情報啊。」

「啊～……也是呢，對於叔叔來說這問題特別嚴重吧。畢竟你是『大賢者』。」

「「大賢者？騙人的吧！」」

「大賢者」──除了傳說中曾提到之外，至今仍未有人達到的魔導士境界。被世人認為在邪神戰爭中全數滅絕，如今只會在戲劇或故事中登場的夢幻職業。

可以巧妙的操控魔法，還能製作出魔法藥和特殊裝備的究極職業。要是大賢者的存在公諸於世，一定會有很多國家搶著延攬吧。

而且嘉內和雷娜不知道傑羅斯的職業，所以十分驚愕。

另一方面，大叔怨恨地瞪著伊莉絲。

「伊莉絲小姐……這是侵犯個人隱私喔？我啊，沒打算公開自己的職業喔……？」

「唔……對不起。」

伊莉絲被瞪得瑟縮起來。相較之下雷娜和嘉內則是驚慌得手足無措。

目前這個世界中，「大賢者」這個職業的存在尚未被實際確認。

這職業頂多只殘存於傳說或是歷史傳承中，且都被描述為負責管束賢者們的魔導士中的管理職。大叔是認為這種職業是否真的存在這點十分可疑，可能只是幻想。不僅攻擊魔法，連回復魔法和鍊金術，甚至精通藥學和工藝學等各式各樣的學問及技術，這以人類的一生來說是不可能辦到的。所以他覺得除了自己之外，這世界上應該沒有「賢者」或「大賢者」才對。

傳說也是凝聚了人們憧憬的產物，所以就算不是魔導士，對賢者和大賢者抱有憧憬的人仍不在少數。也可以說是一種信仰吧。所以魔導士中也有以成為賢者為目標的人，然而對大叔來講這只是徒增困擾罷了。他不希望他人對自己有過度的期待。

『這麼說來，在這個世界回復魔法雖然是神官在使用，但魔導士也能用吧。唉，既然我能用，沒道理其他的魔導士不能用就是了。雖然很想驗證看看，但回復魔法似乎被某個國家給獨占了呢～正好，也順便在大圖書館裡調查一下關於回復魔法的事情吧。』

在「Sword and Sorcery」中，魔導士雖然也能學會回復魔法，但因為是遊戲，所以無法發揮像神官職業那樣的效果。「職業」的修正效果會成為枷鎖，使得魔法的成效不彰。也就是說就算是「大賢者」，也必然不擅長使用回復魔法。

在這個世界怎樣他就不清楚了，關於修正這一點也必須不斷調查驗證才行。

總之，看嘉內和雷娜吃驚的樣子，就這樣延續「大賢者」的話題似乎不是明智之舉。

要是繼續說下去，話不小心傳入了他人的耳中，那可就不是一句麻煩事能帶過的了。甚至有可能會引發戰爭。畢竟發現了傳說中的大賢者，各國應該會殺紅了眼，想把他拉入自己的旗下吧。

『關於「職業」的事情，得先封住嘉內小姐她們的嘴才行……哎呀？』

他想拜託嘉內她們幫忙保密，可是看向兩人後，只見她們似乎一直吃驚到現在，還像是被拋上岸的鯉魚一樣張口結舌，魂不知飛到那去了。

伊莉絲在兩人面前揮了揮手，確認她們的狀況。

「「大……大大、大大大大大……」」

她們終於發出了聲音，卻說不出話來。傳說中的職業出現在眼前，這也是理所當然的吧。

「大○彈？啊，也有可能是大○魔龍？新的那個……」

「伊莉絲小姐，那樣的話歌詞不太對吧？不過是說妳連舊版的都知道嗎？妳到底幾歲啊？」

「不是啦───！那是什麼東西啊！比起那個，伊莉絲！大叔他真的是……」

「不小心說出來了……這好像是不該說出來的事情。」

「哎呀，傑羅斯先生不想出名嗎？既然是大賢者，財富或名聲這種東西想要多少就有多少吧？」

「那是當然的吧……我不想和國家大人物派來延攬我的人打交道啊。不僅麻煩，最糟的情況下還有可能會牽連到路賽莉絲小姐或伊莉絲小姐妳們喔？這樣妳們還想說出去嗎？如果曝光的話我會立刻逃走喔？」

「原來如此……不希望周遭的人變成人質，就得瞞著大家呢。我了解了……傑羅斯先生也很辛苦呢……」

要是擁有大賢者（傑羅斯）當作國家的專屬魔導士的話，他一個人就相當於有一支軍隊的戰力。

況且大叔完全是規格外的生物。以戰力來看的話他是可以一個人與國家為敵的危險人物。也不難理解他會想要對外隱瞞自己的職業。

然而伊莉絲卻不小心洩露出來了。由於在遊戲中五個殲滅者全都是大賢者是非常有名的事，她便說溜了嘴。

「雖然是很單純的問題……不過『賢者』或『大賢者』是這麼不得了的東西嗎？」

「咦？因為……傑羅斯先生你達到了魔導的極限，得到了真理對吧？既然這是沒有任何人能抵達的頂點，那不就是件很厲害的事情嗎？」

「不著痕跡的勸誡，時而幫助英雄的頂尖魔導士。這不是任何人都很憧憬的傳說中的職業嗎？」

「反過來說，就是說些感覺很像樣的話來誆騙年輕人，在最帥的時機出場放魔法。在故事最高潮的時候，為了尚不成熟的勇者說著『老夫一定會死守住這裡的！你們快點往前走吧！』這種話然後負責死掉的角色吧？這個該說是職業嗎？只是會成為犧牲品的可憐人嘛。我才不想要這樣咧，為了不認識的閒雜人等犧牲這種事……」

雖然傑羅斯對賢者的認知有些偏頗，然而在許多故事中，大多數的賢者都是擔任這樣的角色。

說什麼抵達了睿智的頂點，聽起來是很好聽啦，但簡單來說就是個只顧著研究的家裡蹲，一個無藥可救的瘋狂科學家。這種人怎麼可能會為了他人戰鬥。

就算真的出來戰鬥，那也只是為了確認自己的研究成果所作的實驗，沒有那種「為了他人犧牲奉獻自己」的高尚情操。

實際上傑羅斯就沒有什麼犧牲奉獻的精神。

「「的、的確……就算是大賢者也沒道理要為了他人付出一切啦……」」

然而嘉內她們似乎沒辦法接受的樣子。對奇幻世界的既有形象被大叔破壞，也使得伊莉絲被失落感給折磨著。這也是受到了傳說或故事的影響吧。

換到現實世界中，沒人能理解賢者是為了什麼而戰。

「唉，這件事還請妳們保密……萬一被人知道了會很麻煩的，要是這個國家的人有所行動的話，那時候……」

「「那、那時候會怎樣？」」

「這個國家應該會從地圖上消失吧。我啊，最討厭被權力給蒙蔽雙眼，想要支使他人的傢伙了，最慘的情況下會爆發戰爭喔？」

「雖然這樣說，但你之前在小瑟雷絲緹娜家當家教對吧？你不是討厭掌權的人嗎？」

「我是討厭沉溺在欲望中的傢伙。會讓我想起那個爛透了的姊姊……」

應該有很多人想要請大賢者指導吧，但是魔法貴族在現在的索利斯提亞魔法王國中握有很強的勢力，所以他們一定會毫不掩飾自己的欲望來接近傑羅斯吧。

這樣就無法避免衝突了，最後很有可能會演變為戰爭。

當然應該也有單純的想要達到魔導士頂點的人在，但以大叔的角度而言，學生有幾個人就夠了。

沒辦法，說這是名譽啊榮耀啊等等，以權勢壓人的傢伙實在太煩人了。

「……好了，雖然話題偏了，但嘉內小姐妳們打算什麼時候離開這裡？」

「啊……根據旅館的佈告欄上面張貼的公告來看，定期船好像會在今天傍晚時出發。我們要是不馬上離開這裡的話就來不及了。要是錯過就得等到明天，我們可沒有住宿費。」

「也是。就算現在趕過去，搭馬車也要花上半天，算上馬的休息時間要傍晚才會到……哎呀，時間還滿趕的？還有，不是沒有住宿費，而是不想花上多餘的錢吧？」

「說到節省，但時間變得這麼趕之前雷娜小姐也沒節省時間，不知道跑去做什麼了呢……皮膚看起來特別有光澤就是了……」

「別問這種不解風情的事。少年和女人之間，只有名為肉慾的險路啊？」

「「「只有對雷娜（小姐）妳來說是這樣吧！」」」

明明已經沒時間了，雷娜仍忠於自己的欲望。在她心中，只有少年與女人＝肉慾饗宴這樣的等式吧。而且她還是個少年至上主義者。

真是同情接下來得負責監視她的嘉內的辛勞。

「要是她不聽人說話，感覺快要消失的時候……」

「就拜託咕咕們了。我一個人怕是無法壓制住雷娜吧……」

「等等，這太過分了吧？」

一點都不過分。不如說以棘手程度而言，雷娜跟莎蘭娜是同一個等級的。沒扯上關係就不要緊，但從認識的人眼裡看來，無論哪邊都很麻煩。

「雖然是搭船，還是請小心一點。特別是船上如果有未成年的人，更是要特別注意吧。」

「我知道。我是不覺得雷娜有飢不擇食到這種地步，但為了保險起見，有可以壓制住她的戰力還是幫了大忙啊。」

「壓制？大家到底是用怎樣的眼光在看待我的啊！」

「飢不擇食的正太控。」（伊莉絲表示）

「會對小孩子燃起欲望的危險人物。」（大叔說）

「比起三餐更喜歡小孩（在性生活的意義上）。」（嘉內如是說）

「…………………」

被人理解這件事真是有好有壞。

而她已經很清楚周遭的人是怎麼看待自己的了。

雖然這麼說，但他們也不認為雷娜會反省，總之她現在想著「喜歡少年有什麼不行？在戰場上年紀不小的大叔還不是會渴求美少年的屁股……這不公平。」消極的鬧起了彆扭。

不，她真的有變消極嗎？這仍讓人有些不安。

「……嘉內小姐，真的沒問題嗎？那個……已經是末期了喔？」

「只要沒有那個，她也是個滿可靠的傢伙啊……但為什麼我只覺得不安呢？」

「唉，畢竟是雷娜小姐……事到如今警告她，她也不會反省吧～畢竟那可是雷娜小姐喔？」

伊莉絲這句話充滿了說服力。

一個人被排擠在外的雷娜生著悶氣。不過這也是她自作自受。

在那之後過了一小時，嘉內和雷娜帶著烏凱牠們離開了史提拉城。

雖然是題外話，但不用說也知道雷娜被碰巧經過的少年給勾走了。

她也理所當然的受到了烏凱牠們的鐵拳制裁，被多娜多娜的帶上路。

雷娜的壞習慣果然非常根深柢固。

◇◇◇◇◇◇◇

「老師，就是這裡了。」

「唔哇～～～……」

「這還真是厲害啊……（簡直就像是聖母院）」

和嘉內她們分開後，傑羅斯和伊莉絲在瑟雷絲緹娜的帶路下來到了大圖書館。

這建築風格與其說是圖書館，不如說是教會或大聖堂的建築物，從外觀給人的不平衡感，便能明顯看出是在建造途中才臨時改建成圖書館的。

透過巨大的花窗玻璃照入的光線，使得圖書館內有種莊嚴的氣氛，醞釀出一種不像是公共場所會有的神聖感。

提供學生們讀書的閱覽區非常寬闊，但並列的書架更是壓倒性的多。讓人數不清這裡的藏書量到底有多少。

「真了不起……不愧是收藏了國內所有書籍的地方。這數量真不得了呢……雖然不知道內容有幾分是真的就是了。」

「叔叔，你說這種話好嗎？書很貴吧？內容的正確性依據出版的國家或地點，標準也不同不是嗎？」

「就是因為這樣內容才有可能會有所偏頗啊。有多少從不同觀點寫下的書被留存下來，以及能否從中得出真相又是不同的問題了。」

這個世界的書就算以一般觀點來看，也大多是配合戰勝國的立場來記載事件的，很難從中找出立場中立的紀錄。由於大多數都只記載了對勝者有利的事情，一些不需要的內幕幾乎都被省略了。

也就是說想要了解內幕，必須去理解敗者那一方的歷史，真要探究起來不管有多少時間都不夠用吧。

所以傑羅斯只把焦點放在這個世界的宗教成立經過上。

然後很快的就過了約兩個小時。

「四神教的勢力是在邪神戰爭後才抬頭的。以此為前提，便能判明現在式微的創生神教才是先存在的宗教。問題是為什麼四神會出現。」

「不是因為創生神不在了嗎？或是宗教戰爭？」

「但是我試著調查後，發現歷史上沒有發生過那樣的戰爭呢。簡直就像是創生神教的信眾都改去信四神教了一樣。雖然我也只是大概有這種感覺……」

「也就是說創生神教變成了四神教？沒有發生任何衝突？這種事情有可能嗎？」

以前在索利斯提亞公爵家的書庫翻閱資料時，並沒有找到兩個宗派發生衝突的歷史資料。可是依據現在查到的書籍記載，創生神教以邪神戰爭為契機而衰退，相對的四神教的勢力崛起，僅過了約兩百五十年便完全取代了創生神教。而且在那之前使用的創生神教神殿，似乎都接連轉變為四神教的神殿了。

明明是這樣，兩個教派之間卻沒發生過任何事，這怎麼想都很奇怪。

所謂四神教，是從距今約兩千五百三十七年前，突然出現的巨大生物在蹂躪世界時開始的。當時雖有相當高度的魔導文明，卻束手無策的被這生物給破壞了。根據記載，當時也存有戰車和戰鬥機這類現代兵器，然而這仍是場單方面的戰爭。最後這個生物被稱作「邪神」。

在世界約七成的文明都已經崩壞時，火之女神「弗雷勒絲」、風之女神「溫蒂雅」、水之女神「阿奎娜塔」、大地之女神「蓋拉涅絲」，這四位女神降臨於創生神教的神殿中，將七神器與「召喚勇者」的魔法陣賜給了人類。

然後就在數度召喚勇者形成的人海戰術防衛下，終於封印了邪神，以四神降臨的神殿為中心拓展勢力的四神教則是成了稱作「梅提斯聖法神國」的大國，一直到了現在。

「四神教的教義中是說世界是由四神所創造的，但實際上是怎樣呢……」

「邪神的存在也讓人摸不著頭緒耶？是一開始就存在這個世界上，還是從某個世界忽然出現的呢……不知道祂的真實身分呢。」

「我在意的是『為什麼是封印？』這點吧。畢竟本來應該要打倒邪神的。說不定四神沒有能夠打倒邪神的力量呢。而且根據其他資料來看，『等級』的概念也是在大約這個時候出現的。這好像是被召喚來的勇者特有的東西，在當時有留下類似的紀錄，然而現在卻已經普及化了。這個世界的法則在兩千五百年內改變了？有可能發生這種事嗎？」

「勇者……也不時有來自神的郵件的紀錄，簡直就像是遊戲嘛？」

「被叫到這個世界來的他們後來怎麼了呢？活下來的勇者們在那之後就沒出現在歷史上了。是被送回去了，還是被當作危險分子給處理掉了呢？」

這中間也包含了臆測的成分在，但綜合目前所蒐集到的情報，只能得知這些事。

就算是書本上的記載，能調查到的資料也是有限的。此外也有因時代更迭而被竄改的案例。

而傑羅斯最在意的，就是手裡這本書上畫的遺跡。

那是因和梅提斯聖法神國的戰役而毀滅的王國的廢墟。雖然像是以一根柱子為中心所畫出的巨大魔法陣，但那看起來像是用來進行什麼儀式的設施。

看著刻在中間柱子上的魔法文字，傑羅斯成功的解讀了那段文字。

『如果這是事實，那就代表邪神的存在是……唉，這個就再繼續調查吧。真有什麼狀況就問本人好了。』

他沒將不確定的事情說出口，只調查覺得有疑點的事情。

「老師為什麼要查閱古時歷史的資料啊？雖然我只是有這種感覺，但老師你看起來對四神教好像有什麼想法的樣子，是我多心了嗎？」

瑟雷絲緹娜至今為止都默默聽著他們的對話，針對她的問題，傑羅斯在心中「呵……」地冷笑了一聲，面向她答道。

「當然是因為我看他們不順眼……沒錯，一切我都看不順眼啊。」

雖然瑟雷絲緹娜不知道，但傑羅斯對於讓自己陷入這種處境的四神可說是恨之入骨。但他當然不是憎恨虔誠的信眾。

傑羅斯想知道的，只有「四神真的是神嗎？」這一點。了解四神真正的身分，是決定大叔往後行動的要素之一。

首先，要是不知道邪神是何方神聖，復活後有可能會引發慘劇。就算因為有想問的事情而讓邪神復活，他也不想看到世界滅亡的慘狀。所以他很慎重的在處理這件事。

唉，這種事他不會跟學生說就是了。

『雖然很在意四神的事，但稍微放鬆一下，來調查跟回復魔法有關的事情好了……』

大叔一邊隨意矇混過去，一邊走向還沒查看過的書架。

用毫無緊張感，輕快的腳步……

◇◇◇◇◇◇

「船要出航嘍——！」

船員的聲音響徹了被夕陽染紅的碼頭，還沒搬完貨的作業員們慌張地跑了起來。

塞尚城同時也是商船的轉運點，就算在傍晚時分也有許多的船隻入港，或是要從這個城鎮前往其他的港口。

在大小不一的船隻中，嘉內她們朝著一艘相較之下屬於中型的商船跑去。

「雷娜，跑快點！船會跑掉的。」

「說是這麼說，可是嘉內……妳知道我們要搭哪艘船嗎？」

「我記得是『超．健美號』對吧？不就是那艘黑中帶紅的船嗎？」

嘉內她們趕搭的船，船身經過防鏽處理，呈現深紅褐色，但是船頭有個仿造拳頭打造而成的金色裝飾，非常強烈又鮮明的閃耀著。

船頭通常應該會加上女神像或是龍之類的雕刻做裝飾，而船名為了祈求不要發生意外，也都會取聖人或是女性的名字才對。

這艘實在稱不上普通的船無謂的醒目。更何況船員全都半裸著上身，實在讓人不敢恭維，可是嘉內她們已經沒有選擇的餘地了。

主要是錢包的問題，但是──

「……我不想搭那艘船。很沒品耶。」

「要是沒搭上那艘船，到明天為止就沒有船可搭了。就算是那樣的船也是定期船啊！」

「船員們也全都是肌肉壯漢喔？而且還擺好了姿勢以奇怪的笑容看向客人，難道他們是健美選手嗎？」

「不，他們是船員吧？而且也有其他客人搭上船了啊。」

「……大家都一臉很不情願的樣子。這也是當然，光看就覺得熱得難受。雖然也有看起來很高興的夫人，但感覺她是在看別的地方。」

簡直有種整艘船像是肱二頭肌的錯覺。

真的是艘非常雄壯的船。

「好了，趕快搭上去吧！」

「我不要。感覺好像會懷孕，好可怕。我們搭別的船吧。」

「我們哪有那種閒錢啊！雖然從大叔那裡拿到了寶石，可是根據風向，不知道要花上幾天才能到桑特魯喔？必須盡量減少開銷才行。」

「可是這不合我的興趣啊～全都是壯漢，而且還半裸著身體……」

「別說任性話了。如果不是處在這種狀況下，我也不想搭！而且不管搭哪艘船，船員幾乎都是男的。就算對此不滿也拿這狀況沒轍吧？」

船員們優美的展現他們的胸大肌。

是艘連船員都很雄壯的船。

「咕咕。（真是完美的肌肉啊。）」

「咕咕咕咕。（嗯，看來他們經過了不少鍛鍊。吾等也不能輸給他們。）」

「咕咕咕。（在下從沒見過那樣的肌肉，太美了。）」

在咕咕們之間似乎頗受好評。畢竟這些雞也是肉體派的。對於經鍛鍊打造出的肉體，牠們會毫不吝嗇的給予讚賞吧。

他們應該不是在回應咕咕的稱讚，但是船員們以燦爛的笑容擺出了健美先生奧利瓦的招牌動作。

「少囉嗦，趕快上船吧！我們沒有多餘的預算！」

「要是知道事情會變成這樣，昨晚忍耐一下，不要去和我的達令們互訴情衷就好了。貧窮真是罪過啊。」

「這根本不是貧窮的錯吧！妳給我稍微自重點！」

雷娜小姐是個徹底忠於欲望的人。

「再說，像那種肌肉……」

雷娜的話沒能繼續說完。

她的背脊閃過一道有如閃電般的衝擊。

「爺爺，我們要搭那艘船嗎？」

「對喔，雖然上面都是些有點……不對，很奇怪的船員，不過要去梅卡哈瑪城，只能搭那艘船呢。」

「哦～我想要早點見到媽媽。」

「沒事的～只要再忍耐個兩三天就能見到她嘍。我們也買了很～多土產啊。」

「嗯！」

從雷娜身邊走過的老人，以及像是他孫子的幼小少年。

看到那少年的時候，雷娜一瞬間露出了獵人般的眼神，然而嘉內卻看漏了那個瞬間。

這是個小小的失誤。

以年齡來說那應該在雷娜的守備範圍外的，她的本能卻受到了某種衝動的支配。

「……我搭。」

「等等，雷娜？妳……到剛剛為止都還那麼不情願的，這是怎麼了？」

「沒事。預算很重要呢，我下次也會多注意的。不說了，趕快上船吧。」

「喔……（她這忽然是怎麼了？意外的老實。）」

儘管露出了有些狐疑的表情，嘉內仍爬上了梯子。

雷娜的態度讓她有些難以釋懷。

滿身肌肉的船員們擺出了展現腹部與大腿的姿勢表示「歡迎來到我們的船上」，並以笑容迎接她們踏上甲板。

儘管看來像野獸，但實際上非常的紳士。

這時嘉內還沒注意到，雷娜早已化為了盯上獵物的肉食猛獸——

沒過多久船便啟航，離開了塞尚城。

夕陽往西邊下沉，天空終於被夜幕籠罩。

在世界被夜晚的黑暗給包覆之時，船成了無處可逃的狩獵場。

名為雷娜的野獸的狩獵場——

「爺爺！惡魔！那裡有惡魔！」

「嗯？那裡沒有東西喔？你是不是睡迷糊了？」

「不是啦～那裡、那裡有個表情很可怕的女人……一定是惡魔啦～！」

「你一定是累了吧，拿你沒辦法，過來吧。」

「……嗯，嗯。」

幼童被祖父給抱著入睡了。

而事實上，的確有人在黑暗之中窺視著他們。

在兩人靜靜沉睡的昏暗房間深處，出現了一抹帶著喜悅之情，有如弦月般的笑。

恐怖之夜開幕了。

第七話　大叔展開調查

初始為一片虛無。

猶如無限的時光過去，一神降臨於虛無之世。

神以杖刺入虛無之黑闇世界，出現了光。

光之下生出火焰，將劍豎立於火焰之上，大地便誕生了。

大地為火焰所包覆，將書投入於火焰中，便出現了水。

水滋潤了大地，而以盾遮蔽水則生風，一個世界誕生了。

世界誕生後，將天秤置於世界之上，便從中生出了法則。

最後誕生了許多的生命，世界成了樂園。

樂園最終孕育出了擁有智慧的野獸，野獸遍布世界各處，撒下了生命之種。

生命的樣貌改變，打造聚落，在各地的聚落林立之處形成了國家。

產生了欲望、產生了戰爭、產生了不斷擴大的憎恨。

憎恨成了無止境的迴圈。

這股憎恨化為災厄，總有一天會覆蓋這個世界吧。

名為終焉的大戰沒有勝者。

大地被血染紅，屍身堆積如山，僅留下沉默的廢墟。

最終生者將盡數消逝，令諸神啞然失笑吧……云云。

大叔對老套的宗教觀嘆了口氣，闔上記載了種族間傳說的書。

大圖書館的書架上陳列全是手抄本，其中也包含了那些基於宗教理由而被改寫過的書，數量非常可觀。

就算看得再快，這也不是一天可以全部看完的量。

所以在今天這來大圖書館查資料的第二天，他先問了管理員符合條件的書有哪些，挑出幾本之後才埋首於閱讀中。

也就是說已經超過了當初預定的一天。大叔有些後悔，既然這樣應該再多保留一些時間的。

「……總覺得創世紀的神話大多是類似的故事呢～最後總是會引發種族間的戰爭，為什麼老是用最終戰爭導致世界毀滅來作結呢？都沒什麼變化……人所想的事情，最終都是一樣的嗎？」

「叔叔……照你這說法不就沒什麼好說的了？你是想在世界末日追求什麼？」

「我對末日沒有任何期望。那個時候反正也死了，想什麼都沒用。比起那個我還比較在意明天吃飯的錢。不對，應該說我在意世界的和平吧？」

「騙人，叔叔你賺了很多錢吧？就算沒錢你也可以靠野外求生的技能活下來吧？」

「那怎麼可能呢。不要把人說得像是哪裡的原住民嘛～」

「文明人才不會吃昆蟲咧！」

傑羅斯找了些創世神話類的書籍，但是那些書裡寫得大多都是跟老套奇幻故事沒兩樣的四神教神話，感覺實在太可疑了，他便改為查閱以前那些古老種族間的傳說。

他因此發現了記載著「創生神雖然創造了世界，但祂造出世界後就僅在一旁看著」這種說法的書籍。也有不少書籍在關於創生神的記載處寫著「從旁守護著世界的神」，可以看出創生神完全不會像四神那樣給予人們神諭。

但是創生神教的教義中完全沒有提到四神和邪神的事情，還是不知道這些神是怎麼出現的。

「唉，既然不論哪個經典或神話，最後幾乎都會邁向諸神黃昏的話，完全沒有提到邪神的事也很奇怪吧。畢竟是在之前的戰爭帶來大規模損害的存在。真要說起來這過程也還是個謎呢。」

「四神也是在邪神戰爭時才出現的吧？那麼不管是邪神還是四神，如果從一開始就不存在於這個世界上的話很奇怪吧？雖然邪神也有可能是從異世界來的，但是在世界法則不同的情況下，邪神有辦法撕裂時空來到這裡嗎？」

「雖然也有召喚過勇者的記載，但這只出現在邪神戰爭以後的紀錄裡，在那之前沒有召喚勇者的紀錄。而且被記載下來的勇者名字啊……」

「多達三十六名的勇者之中，好不容易才留名下來的只有寥寥數人。『DAISUKE KINJOU』、『YUKI MINASAWA』、『HIROSHI YAMAMOTO』……這是日本人吧？」

「肯定是。這樣就表示他們是從地球上被召喚來的，可是一般來說這會變成大規模的人口失蹤事件。我沒印象有發生過這種事件啊～該不會是從位於其他次元的地球上召喚過來的吧？」

「應該是吧？畢竟從不同世界分別召喚幾個人來太沒效率了，從同一個世界召喚過來比較快吧。而且還是從同一個地方一次全部召喚……」

在殘存下來的紀錄片段上發現的勇者們的名字，不管怎麼看都是日本人的名字。從三十六個人同時被召喚這點看來，認為他們是從同一個世界被召喚過來的會比較合理。

從魔法製作者的角度來看，若是分別從不同世界召喚幾個人過來，因所需能量的問題，得召喚很多次，太沒效率了。而且畢竟是要在次元上開個洞，要控制這召喚術想必也很困難。

「無論在哪本書的記載中，都說這召喚術是四神授予的。我也稍微查了一些舊時代的文獻，沒找到可以在次元上開洞的魔法。也就是說，可以將四神授予人類召喚魔法這件事當作是事實吧？不過在那之前，人類有辦法控制這個召喚魔法嗎？」

「沒有實際看到術式調查的話很難確認呢。我是辦不到啦……問題果然是邪神嗎～這個邪神到底是什麼啊？」

根據邪神戰爭時期寫下的傳說和紀錄中，邪神被視為是突然出現，不僅破壞了文明，還像是要把種族給連根拔起似地無差別的吞噬一切事物的存在。就算想要打倒祂，邪神的一擊也能讓山脈消失、海水蒸發，甚至撕裂空間。

「邪神根本是無敵的吧？真虧他們能成功封印祂。一般來說應該辦不到吧……又不是動畫。」

「果然還是努力、友情、勝利吧？下了一些功夫，硬是想辦法把祂逼入了絕境之類的？」

「如果這個傳說寫的是事實，這可不是靠智慧與勇氣就能想辦法應付的對手喔。我是實際和祂戰鬥過啦，那個真的很棘手。狀態異常攻擊對祂完全無效，還能完全吸收掉一定程度的屬性魔法。而且攻擊前不須蓄力，所以會忽然射出超粗的雷射砲。我們是連續使出了超廣範圍破壞魔法『闇之審判』和全方位擴散殲滅攻擊魔法『賜予汝等死之花束』這種超危險的攻擊才能造成傷害。用正常的打法是打不贏的。」

「等級至少要超過1000才能當祂的對手吧？勇者們有那麼強嗎？」

「書上是寫說他們使用神器封印了邪神，可是在封印途中神器好像壞了喔？還真脆弱啊……而且完全沒有四神親自戰鬥的紀錄……」

這時候已經可以看出四神和邪神之間有力量上的差距了。假如四神沒有戰勝邪神的力量，就代表邪神是比祂們更高階的存在吧。

「有沒有可能是常見的那種為了維護世界的穩定性而用光了力量之類的？其他的聖典上也是這樣寫的喔？」

「我不這麼想呢，畢竟祂們留下了勇者和召喚魔法陣。如果有足以考慮到世界穩定性的智慧，應該會慎重的處理異世界召喚魔法陣這種違反自然法則的東西吧？既然祂們沒把這個收回去，我只覺得祂們根本不重視世界的穩定性啊。」

召喚勇者用的魔法陣就這樣留在這個世界上，現在仍被使用著。

「閱覽用的報紙上有『梅提斯聖法神國特務騎士團的勇者「SUMERAGI」與聖女大人熱戀中』的報導喔？看來他們現在還在從異世界召喚勇者過來吶。」

「那樣沒問題嗎？以輕小說的模式來看，召喚勇者應該也會有風險吧？」

「是有這個可能，但是我們在這邊慌也沒意義吧。畢竟只是有這個可能性，沒有確切的證據。他們說不定有什麼我們所不知道的神祕能量啊。」

看來召喚勇者的行動仍持續著，也不知道這行為會對這個世界產生怎樣的影響。要是沒有任何明確的證據，也沒人會調查這件事吧。

『魔物從邪神戰爭結束後就增加了，這件事也很讓人在意啊。就算文明程度下降了，應該也不會對生態系產生影響才對，只能判斷是有其他原因了。如果是我多心就好了吶……』

邪神戰爭後，魔物便急速的繁殖，且進化成各式各樣的種族。

一般來說生物會花上漫長的時間進化，適應環境，然而這實在是太快了。

畢竟現在魔物的棲息地在世界上不斷擴大，說魔物是這個世界的支配者也不為過。就算因為是奇幻世界所以可以接受這種狀況，心中仍留有一股討厭的不安感。

「我實在不覺得寄那種郵件過來的女神會好好管理世界吶。」

「唉，因為是那種神……從郵件的內容看來，感覺是很不負責的女神們耶？」

「做事態度太隨便了呢……個性簡直就像是妖精。只顧享樂，好奇心旺盛，而且沒有責任感。只會給旁人添麻煩的，難搞又礙事的傢伙。而且還會讓人沒來由的火大。恣意妄為，只會依照當下的想法行動的惡魔……讓我回想起那些傢伙了。」

「啊～……妖精確實有這些特性呢。常常會因為身上的東西被他們偷走而陷入危機……」

「我只要發現，就會不由分說的殲滅他們就是了。誰叫他們是群外觀可愛，但小小的身體中滿是惡意，性格惡劣的傢伙。畢竟被視為一種魔物啊……」

「叔叔真過分……」

「因為妖精的魔石『妖精之珠』是很不錯的鍊金素材，賺了一筆呢。我用『伽瑪射線』把他們連著整個聚落都燒光了……那時候因為他們偷走了好幾個貴重的萬靈藥，害我真的動怒了。那是我為了和稀有頭目戰鬥而保留起來的啊……真虧我們能打贏呢～打贏那個貝西摩斯……」

「貝西摩斯？叔叔你太亂來了吧！真的是虧你們能打贏呢！」

「伽瑪射線」——雷系魔法「電漿射線」的強化版魔法。

由於伽瑪射線可以穿透物質，直接給予內部巨大的傷害，所以就算對手是半實體的妖精，也能不由分說的殲滅他們。畢竟妖精的身體是由魔力和小塵埃等物質構成的，想抓住他們也會立刻消失，還會不斷搶走人類身上道具，麻煩透頂。可以利用將物質從魔力體內排出去來使自己變透明，也可以利用相反的操作實體化，相當神出鬼沒。

然而就算是妖精，「伽瑪射線」也能給予他們巨大的傷害。是一種強制將超量的能量擊入構成妖精身體的魔力體中，藉此打倒他們的魔法。對於妖精來說毫無疑問是非常凶殘的魔法。射線會與妖精本身的魔力產生湮滅現象，使妖精被消滅。而且伽瑪射線就是一種能量，就算妖精想變透明逃走也能夠直接擊中魔力體，所以絕對逃不掉。

要是打在人類身上，血液會瞬間沸騰，整個人化為焦炭。生物都會當場死亡吧。雖然有暴露在輻射下的危險，但是魔法可以藉由設定魔法術式來做調整，所以可以使輻射失效。

妖精的魔力很高，所以用魔法攻擊他們不太有效，但這個魔法可以無視妖精的特性殲滅他們。畢竟這連魔力屏障都能夠穿透。

當時的大叔由於道具數度被奪走而非常火大，覺得小惡魔就該死，才創造出了這個魔法。製作的經緯先不提，這魔法的威力凶殘到只會讓人覺得這裡頭充滿了惡意的程度。不對，說不定只有惡意而已。

這也是個實際在這個世界使用的話，不知道會發揮什麼慘烈效果的禁咒魔法。

雖然是題外話，但在這個世界裡妖精也被視為一個種族，不能隨意虐殺。

由於妖精們以此為擋箭牌，繼續做出那些惡劣的惡作劇，對於普通地生活著的人們來說實在是非常困擾的存在。其中也有小孩、家人或朋友被妖精給殺害的人，所以憎恨擁護妖精的「梅提斯聖法神國」的人也絕對不在少數。

看著針對梅提斯聖法神國做調查的學者的著作，傑羅斯疑惑地盯著書頁。

「唔，擁護妖精？這是怎麼回事，為什麼要保護對人類有害的魔物啊？」

「該不會四神原本是妖精王，進化之後才成為女神吧？」

「很常見的套路呢。雖然這不是不可能，可是我不覺得祂們有足以干涉異世界的力量呢。總覺得少了些什麼……我實在不認為妖精王能夠駕馭得了可以管理世界，足以被稱作女神的力量啊。如果是精靈王的話還可以理解……」

「所以才會有四位吧？透過分工管理來減輕負擔之類的？」

「原來如此，這樣就說得通了。會擁護妖精也是因為是同族，很有可能呢。」

推論成立了。但他們並沒有確切的證據。只有一些間接證據，真相依然埋藏在黑暗中。假設四神是妖精王，那麼給予四神管理世界權限的究竟是何方神聖也是個謎。

而且他們也還是不知道邪神的真面目為何。

「這麼說來，郵件裡面有寫到『明明長那麼醜，真難相信祂居然是女神』，可是如果邪神是女神，那為什麼不是五神而是四神？而且祂還想要毀滅世界……」

「該不會是創生神失敗了吧？想做個符合自己喜好的女神，卻不小心做得很醜之類的？然後女神就因此懷恨在心決定要毀滅世界，哈哈哈哈哈。」

「怎麼可能，我是覺得不會有這種事啦。如果這是真的，那還真是個討厭的故事呢……哈哈哈。」

雖然沒有足以否定這說法的要素，但這實在太不像樣了。

不過在不清楚真相的情況下，在這邊胡亂猜測也沒意義。

先不管推論是否正確，由於在大圖書館查資料的工作也算是告一段落了，他們打算進行下一個動作。

「那麼把書放回架上後就回去吧。肚子也餓了，去哪裡吃個飯吧。」

「贊成♪哎呀～累死我了～蒐集情報這種事情實際做起來還真是花時間呢。跟我們在遊戲裡面差多了。」

「現實就是這樣吧。唉，雖然城裡的居民知道遺跡的祕密這種情報的時候，『Sword and Sorcery』的世界也讓人覺得很不對勁就是了。『你們到底是從哪裡弄到這種貴重情報的啊？』我好幾次都這麼想呢。」

「的確……仔細想想很奇怪呢。我覺得那個世界就算不是遊戲，那種碰巧的程度也有些不正常。認真一想，其他遊戲的世界觀也很奇怪耶。」

「真要說起來，跟現實世界相比，遊戲世界裡有很多奇特的現象吧。勇者可以去其他人的家裡翻找素材這點就很不自然啊。」

「啊～……沒錯沒錯！就算想說這也不過就是遊戲，但放到現實生活中來看根本不可能發生這種事呢。勇者做的事情一般來說就是小偷啊，要是被發現了一定會被抓走吧。」

把該做的事情做完後，大叔他們開始聊起了RPG遊戲的「常見設定」。

的確，遊戲的主角們總是光明正大的從別人家裡拿走道具，或是明明未經許可就從城裡帶走貴重的東西，如果把這些事情放到現實中來看，根本就是仗著勇者的名號擅自去搶奪人家的東西。

儘管這只是架空世界的事，但大叔他們現在身處於奇幻世界中。而且要是做出和遊戲裡一樣的事情，絕對會被視為是犯罪。

實際上就有打算創造一個奴隸後宮，結果害自己成了奴隸的同鄉。現實真不好混啊。

「畢竟是擅自入侵別人的家，那個一般來說算是非法侵入民宅吧？還真虧那些住戶都沒打算報警啊。」

「對對對！而且明明就有可疑人物入侵在房裡翻找東西了，住戶還會很親切的告訴你情報，真的是會讓人覺得『這世上到底有多少爛好人啊？』有時候還會把是家人遺物的武器送給你呢。」

「確實有這種事呢。而且那個武器到下一個城鎮時就賣掉了吶。」

「那是因為手上早就已經有一樣的武器了吧。明明是拚命賺錢才買到的，現在卻可以免費拿到是怎樣啊？是拚命賺錢買來的喔？那個時候我超挫折的。而且也沒有其他角色可以裝備那個武器。」

「還有拿到的劍在劇情中因為保住了主角的性命壞了，之後雖然被改造成了強力的武器，但因為派不上什麼用場，只能束之高閣呢。一般來說，要修壞掉的武器不如去做把新的，為什麼要回收廢鐵再利用啊？而且因為是劇情道具，連想賣掉都不行。」

「而且武器店裡還會賣比那攻擊力更強的武器咧～」

儘管嘴上在閒聊，兩人仍抱著從書架上拿下來的書，一一放回原位。

其中也有必須放回三樓保管庫的書，但他們完全不管會不會給周遭的人添麻煩，吵吵鬧鬧地爬著書架。光是看到這個景象，大圖書館的管理員們就用非常可怕的表情瞪著他們了，然而大叔他們完全沒注意到。

「你們兩個，這裡是公共場合，可以請你們稍微安靜一點嗎？就算現在使用者人數不多，還是該保有最基本的禮儀吧……」

「「……抱歉。」」

他們理所當然的被管理員給斥責了。

管理員重新教育了他們為人處世必須要有公德心這件事。

◇◇◇◇◇◇

瑟雷絲緹娜在距離傑羅斯他們稍遠的地方，獨自在建構魔法術式。

她從實戰訓練回來後，就沒在學院裡看見蜜絲卡。只有一張寫著「我被主人叫去了。請不要找我。」的信紙。這讓瑟雷絲緹娜十分疑惑。

幸好她自己會打理身邊的大小事，只是一個人待在宿舍房間裡也很寂寞，所以今天也像這樣在大圖書館裡消磨時間。

明明覺得自己已經習慣孤獨了，還是會不時覺得有些難過。老實說她有些羨慕可以一邊和傑羅斯開心的聊天，一邊查資料的伊莉絲。

所以她正在進行作為每天日課的魔法術式的建構。雖然她正在試著建構積層魔法陣，但是上下的魔法陣尺寸只要有一點點差異，夾在中間負責處理術式的魔法陣就會出錯。

這個魔法陣的困難之處，在於要分割複數不同的指令魔法術式，再把全部疊在一起，構成積層型的魔法陣。只要有一點微小的偏差就會造成負擔，而這負擔便會影響到魔力的運用效率。

刻有複數魔法陣的魔法術式也是，由於效率化使得魔法術式的密度不同，很難以同樣的大小來建構魔法陣。

「雖然真要做的話，似乎也能做成圓錐形的，可是要把魔法術式分割到各個魔法陣中好難喔……得考慮要怎麼樣配置術式才行，比平面魔法陣更困難呢。」

她現在在製作的魔法陣是中級魔法「雷電射擊」的改良版。

這是可以擊出多個電漿彈的範圍魔法，但只能朝正面攻擊，要是在近距離戰鬥下，對方就會在魔法擴散之前遭受攻擊。不過因為會在擊出前形成一個較大的電漿球，所以她在想要是能夠造出好幾個電漿球的話，或許可以改用在防禦層面上。

畢竟廣範圍攻擊的電漿彈，和擊出前電漿球相比，一擊的威力是不同的。

電漿球威力雖強但只有一發，若是作為範圍魔法擊出的話就會分裂成無數顆電漿彈，但單發的威力會大幅下降。而且攻擊時的性質也會隨之變化，電漿球是爆發，擊出的電漿彈則是具有貫穿力，且可以隨著不同用途任意變化攻擊的型態。

這個改良後的「雷電射擊」的魔法術式，加上了可以利用自然界魔力的術式後，成了個異常扭曲的圓柱形的立體魔法陣。

在控制術式大小的前提下，要是不能做成穩固的形狀，在使用魔法時反而會增加使用者的負擔，最慘的情況下說不定得耗上雙倍的魔力才能使用。

瑟雷絲緹娜正在為了取得這之間的平衡而苦戰著。

「要是不在哪裡塞入魔法術式的話，積層魔法陣就會扭曲變形，想減輕負擔的話，應該要合併什麼才好呢……」

由於講師們根本無法解讀魔法術式，找他們商量也沒意義。

茨維特的技能程度和自己一樣，所以只會變成兩個人一起煩惱，沒辦法有所進展。再說他現在得去參加惠斯勒派的會議，時間上也湊不攏。

而要說起庫洛伊薩斯的話，他正在這個大圖書館的某間實驗室裡調查他在實戰訓練回程時做出的「？？？強化藥」。

要說這個大圖書館裡為什麼會有實驗室，是因為資料既然在這個圖書館裡，特地把書拿到在一段距離外的研究大樓實在太沒效率了。

以想要邊調查邊研究來說，這個大圖書館是個非常好的地點，不過因為有許多的學生要使用，使用上設有時間限制，若是想長時間使用就必須事先預約。

幸好今天有跟他同樣屬於聖捷魯曼派的朋友預約了，他便以搭順風車的形式泡在實驗室裡。庫洛伊薩斯意外的滿會占人便宜的。

由於自己的研究室裡放了各式各樣的藥品，他認為要是不小心起了什麼反應就糟了，所以才臨時想到要來用大圖書館的實驗室。

唉，雖然最主要的原因是馬卡洛夫他們阻止了庫洛伊薩斯……

總之瑟雷絲緹娜沒辦法和能夠解讀魔法術式的這兩人商量，又不太好意思去問老師傑羅斯，她正陷入了煩惱的漩渦中。

「好難喔……明明很輕鬆的就完成了『火炬』的積層化工作，雖然依據魔法等級不同，術式也會改變這是無可奈何的事情，但真沒想到會是這麼難解的魔法陣……」

「這是因為妳把其他的命令魔法術式分割得太瑣碎了。應該把從一開始到第三個的術式做成一個魔法陣就好了。這樣做完之後再試著把大小均等化，我想應該就能漂亮的完成嘍？」

「啊，原來如此……可是這樣的話，處理術式的大小會……」

「處理術式是用來處理整合魔法術式的，所以單純只改變魔法陣的大小也行喔？沒必要連內部的魔法術式都一起調整。」

「啊，是這樣啊！我還以為魔法陣變大的話，就必須調整處理魔法術式的魔法陣的密度才行，原來不這麼做也可以啊♪」

「不需要想得那麼複雜啦。魔法陣只是用來處理魔法術式的，所以只要可以完成它的工作就行了。接下來只要把各魔法陣的大小統一，重疊起來，哎呀真神奇，三兩下就做出積層魔法陣了呢♪」

「原來如此……呃，老師！」

轉過身後，他就在那裡……

大叔不知何時跑來看著瑟雷絲緹娜手上的作業。由於他用手夾著沒點火的菸，有位女性管理員正用很可怕的表情從後面瞪著他。

他恐怕是做完一件事後打算哈個一根，卻在這時被管理員看到，狠瞪著他，他別開目光裝傻時，才發現瑟雷絲緹娜正好就在他旁邊。

順帶一提，這個管理員和剛剛訓斥傑羅斯他們的是不同人。

「……老師，這裡禁菸喔？把菸收起來比較好吧……」

「哈哈哈……被人狠狠瞪著呢，我因為習慣一個不小心拿出來的時候就被管理員給看到了，要是沒被看到我可能就點火了吧……平日的習慣真可怕啊。」

「因為香菸的煙會傷到書本，這也是理所當然的吧？而且在那之前還有所謂的公德心。」

「因為幾乎是下意識就拿出來了，我真的是不小心的啦。是說我在查資料的過程中就很在意了，那條路前面有什麼嗎？我看剛剛有幾個學生走了進去。」

「那邊是實驗室喔。經常會有沒有研究室的學生借用那裡來製作魔法藥。不過剛剛庫洛伊薩斯哥哥也和其他學生一起進去了。」

「庫洛伊薩斯嗎，我對他平常都在做些怎樣的研究還滿有興趣的呢。現在一定也發展成很有趣的狀況了吧。」

「……這我無法否定。畢竟哥哥在拉瑪夫森林也引起了一陣騷動……」

「啊～……我記得是弄出了奇怪的煙霧？原來那個是小瑟雷絲緹娜的哥哥惹出來的啊。」

「伊、伊莉絲小姐！妳是什麼時候……」

把書都歸位的伊莉絲突然從瑟雷絲緹娜的視線死角出現，加入他們的話題中。

這兩個人神出鬼沒的，還真是對人的心臟不好。

「學院的研究啊～我也有點興趣呢。應該不會爆炸吧？讓人頭髮變成爆炸頭，從嘴裡吐出粉末之類的。」

「這又不是什麼老派的搞笑短劇，不至於發生那種事情吧。我想應該沒有會讓學生碰上這種危險的講師。」

「會發生喔？爆炸……因為無法預測兩種魔法藥會發生怎樣的反應，學生總是一邊展開屏障一邊做實驗的。因為研究似乎都伴隨著危險。」

「還真是意外危險的地方啊……到底是讓學生做多麼亂來的事情啊。要是出了人命怎麼辦？」

異世界的學校非常危險。普通的上著課，旁邊就不時有可能會爆炸或是產生有毒氣體。簡直像是在公共場所中光明正大的進行開發軍事兵器的研究。

而且考慮到最糟糕的狀況，總是備有國家的特殊部隊負責監視，要是出了什麼事就可以即時的救助學生。也就是說，應該可以認為他們曾經引發過很多次危機了，所以才會成立專門負責救助的部隊吧。危機管理的等級和地球有很大的差異。

就算因為研究而意外死亡，也一樣會被歸類於個人自行負責的範圍。這點也很可怕。

「為了預防萬一還是先做好防衛手段比較好呢，要做實驗時也先徹底地確認安全吧……？這樣應該多少可以避免一些危險。」

「做是有做，但好像還是很常發生意外。那些幾乎都是庫洛伊薩斯哥哥造成的……」

「小瑟雷絲緹娜的哥哥該不會是瘋狂科學家吧？是會不小心做出危險物品的人嗎？」

「因為他是個視研究為一切的人，至今似乎也不知道做了多少危險物品出來。他總是說『不多做實驗就不會有進步』，做出一些一個沒搞好就會引發戰爭的東西……雖然我不清楚他到底做了些什麼，但跟他一起研究的高年級生似乎都被下了封口令。」

大叔超有同樣的體驗的。

在「Sword and Sorcery」蒐集到大量素材，他就會隨心所欲的反覆實驗，做出危險的裝備，甚至為了確認效果而把PK職的玩家當作白老鼠。

也曾有個夥伴做出了可以讓人的腦袋變得很開心的魔法藥。

一般來說，會做人體實驗的「殲滅者」所有人都和庫洛伊薩斯是同類。大叔當然也做過很多次類似的事情，沒資格說別人。

「實在無法置身事外呢。簡直就像是自己的惡行被重現了一樣刺著我的良心……呼……我還真是做了缺德的事情啊。」

「過去式？叔叔你現在也還在做吧。特別是那些咕咕們，牠們的成長狀況太奇怪了喔？」

「我只是每天和牠們練習過招而已啊。妳不覺得牠們那認真的想要達到某種頂點的樣子很棒嗎？就算牠們是魔物。」

「那些咕咕們已經不會輸給任何人了吧？不僅可以一擊打倒看起來明顯比牠們強大的魔物，還可以變身成上級種族……我從來沒聽過這種魔物。」

「變化型態算是龍種常見的現象就是了。只要生氣外觀就會改變，其中也有會完全變成其他樣貌的個體。特別是『劍刃龍』之類的。」

「劍刃龍」平常的樣子和普通的龍沒兩樣，可是在戰鬥時會變化為全身被劍刃給包覆著的模樣。翅膀也會變成銳利得嚇人的刀刃，擁有普通的武器無法匹敵的強度。由於鱗片等素材只要注入魔力就會改變形狀，很適合用來製作變形武器。

「老師……龍種幾乎都是夢幻的魔物喔？這附近從來沒看見過。我想頂多只有『加布爾』吧。」

「加布爾」是小型的飛龍，就算是單獨作戰的傭兵也能夠打倒牠。在「Sword and Sorcery」中是最初會碰上的飛龍種，地位有如讓大家習慣戰鬥方式的教科書。

「啊……雖然是飛龍種卻是最弱的……用弩砲一發就能打下來的那個對吧？」

「只有叔叔你會這樣說吧？我也只和夥伴一起打倒了兩次而已喔？龍種的強度太不尋常了。」

「畢竟是最強的種族啊，光是身體巨大，魔力和體力就大不相同了。再加上等級的話，會強也是理所當然的吧。除此之外還有技能等等……」

「龍種到底有多強啊……叔叔的確連龍王級的龍都打倒了吧？一個小隊就打倒了多人共鬥的稀有頭目……」

「那個還是別去打比較好……要持續長時間的戰鬥可是地獄喔。我勸妳絕對不要模仿。畢竟要持續戰鬥一整天到精神耗弱的程度呢。」

能辦到這種事的只有「殲滅者」。

必須隱藏身影，不斷地從死角攻擊對方的弱點。還要長時間反覆進行這樣的動作，實在是瘋了才幹得出來。

雖然也有其他小隊被捲入了這場戰鬥中，但傑羅斯他們甚至會若無其事的利用其他小隊當作誘餌。

由於沒讓對方發現便打倒了敵人，暗殺職業的技能也提升到了「神」的等級。

簡單來說他們從未正面挑戰過龍王。完全是去狩獵的。

『老、老師……從這話中聽起來，這是非常亂來的行為不是嗎？雖然很有興趣，但我沒有去實踐的勇氣。不過真想聽聽詳細的經過啊。』

瑟雷絲緹娜在心中默默地對老師過去的英勇事蹟起了極大的興趣。

「唉，先不管龍種了，我想看看庫洛伊薩斯在做什麼呢。」

「實驗室也開放給一般民眾，只要不礙事的話是可以進去參觀的喔？只是不可以碰裡面的東西……」

「在使用實驗室的是小瑟雷絲緹娜的哥哥對吧？我怕得不敢做那種事啊，我可不希望撞到什麼就碰地爆炸了。」

「就算是哥哥，也不會那麼頻繁的引發……」

——轟——————隆！

「……爆炸了呢。」

「還真是不會背叛大家期待的哥哥呢。他到底是在做什麼實驗啊……」

「伊莉絲小姐妳很期待嗎？總之我們去看看有沒有人受傷吧。我會幫忙治療的。」

「說得也是……受重傷那還另當別論，要是出了人命就糟了！」

他們從書庫走到通道上，在瑟雷絲緹娜的帶領下前往實驗室。

途中傳來某種柑橘類的香氣，讓傑羅斯歪頭思索了一下。

那簡直像是會出現在獨居女性房間裡的香味，但瑟雷絲緹娜和伊莉絲都對這香味沒有任何反應，這點也很奇怪。

他們沒過多久後便抵達了實驗室，實驗用品散落在裡頭，天花板染上了一大片黃色污漬。放在房間中央，有如魔女燉藥用的大鍋子非常不對勁。

從鍋中殘留了約一半一樣是黃色的液體看來，便可得知房裡的狀況是由於這個液體起了某種反應後爆炸，使得液體往上噴發。

然後傑羅斯的「鑑定」技能又在沒去使用的情況下擅自發動了。

＝＝＝＝＝＝＝＝＝＝＝＝＝＝＝＝＝＝＝＝＝＝＝＝＝＝＝＝

【超強力豐胸藥】

胸部小的女性們嚮往的夢幻靈藥。

只要喝下這個，妳也可以擁有完美曲線。變成人人稱羨的性感胸器！

只要喝下一湯匙，A罩杯也會立刻變為豐滿的Z的10次方罩杯。

請盡快使用。

＝＝＝＝＝＝＝＝＝＝＝＝＝＝＝＝＝＝＝＝＝＝＝＝＝＝＝＝

『……庫洛伊薩斯。你到底做出了什麼啊？更重要的是，從A罩杯一口氣變成Z的10次方罩杯這……到底是怎樣的狀況啊！一不小心喝了胸部就會垂到地上……不，這應該會被脂肪給壓死吧！以某方面來說這是很危險的藥吧？』

庫洛伊薩斯創造出了以別種意義來說會引發戰爭的藥。

而且效果太強了，根本無用武之處。
彷彿會在這個世界的美容業界掀起革命（？）的試做品完成了。

第八話　大叔和庫洛伊薩斯一起實驗

在大圖書館中的租借實驗室。

幸好，儘管受爆炸波及，但學生們都平安無事的樣子。

天花板上一整片的黃色污漬以及飄散在周遭的柑橘類香氣實在稱不上慘狀。

「哥哥，你沒事吧？有受傷嗎……」

「瑟雷絲緹娜啊……？我沒事，這常有的事。因為有事先展開屏障了，一點傷都沒有。」

「那就好，不過到底發生了什麼事？」

「我要多做幾個那種強化藥來實驗時，旁邊的素材不小心掉了進去……」

「然後就爆炸了……是嗎？是什麼掉進去了？居然會變成這樣……」

「我記得是『促進成長藥』吧。馬卡洛夫製作來給植物用的……」

大叔稍微理解了。

如果混進去的是「促進成長藥」，也就能理解這為什麼會變成「超強力豐胸藥」了。問題雖然出在那個謎樣的強化藥上，但那恐怕是會在完成品上追加附屬效果的藥劑吧。

「還真是碰上了慘事呀……沒想到居然會爆炸……」

「啊，小卡洛也在啊。妳該不會和小瑟雷絲緹娜的哥哥是同一個派系的吧？沒有變成爆炸頭軍曹真是太好了。」

「……可以請妳不要叫我小卡洛嗎？聖捷魯曼派原本就是我的曾祖父設立的派系。身為其後代的我隸屬於這個派系也是理所當然的。」

「哦～小卡洛的出身很高貴呢。」

「沒、沒那回事啦。雖然我總是告誡自己不能丟祖先的臉就是了……」

「妳很努力呢。我也想要早點提升自己的傭兵階級到可以去地城的程度。得加油才行。」

「我只是做了我該做的事情呀，不是什麼值得被誇獎的事。」

可能是不習慣被人誇獎吧，卡洛絲緹的臉有些紅。

看來她有些傲嬌。

「不過……庫洛伊薩斯。你是打算做出什麼啊？你作出了超乎常理的玩意耶……」

「哎呀，是傑羅斯先生嗎……因為穿著灰色的長袍，所以我沒注意。這還真是被你看到了我丟臉的樣子呢。沒想到會爆炸……是說，傑羅斯先生，你知道剛剛做出來的魔法藥是什麼嗎？」

「你做出了很麻煩的玩意呢。『超強力豐胸藥』……是可以讓胸部變大的藥喔。而且效果還強得嚇人，以某種意義上來說是很危險的藥呢。」

「「「那什麼啊——————！」」」

——叮叮——————！

男學生們集體大叫，相對的，女學生們的眼睛則異常的閃閃發亮。

「喝、喝下那個的話……我的胸部也……」

「多麼美妙啊……女孩們夢寐以求的靈藥。好想要……」

「胸部……魅惑的罩杯升級。再見了，洗衣板的每一天……我要前往極樂世界……」

「這樣就能變得像媽媽那樣……不管怎麼樣都非喝不可……」

「只、只要有那個的話，就能讓老是叫我貧乳的那傢伙沉迷於我了……」

「「「我想要！」」」

女學生們像是殭屍一樣站了起來，搖搖晃晃地以鍋中的「超強力豐胸藥」為目標前進著。簡直就像是感染了危險病毒的重病患者，眼中閃爍著異樣的光芒，為了實現自己的願望而動了起來。她們已經失去了正常的判斷力。

她們的精神已經被名為「豐胸」的魅惑詞彙給掌控了，突然進入了惡靈古堡的狀態。

「不、不行！男生們，快壓制住她們！要是現在喝了那個魔法藥，她們會一輩子後悔的喔！」

「「「欸？咦咦～～～？」」」

「快點！只要喝上一口就來不及了！不管怎樣都要死命守住！」

「「「是、是的，長官！」」」

被大叔的氣勢給震懾住，男生們儘管疑惑，所有人仍為了壓制住女生們而開始行動。

然而被慾望束縛的她們力氣十分驚人，本來在體力上可以勝過她們的男生也無法匹敵，只能硬是拉住她們。

像是解開了身體的拘束器，她們發揮了強大的力量。

作為路障擋在前面的男生們也漸漸被推了回來。

「……為什麼要妨礙我們呢？女孩子……無論是誰，都追求著ω的覺醒啊……」
「如果胸部能變大，我甚至做好了要和女孩子深吻……成為最奶融合的覺悟了……要是擋在我面前的話，就算是叔叔我也會殲滅的……」
「阻撓我的話，我會打倒你們的……胸部……豐滿的上圍……唔呵呵……」
「怎、怎麼會，連瑟雷絲緹娜都……妳們就這麼想讓胸部變大嗎？女孩子對美的渴望居然到了這種程度……太可怕了。」
「不、不行了……這根本不是女生的力量……這份執著，這就是所謂的女子力嗎……」
「要攔不住了……這股力量到底是……唔喔！」
「這、這就是……ω之力嗎……這不是隱藏在某個地城裡的力量嗎！」
「根本沒聽過那種事！唔喔喔！」
「「「「沒用沒用沒用沒用沒用沒用沒用沒用沒用沒用！」」」」
男生們沒辦法擋下她們。
庫洛伊薩斯和其他男生們有生以來第一次覺得女生這麼可怕。
那對胸部異常的執著，以及對理想之美的渴望之心，讓她們化為了魔物。
但是大叔跳過了男生們築成的人牆，擋在鍋子的前面。
「呼……妳們就這麼想讓胸部變大嗎？」
「「「「那當然！」」」」
「妳們……絕對不要後悔喔？就算喝下去之後的結果並不是自己想要的……也絕對不要後悔喔。」

「「「「後、後悔？為什麼？」」」」

「這個魔法藥……效果太強了啊。強到會讓A罩杯變為Z的10次方罩杯呢……就算是這樣，妳們也要喝嗎？」

「「「「Z的10次方罩杯？那是什麼鬼啊！」」」」

「我想喝了之後應該會因為胸部變得太大而動彈不得吧～最慘的情況下說不定會被自己的胸部給壓死……妳們要主動成為實驗品嗎？要怎麼選擇是妳們的自由就是了。」

女生們停下了動作。雖然魅惑的靈藥就在眼前，卻伴隨著巨大的風險。

或許會因為一時的衝動而後悔終生。到底要喝還是不要喝，這就是問題了。

「「「「……………………」」」」

「唉，要是效果弱一點或許能派上用場，不過總覺得會出現奇怪的反應呢。那到底是什麼強化藥啊？」

「啊，如果你是指一開始做出來的強化藥，這邊有喔？就是這個。」

庫洛伊薩斯將強化藥拿在手上。大叔立刻進行鑑定。

＝＝＝＝＝＝＝＝＝＝＝＝＝＝＝＝＝＝＝＝＝＝＝＝＝＝＝

【女性賀爾蒙強化藥】

只要喝下這個，無論何時都能保持年輕美貌，成為美魔女！

可以加工製成藥錠。適合搭配營養劑，也可以做成保健食品喔？

成長中的少女請在確認使用注意事項後再行使用。

由於濃度很高，請稀釋後再使用喔。男性可千萬別不小心喝下去唷？因為會像我一樣變不回去呢，欸嘿♡

＝＝＝＝＝＝＝＝＝＝＝＝＝＝＝＝＝＝＝＝＝＝＝＝＝＝＝＝＝

「誰會喝啊！是說這是誰啊？」

「……你透過『鑑定』看到什麼了嗎？這個強化藥有什麼不能喝的效果……」

「唉，男人喝了會有危險。你們有為了確認藥效變成男大姊的覺悟嗎？喝下去就無法挽回就是了……」

「「「「男大姊？為什麼啊！」」」」

庫洛伊薩斯做出了很不得了的東西。

以某方面來講這玩意非常危險。特別是對男性來說完全是百害而無一利，不是可以隨便大量生產的東西。畢竟已經有受害者出現了。要是沒有一步步的進行，忽然開始販售的話，毫無疑問的會有人為了獲得這個強化藥而開戰吧。

自古以來就有許多追求美貌的人。一如克麗奧佩特拉，一如楊貴妃。

而且也有許多想讓妻子永遠青春美麗的掌權者。這有時可能會引發不得了的暴行。大叔在這些前提下說明了強化藥的功效。

「「「「對女人來說是夢幻靈藥。」」」」

「「「「對男人來說是可怕的魔藥。」」」」

結果就成了這樣。這對女生們來說有著夢寐以求的效果，對男生們來說則是會引起最糟效果的玩意。有時為了確認這些魔法藥的效果，學生們會自己喝下藥水。

然而對象如果是男生，只要喝了就連胸部都會變得豐滿。沒有比這更可怕的東西了吧。而且還無法變回原狀。

「……真、真是好險。」

「是啊……因為我們之前才說要是搞不清楚效果的話，就試著喝喝看好了。要是沒有那個人，我們現在已經全都成了夫人了……」

「要是試喝了，就要踏上男大姊之路了……真可怕。我們在千鈞一髮之際得救了。」

「有神在此……穿著灰色長袍的可疑大神……」

男學生們在差點就要成為男大姊時得救了，打從心底感謝著大叔。

然而大叔和庫洛伊薩斯卻有別的想法。

「這效果還滿有趣的嘛……可以分一些給我嗎？我有東西想試試看。」

「哦？傑羅斯先生想要試試？這還真是讓人感興趣啊。你想用來做什麼？」

「其實是……（竊竊私語）……有這種魔法藥。我對於把這個混合進去會產生怎樣的效果起了興趣……」

「很有趣呢。真是非常值得玩味。值得一試。呼呼呼……」

絕對不能聯手的兩人開始行動了。

傑羅斯和庫洛伊薩斯用力地握了握手。看來他們非常意氣相投。

而且令人困擾的就是兩人都很瘋狂。

「那麼就趕快來試試看吧。可以先從稀釋強化藥這一步開始做起。」

「我知道了。呵呵呵……感覺會出現很有趣的結果呢。真是太有趣了，有多久沒有感受過這種心情了呢……」

「唔呼呼呼呼呼呼……」

接著這兩人便無視其他學生的存在，開始做起了實驗。

一旦開始行動便無法停止是生產職的習性。危險的東西不該混在一起。

「加油啊，叔叔！請你帶給貧乳……帶給我們夢想與希望吧！」

伊莉絲呼吸急促，非常興奮。然而大叔就連她的聲音都沒聽見，認真埋首於研究中。他和庫洛伊薩斯都露出了非常愉悅的表情。

◇◇◇◇◇◇

兩位危險人物開始行動後過了一小時，反覆實驗的瘋狂科學家的手終於停了下來。

「好了……終於完成了。連男人也曾經幻想過一次的夢幻靈藥。」

「沒想到真的做出來了……傑羅斯先生，我真是獲得了很棒的經驗呢。」

「還沒呢。沒有好好實際驗證的話是無法得知效果的。好了，雖然把效力降低了，結果會是怎樣呢……來『鑑定』一下吧。」

＝＝＝＝＝＝＝＝＝＝＝＝＝＝＝＝＝＝＝＝＝＝＝＝＝＝＝＝＝＝

【短時間性別轉換藥（限定變化為女性之劣化版）】

只要喝下這個，男性就可以暫時變為女性。

效果約能維持一個小時。不過在失效前繼續飲用的話就能夠延長時間。

雖然性別改變了，但人格不會因此改變。是有時效性的玩跟道具。

唉～要是一開始就做出這種東西的話，人家也……已經來不及了呢～都已經拿掉了……

＝＝＝＝＝＝＝＝＝＝＝＝＝＝＝＝＝＝＝＝＝＝＝＝＝＝＝＝＝＝

「所以說你到底是誰啊————！」

「鑑定」技能很奇怪。很明顯的有第三者介入其中。平常只會在腦中浮現功效之類的，這次卻附帶了粗壯的語音。憂鬱地嘆氣這點更是讓人感到沒來由的火大。

「不過真沒想到必須稀釋二十倍，原本的濃度到底有多高啊。還是不知道濃度變得這麼高的原因是什麼就是了。」

「再從頭開始仔細檢視一下調和配方吧。比起那個，我沒想到真的可以做出來呢。其實我從以前就對這個很有興趣呢。自己要是生為異性的話會是什麼樣子。」

「只要是男人都曾經這樣想過吧，庫洛伊薩斯……我是不需要啦。」

「「「「什麼————！」」」」

「唉，畢竟只是可以短時間的變化成女性，女生喝了也不會有效果就是了。不過濃度提高的話就會變不回來，所以稀釋得很淡……因為未稀釋的原液很危險，我就先回收了。」

「性別轉換藥的原液會完全變化為女性，還是別不小心喝下去來得好。雖然送給需要的人也無所謂啦……有誰想變成完美的女性嗎？馬卡洛夫……」

「不、不要用那種充滿期待的眼神看著我──────！」

為了確認藥效，庫洛伊薩斯似乎連朋友都會拿來做實驗。

和清爽的外表相反，他是個研究之鬼。

「真的想要變成女性的人這之後再去徵求就好了吧。比起那個，要把『短時間性別轉換藥』用在誰身上呢？庫洛伊薩斯，你要親自確認藥效嗎？」

「這雖然是個很單純的問題，但你為什麼會想做這個魔法藥呢？傑羅斯先生也對自己那如果生為女性的樣貌有興趣吧？」

「我啊，只是因為碰巧身上帶著有趣的藥，想說『說不定可以做得出來？』才做的喔。做出來我就沒興趣了。」

「唔，對結果沒有興趣……是注重享受過程的研究者嗎。不過這個量該怎麼辦才好呢……因為稀釋所以增加了不少呢。」

「唔嗯～……我也實在是不需要這麼多。而且藥效只有一個小時嘛～在場所有人一起喝喝看如何？不包含女生們就是了……」

排列在桌上的魔法藥超過了五十瓶。

稀釋藥效的結果，就是數量比原液多上了好幾倍，而且在做出半是好玩的玩哏道具前也留下了不少試做品。

由於身為原液的「完全女性化性別轉換藥」要是不小心喝下就危險了，所以為了安全起見而貼上了標籤，放在別的桌子上。

順帶一提，以收藏有趣道具為樂的傑羅斯將幾個「短時間性別轉換藥」以及原液的「完全性別轉換藥」收入了道具欄中，同時留了一些給學生們研究用。

儘管如此仍留有足以讓現場的所有男生們試喝的份，很明顯的做太多了。

「有誰想要試試看的嗎？我也會喝，請有興趣的人參加。」

「「「「交給我吧，我想看看自己變成女人的樣子！只要可以變回原樣，我們願意挑戰！」」」」

「雖然有聽說聖捷魯曼派是研究家的派系，但沒想到會到這種程度……幾乎所有人都願意參加不是嗎？他們毫無疑問的都是些勇者啊。」

研究家對於未知的事物擁有強烈的好奇心。在場的男學生們都舉手表示願意參加。就連其他來使用實驗室的學生都參加了，總數甚至來到了三十二人。

他們都是些徹底的研究笨蛋。就這樣，把裝在試管裡的「短時間性別轉換藥」發給他們之後，庫洛伊薩斯帶頭說道。

「所有人都拿到了吧？……哦？馬卡洛夫也要參加嗎？」

「在這種氣氛下，不參加感覺很不爽啊。好像被排擠了一樣……」

「這樣啊……那麼讓我們重整心情。為了魔法藥嶄新的歷史，乾杯！」

「「「「乾杯！」」」」

「……我覺得這不是什麼值得慶賀的事情就是了，唉，算了。」

對於研究家來說，發現且完成新的藥品是一種喜悅，他們更是要以自己來做實驗。幸好這次多虧有高等級者的「鑑定」，已經知道是安全的了。若是平常，很有可能會因為出了什麼錯而演變為無法挽回的狀況。

以一般的角度來看他們的行為實在很不正常。

男學生們一起手扠著腰，把試管放到嘴邊，將裡頭的綠色液體一飲而盡。

然而這時他們徹底失算了。原本男性和女性的身體構造和骨架就不同，要顯現出改變性別的效果，必然會伴隨著強烈的疼痛。

也就是說——

「「「「嘎啊啊啊啊啊啊啊啊啊啊啊啊！」」」」

——他們無法忍受劇烈的疼痛而發出慘叫。

骨骼急速變化的聲音，以及像是快要被撕裂般的疼痛感使得他們痛苦的彎著身體倒在地上，現場瞬間化為了地獄。

他們無法承受身體的變化，嚐到了地獄般的痛苦滋味。

「嗯，我就有種事情會變成這樣的預感……畢竟變身就是會改變身體構造啊。」

「叔叔你是知道所以才不喝的嗎？」

「怎麼可能。只是人類不可能擁有像我家的咕咕們那種能力，所以我有事先預想到身體構造固定的人用了那種魔法藥，大概會變成這個樣子吧～……還好我沒喝。」

「已經事先預想到了啊。真過分呢……叔叔。來，喝杯茶吧。」

「謝了……嗯？」

他喝了伊莉絲遞給他的茶，然而仔細一看，那是裝了綠色液體的燒杯。

也就是說，這裡面裝的液體是……

「伊莉絲小姐……妳居然……暗算我……唔咕喔喔喔喔喔喔喔！」

「對不起，叔叔……我啊，無論如何都想看看叔叔變成女性的樣子呢──♪」

「唔咕……咿咿咿咿，女性……這，咕喔！我只會……變成……普通的……大嬸而已啊……咕啊啊啊啊啊啊啊！」

「老師變成女性？……想像不出來呢。有些期待。」

「我倒是覺得伊莉絲小姐這行為很過分呀……」

「「「「咇响哈嘻嘍嘿咿哈嘻啊哇──────！」」」」

不知道到底在叫些什麼的慘叫聲迴盪在實驗室內，過了十五分鐘。從痛苦中解放後的他們，終於成功變身了。

「……庫、庫洛伊薩斯……你是庫洛伊薩斯嗎？」

「哦？是馬卡洛夫嗎……你變得滿可愛的嘛。」

庫洛伊薩斯變成了金色直髮、眼睛細長冷豔的知性美女，馬卡洛夫則是成了短髮，有如膚色曬得有些健康的運動少女，給人充滿活力的印象。雙方都變得相當有魅力。

「哥、哥哥……不對，現在應該要叫姊姊……？好美……」

「可惡──────！你為什麼要生為男人呢！這不是個超級大美人嗎！我都要迷上你了！」

「馬卡洛夫，你用這模樣說這種話不太對喔？我覺得你先看看自己現在的樣子，思考過後再開口比較好唷？你該稍微注意一下自己的用詞。」

「你這言行舉止已經完全是姊姊大人了嘛！性別不同會產生這麼大的差異嗎？」

就算言行舉止相同，只要性別不同，給予聽者的印象也會有巨大的改變。

在他們周遭，變為女性的男學生們也紛紛向女生借了鏡子，從各種角度確認自己的樣貌。

有的很普通，有的變成滿可愛的樣子，也有變身後的長相讓人覺得「這實在不行吧」，變身的結果千姿百態。

「啊，叔叔呢？」

「對喔。老師他……」

「真是的，還真是碰上了大慘事……這、這什麼啊──────！」

胸口掛著兩個豐滿的果實。他是很喜歡這樣的異性，但自己變成女人的話簡直沒有比這還更可怕的了。而且那自然留長的頭髮以及微微下垂的細長眼睛意外地給人一種妖媚感。

年輕得不像是年過四十的女性，是個莫名漂亮的美女。無論是誰看了都說不出話來。

有些骯髒的灰色長袍反而給人老練魔導士的印象，感覺完全是流浪的高階女性魔導士。而且那性感的樣子散發出成熟的韻味。

是個讓女性化的男生們都不禁屏息的……完美的美魔女。

「叔叔……你超美的喔？來，鏡子給你……」

「好厲害……很美呢！老師……」

「完全是不同的人呢……仔細想想這藥是不是很可怕呀？」

「…………」

傑羅斯接過鏡子，看著自己。

但是他刷白了臉，身體不知為何顫抖著。

「咕……殺了我！」

沙啞的女聲所說出的話，就像是某處被抓住的女間諜，或是軍人會說出的台詞。也就是俗稱的「咕殺」。

「「「為什麼——？」」」

「沒想到變成女性之後居然會和那傢伙長得一模一樣……這我的精神可承受不住！是想要從記憶中抹去的惡夢！要是必須留著這種記憶，我不如去死！」

「姊姊長得這麼漂亮嗎？比起那個，你到底有多討厭姊姊啊？」

「討厭到想要殺了把她剁成絞肉後放進核融合爐中，當作核子廢棄物丟進黑洞裡的程度。還要順便讓她嚐到徹底絕望的滋味……這是什麼惡夢啊……」

對於傑羅斯來說，變為女性單純只是一場惡夢。

簡單來說，大叔——不對，大嬸因為討厭莎蘭娜到了想要從世上抹滅她存在的程度，所以無法允許自己變成和莎蘭娜相似的模樣。

「……我要去死。請誰幫我介錯吧……我已經徹底絕望了。」

「等等，有討厭到做好切腹覺悟的程度嗎？有沒有討厭到這種地步啊？」

「在下無法忍受這等恥辱。乾脆地切腹，展現自己的生存之道是在下的心願。請誰幫在下介錯……在下要切腹，誰來幫在下介錯吧！」

恥辱到決心一死。

「可是老師，真的很美喔……羞♡」

「！只能到這裡了嗎……」

大叔不知為何拿出了扇子，然後開始唱了起來。

「人生～～五十年～～與天地長久～～相較～～如夢～～～～又～～似幻～～～～一度～～得生者～～～～豈有～～～不滅者～～～乎～～～～……」

「敦盛？討厭到了要跳起敦盛的程度嗎！這裡可不是本能寺喔！」

「豈有～～～不滅者～～～乎～～～～…………來吧！」

「現在不該說什麼『來吧！』才對吧！住手，不要把紙包在刀子上做切腹的準備啦，住手————！」

「和宿敵相似的樣貌，在下無法承受……這是武士之恥。請讓在下一死！」

沒有人要出手負責介錯。真要說起來，這國家根本沒有這種自殺的儀式。

周圍的人只覺得十分困惑。

「那麼……抱歉了！」

「等等，拔劍是要做什麼……該不會是想自己砍下自己的頭吧！住手啦！拜託誰來幫我阻止他！我一個人辦不到啦！」

「放開我——————！讓我死——————！」

「這裡是將軍居所啊！傑羅斯先生！此處不許拔刀啊！」

周圍的旁觀者們終於掌握了狀況，慌張地開始行動。

在這之後大叔被學生們強制壓下，直到藥效結束為止都被五花大綁著。未曾止息的痛哭，如實的訴說著大叔對姊姊的厭惡。

伊莉絲這時徹底的了解到這對姊弟的關係有多差了。

伊莉絲因為好玩而引發的事端，對於大叔來說是糟到甚至想要求死的絕望事件。

這世上還是有不可以做的事情。伊莉絲體悟到了這一點……

◇◇◇◇◇◇

「可惡、可惡！可惡啊啊啊！茨維特那傢伙……」

從拉瑪夫森林回來後，薩姆托爾的身邊就沒有其他人的身影了。

原本在他身邊的人，就只有以從舊時代透過身體繼承下來的魔法為傲，仗恃著這血統的血統主義者，以及被布雷曼伊特的洗腦魔法給操控的人們。

一般被稱為血統主義派的人之所以會接近薩姆托爾，只是覺得其家族的權勢有利用價值罷了，並不是對他本人有什麼期望。

而洗腦魔法的受害者則是因為布雷曼伊特不在，洗腦產生了破綻，最終取回了自我意識。

這是由於他們目睹了和自己同齡的少女魔導士能夠靈活運用範圍魔法「爆破」。而且那個少女是傭兵，讓他們體認到自己有多麼不努力。唉，就算伊莉絲本人沒有這個意思，但對於被洗腦的學生們來說造成了很大的衝擊。

傭兵中的確也有魔導士，但之中沒有能夠使用「爆破」這種高級戰略魔法的人。然而這個他們視為理所當然的現實崩解時，對洗腦效果產生了劇烈的衝擊，使得魔法效果解除了。

原本洗腦魔法就很容易因為精神或感情的起伏而出現破綻。是只要感情起了劇烈變化就能輕鬆解開，非常纖細又難以操控的魔法。

不重複施放好幾次的話就很難展現出效果，只要一點小事就能夠輕易解除。要是解除了，也很難再重新洗腦對方。

而且布雷曼伊特也不見蹤影。對於薩姆托爾來說布雷曼伊特算是他的心腹，但是布雷曼伊特不在之後，才過了幾天他的立場便急速下滑。也可說是他自作自受吧。

而他現在在史提拉城的小巷裡找小混混麻煩，卻反過來被對方痛揍一頓，倒在垃圾堆中。

「力量……要是我有力量的話，就能對那些傢伙……」

「我從剛剛開始就看到嘍？貴族小弟弟被打得滿慘的嘛，反正你也只是仰賴別人的力量被寵大的吧？活該啦～」

「你是誰啊……給我滾！」

「少自我陶醉了，只會讓你看起來更悽慘喔？而且啊，我手上有可以實現你願望的東西。怎樣，要買嗎？」

打扮看起來顯然很可疑的男人。他輕浮的笑著，窺探著薩姆托爾的反應。

「……你說……可以實現我願望的東西？」

「沒錯，只要用了就會湧現出力量，只是用過頭就糟了。唉，就看你怎麼決定啦。」

「那很危險吧！這種東西哪能派上用場啊！」

「因為是魔法藥，用太多了會有危險。不過啊，你覺得有辦法毫無風險的變強嗎？你到底有多天真啊。」

薩姆托爾一個人從拉瑪夫森林回來後，收到了老家惠斯勒侯爵家送來的斷絕親屬關係文件。侍女們也從宿舍中撤離了，廣大的房間裡只剩下他一個人。

關於那份文件的內容，「我們會支付你的學費直到你畢業為止，但是在那之後就隨你自己想要怎麼過活吧。不允許你再使用惠斯勒家的權勢及地位。本來你應該是要被處刑的，是基於公爵家的慈悲才留你一命，你最好心懷感激。」簡單來說就是這樣。

既然暗殺一事被老家給知道了，可以推測布雷曼伊特背叛了他，他同時也得知自己失去了一切。儘管如此他還是怨恨茨維特，也真是無藥可救。

成為這股恨意的重要理由，是薩姆托爾跟茨維特一樣，都是擁有王室的血統。他的外祖母是先王的異母妹妹。若是不管繼承權的順位，他和茨維特處在類似的立場上。

然而他的母親懷孕了，近期就會生下弟弟或妹妹。如果是男孩的話，就會作為繼承人候補之一來培養，依據他的才能，身為次男的薩姆托爾的價值也有可能會因此降低。

惠斯勒侯爵家也有著實力主義的一面。所以他才想以老家的權力及王室血統為後盾，企圖一躍而上，留下一些實績。

雖是次男但擁有王室的血統，明明有王位繼承權卻連侯爵家都無法繼承。自尊心強烈的他的這種想法，讓他過度地放大了對同樣擁有王室血統的茨維特抱有的敵視心態。

畢竟茨維特是公爵家的繼承人。光是這樣就讓他連同嫉妒，燃起了對茨維特的敵意。所以他才會支使布雷曼伊特，企圖掌控派系。他看到被洗腦，凡事都順著他的茨維特的時候真的非常愉快。然而暑假結束回來後的茨維特卻解開了洗腦魔法，甚至還成了能將他至今為止掌握著的派系徹底奪走的強大勢力。

他在感到焦躁的同時也嫉妒起茨維特的才華，薩姆托爾就這樣漸漸的跨過了不該跨越的線。結果導致了現在的狀況。他已經什麼都不剩了。

「……好啊。那個魔法藥我買了。」

「嘿嘿嘿……多謝惠顧。啊，只有『升級』的時候才可以用這玩意喔？因為是很不妙的藥啊。小心不要用太多嘍？我加減警告過你了喔。」

「既然我買了，接下來要怎麼用是我的事！」

「這樣啊？唉，是跟我無關啦，再會啦……」

事情一辦完，男人便立刻離開了。

一個人留在原處的薩姆托爾打開了從男人那邊拿到的魔法藥，將那粉末倒入了口中。而效果非常的驚人。

「咿，啊哈哈哈哈哈！這什麼啊，好強……力量、力量湧現了出來。感覺超棒的。嘻嘻嘻嘻嘻嘻……首先要來對付剛剛那些傢伙……」

薩姆托爾衝了出去，最後找到了那些揍了他的小混混們。

然後他便一直痛揍那些小混混，揍到他們差點喪命。

◇◇◇◇◇◇

有人從遠處看著薩姆托爾。

有三個。一個是男魔導士。另外兩個則是女魔導士和女魔劍士。

「馬上就用了那個藥呢……他沒聽見使用注意事項嗎？」

「誰知道。唉，這樣就可以解決掉『邪神石』了。反正少了一個笨蛋，這國家也很感激我們吧？我們做了好事呢。不過那個買主……幹得不錯啊。」

「莉莎……我們的目的可不是這種無聊的小事喔？真的該打倒的對象是……」

「是那些傢伙。而目標是那個國家……就再利用一下伊薩拉斯王國的傢伙吧。雖然良心有些過意不去，但我們沒有選擇的餘地了。而且對方也在利用我們。」

他們出手協助的「伊薩拉斯王國」，是原本成立了統一國家的王族們的後代所居住的國家。曾經成功的獲得了大規模的土地，掌權並成立了一大帝國。結果卻無法維持，國家再度崩壞，又成了弱小的國家。

最近魔物頻繁的從大深綠地帶出現，過著貧苦日子的人民也暴露在危險之下。

為了過上安全的生活，確保土地成了當務之急，他們陷入了為了生存，必須對其他國家發動戰爭的窘境。於是他們派了間諜前往各處，蒐集地形和軍事相關的情報。

「沒辦法侵略這個國家吧。因為在歐拉斯大河的上游建了那樣的柱子啊～」

「而且上面還有動畫角色或機器人的雕像對吧？會做出這種東西的人……」

「是轉生者吧……我和應該是建造者的人打了一場，不過對方是個強敵啊……比起這個，我們是不是該稍微練個等級啊？那個國家有很多等級高的人，只靠個人是無法發動戰爭的。」

「沒時間所以辦不到啊。而且我不想和同鄉的人為敵，畢竟大家都是犧牲者。」

「我也不想啊……不過比起這個，還是先針對獸人族下手吧。幫助他們奪回自由，然後贏得他們的信賴。」

為了達成他們的目的需要戰力，他們必須為了完成目的做些準備才行。

幸好「索利斯提亞魔法王國」不是他們的目標。更何況他們也不希望和一樣有轉生者存在的國家開戰。

為了確認走私至地下組織的魔法藥的效果，亞特等人尾隨薩姆托爾觀察著他。

因為他們想盡可能的將藥調整到不會危害到這世界居民的程度——

第九話　大叔繞去別的地方

「老師，你已經要回去了嗎？」

「是啊，因為把田就那樣一直放著實在不太妙啊。我甚至不知道現在已經變成什麼樣子了。」

「還真快就要回去了啊。師傅你可以再多待一下嘛。」

「不行啊。我還得回去照顧咕咕們呢。」

隔天，傑羅斯和伊莉絲兩人必須回去桑特魯城了，於是兩人在大圖書館前和瑟雷絲緹娜道別。除此之外，茨維特和庫洛伊薩斯，以及做忍者打扮的少女也在現場。那是和傑羅斯他們一樣是轉生者的杏。

大叔儘管一邊悠哉的抽著菸，仍有些在意在茨維特身旁的杏。

「杏小姐，妳真的要留在這裡嗎？」

「嗯……待在茨維特身邊……就不會餓肚子。」

「哥哥……」

「哥……」

「茨維特……」

「……」

三人的視線都集中在茨維特身上。所有人都用懷疑他是不是帶著邪念用食物誘騙年幼少女的眼神看著他。

伊莉絲也是，雖然沉默不語，卻用非常冰冷的視線看著他。

「為什麼……要看著我？」

「哥哥，這實在不太妙喔。對年幼的少女……請你至少再等個幾年吧。」

「庫洛伊薩斯，我可不是蘿莉控喔！」

「可是我曾在某本書上看過，男性有時會對未成年的少女起邪念呢。」

「妳是看了什麼書啊！我才沒這種興趣！」

杏不知為何便在茨維特的房裡住了下來。而且還厚臉皮到會大剌剌的催促著要食物的程度。那絲毫不覺得自己哪裡不對的樣子讓茨維特無奈到了極點。

「妳該不會是想待在他身邊當護衛吧？」

「……嗯，受人點滴……」

「既然有小杏在就可以放心了呢。啊～不過有點寂寞。」

「她……有這麼厲害嗎？看起來還是個小孩子喔？」

「她很強喔？是我少數認可的實力高強人士呢……是說好色村呢？」

另一位同樣是轉生者的少年騎士，好色村。

他被護送到了衛兵那裡接受質詢。由於他背叛了地下組織，倒向了茨維特這邊，所以要等候茨維特的父親德魯薩西斯來發落。

當然，茨維特也送了幫好色村求情的信。這是不受歡迎的男孩們之間的美麗友情。

「唉，畢竟他好像動手揍了衛兵呢。在德魯薩西斯先生的指示下來前，他都得吃上一陣子牢飯吧～……」

「其實他也不是什麼壞人……畢竟好像也是誤會了才會犯錯，希望他能夠多思考一下再行動啊。」

「那個人是個笨蛋呢……」

伊莉絲嘴上毫不留情。

「唉，他應該沒多久就會一邊說著『外面的空氣真新鮮啊～♪』一邊出獄了吧。好了，下次再見到你們應該是寒假了吧？在那之前你們就好好努力，精進自己吧。」

「真想再去累積實戰經驗啊……」

「我就免了。做研究比較實在。」

「庫洛伊薩斯哥哥……把等級提高一點會比較有利喔？畢竟出事的時候鍊金術師也必須上戰場……研究也會用到魔力，還是需要提升等級。」

對家裡蹲體質的庫洛伊薩斯來說，比起提升等級，研究比較重要。

可是將等級提升到某種程度的話，研究肯定也多少會比較順利。

這對他來說是個很惱人的問題吧。

「那麼寒假時再見吧。」

「小瑟雷絲緹娜，再會嘍～～～！」

傑羅斯他們朝著史提拉城的北門走去。

在場的四人目送他們離去，直到看不見傑羅斯他們的身影。

◇　◇　◇　◇　◇　◇　◇

「欸，叔叔……你該不會打算騎機車回去吧？」

從史提拉北門出來後，傑羅斯在距離城鎮有些距離的地方正要從道具欄中拿出「哈里．雷霆十三世」之際，卻被伊莉絲的一句話給打斷了動作。

「我是這麼打算，怎麼了？」

「欸～你想趕快回去嗎？這樣太無聊了啦。難得來到異世界喔？慢慢回去啦～」

「唉，只要騎機車沿著道路走，就可以輕鬆抵達桑特魯了吧。就算慢慢回去，途中也只會經過兩個村子。從地圖上看來是小小的農村吧，因為運貨透過船運比較快，所以道路沿線的村子沒因此發展起來的樣子呢。不知道有沒有旅館？」

「道路看起來稍微繞了些遠路，船運的話就得靠水流，速度也很慢，很難說哪邊比較快呢……比起這個，叔叔，我們去冒險啦。這裡是異世界喔？」

「冒險啊～……要是在這兩個村子裡有什麼有趣的事情就好了呢……」

他再度打開道具欄拿出「哈里．雷霆十三世」。把後面換上座墊，跨上黑色的車身。到桑特魯城之前基本上只要沿著道路騎就可以了，但是道路是迂迴的繞過山區和法芙蘭街道相連的，變得要從那邊繞遠路前往桑特魯城。

這是因為道路為了安全起見，避開了廣大的大深綠地帶，結果就成了與森林保持距離，一路蜿蜒的形狀。以馬車走這條路線的話，搭船還比較快。

「總之先去村子裡看看吧。雖然飆車的話只要一天就能到桑特魯了，不過慢慢照法定速度騎的話，應該會在第二天的中午左右抵達吧。」

「法定速度……可是這台機車沒有時速錶吧？」

「只要不要騎太快就好了。悠哉的回去吧。」

「一定是機車的關係害我沒辦法老實地『哇～♪』地感到開心吧。明明在異世界，卻完全沒有奇幻感……」

說了一堆，「哈里．雷霆十三世」仍靜靜地啟動了引擎，朝著桑特魯的方向前進。

◇　◇　◇　◇　◇　◇

「頭兒～……真的該在這條路上埋伏商人嗎？」

「對啊。經過這裡的都是前往城砦的公務用馬車，不小心襲擊他們的話只會反過來被打倒而已。」

「是說商人們都是用船運吧？幾乎不會經過這條路上不是嗎？這樣下去我們會餓死的。」

「唔～嗯……可是有許多商人往來的道路都在其他組織的掌管下，要是擅自出手會被殺的。因為裡頭也有魔導士在啊～……」

「畢竟我們很弱小嘛～……」

在這世上，有不少不管做什麼都不順利的人們。

而現在這些埋伏在史提拉街道上等待獵物出現的盜賊們，也就是這種不構成危害，卻也派不上用場的人們。他們幾乎都是農家子弟出身，是一群從以前就因為蠻橫的態度而被村人們視為麻煩人物，最後被趕出村落，失去棲身之處的人。

就算在小村子裡再怎麼強，只要出了村子，外面就多得是比自己還強的人。

得意忘形的他們離開了村子後才體會到這世道有多難混，然而仍仰賴著往日的榮光，毫無作為的落得悽慘的下場。

唉，說是往日的榮光，也只是仗著力氣大，在小村子裡作威作福而已。但是他們現在還是抱著「總有一天我們會幹出大事！」這種毫無根據的美夢。

是群如今也靠著惰性生存著的悲哀人們。

「頭兒！前面有什麼過來了喔？那個好像是魔導具，但好大！那是啥啊？」

「什麼？讓我瞧瞧！」

身為頭目的男人把硬是湊出少少的錢買來的望遠鏡從負責看守的人那裡搶了過來，確認街道的狀況。

的確有個沒看過的黑色物體以相當快的速度穿過街道而來。

「這還真是走運，賣掉那個我們就能發大財了。」

「嘿嘿嘿……這下就能跟貧困的生活說再見了。來做吧～～我一定要做～！我要幫奶奶做一副假牙～因為她沒了牙齒後就沒辦法吃硬的東西了……」

「我要拿一筆大錢去做生意！讓弟弟們看看哥哥有多偉大！讓生病的父親可以輕鬆過日子。」

「要是有了錢，就能幫妹妹買結婚禮服了呢～……等著吧，哥哥會好好幹上一票的！」

「媽……我終於能送點生活費回去了喔……我會加油的，媽。」

他們或許意外的不是些壞人，不過他們打算做的是犯罪行為，肯定不是什麼值得誇獎的事。

只是非常遺憾的，他們現在打算襲擊的對象是最凶暴的存在……

「兵分兩路！也先把弓箭給備好！」

「頭兒～我們幾乎沒有箭喔？因為沒錢，已經很久沒買了……」

「……只要有就好了。總比沒有好吧。」

「嗚哇，劍生鏽了……因為是便宜貨啊……」

「至少好好保養吧……好啦，我的小刀借你用吧。」

「這樣……就可以送點生活費給家裡了……真是漫長啊……」

「我的女兒今年十歲了，我要成功幹下這一票，買可愛的衣服給她。」

與其說是壞人，不如說他們意外的或許都是些好人。

先不管這一點，他們鎖定的黑色物體正以遠勝於馬車的速度朝著這邊過來。

盜賊們連忙在道路兩側待機，做好隨時都能襲擊對方的準備。

然後……

——隆隆隆隆隆隆隆隆隆隆……

「來、來了喔！」

發出尖銳的聲音奔馳著的謎樣黑色物體。

從有兩個人坐在那玩意上面這點看來，那應該是個交通工具。

問題是他們要怎樣攔下那玩意。

「拉起繩索，別讓那傢伙跑了！」

「「嘿！」」

他們像是要擋住道路似地拉起三條繩索。若是普通的馬車就會因此被攔下了吧，但這黑色的物體不一樣。

那玩意居然利用道路旁邊的斜坡加速，飛越了繩索。

——轟轟轟轟轟轟轟轟轟轟轟轟轟轟！

「「「「!?」」」」

在此同時，身邊傳來了巨大聲響後，盜賊們便感覺到身體飄了起來，等回過神來才發現自己被拋上了空中。

另一方面，黑色的物體越過繩索，若無其事的通過了他們的下方。

「「「「咕哇啊啊啊啊！」」」」

然後，他們理所當然的掉到了地上。

幸好所有人都掉在森林裡，沒人受重傷。由於地面上柔軟的腐葉土成了軟墊，才讓他們逃過一劫。

但他們完全搞不清楚發生了什麼事。

「痛痛痛……發生什麼事了？」

「頭兒～……那個……」

「什麼……唔哇！」

起身後的盜賊首領看到的，是只有綁著橫跨在道路上的繩索的大樹殘留在原地，左右的森林都被挖空了一塊，露出地面的景象。也就是說對方對埋伏在道路左右兩側的他們施放了大型魔法攻擊。

雖然所有人都平安無事，但這一定是因為對方手下留情了。

要是對方認真起來，他們想必全都死光了吧。

「……我打算好好地去工作。有那種東西跑在路上，這活根本幹不下去啊。」

「回鄉下好好跟父母道歉吧……我是個笨蛋。可是，生活費該怎麼辦……」

「神啊，請原諒我吧……我已經三年沒回去了……也沒有錢買土產回去。」

「仔細想想，這是個沒臉見小孩子的活啊……就算想買些什麼給孩子，手上也都是些骯髒錢。」

「我們就普通的去當獵人如何？畢竟這幾年下來，我們的技術也變好了……」

「「「「就是那個——————！」」」」

真希望他們能早點注意到這件事。

總之這一天，一個盜賊團的所有人都金盆洗手，改去當獵人了。

後來由於他們拿去販售的毛皮品質是最佳的，所以被人以高價收購，最後靠著存來的一筆錢組織了一個大規模的獵團。

作為這件事的開端，他們去狩獵了大約三天，帶著許多的毛皮去大商家，贏得了商家的信任。當然他們也獲得了相應的報酬，生活比起當盜賊時更為富裕了。

他們的家人也因為這些棘手的無賴們成功更生而高興的哭了出來。

這時候的前盜賊們真的很值得讚賞。

◇　◇　◇　◇　◇　◇

「……叔叔，你為什麼忽然發動攻擊啊？」

「不是，因為道路兩旁有不少人在，前面還拉起了擋路的繩索喔？怎麼想都是盜賊啊。我想打倒他們也無所謂吧。」

「說是這樣說，但忽然使出『龍捲風』？威力太強了吧……」

「比起魔法，用我製作出的魔術道具會比較好吧？畢竟在這個世界似乎會發揮超乎預期的威力，我是不想破壞自然環境啦？」

如果在這個世界中使用「Sword and Sorcery」製作的武器，不知為何有威力會增強的傾向在。不知道是轉生者的能力本來就很高，還是有其他的要素。感覺魔法也比在遊戲中還要來得強。

「這麼說來叔叔你是生產職嘛……單靠魔導士的裝備，防禦層面上讓人有些不安呢～機會難得，可以請你幫我做裝嗎？」

「那妳要不要試著取得格鬥系的技能？技能修正效果能夠提升身體能力，只要持續戰鬥，總有一天能夠引發『界線突破』……應該可以辦得到吧？唉，總之光靠裝備是不行的吧。」

「唔～嗯……可是啊，接近戰會噴得一身血……魔導士感覺比較聰明吧？」

「我覺得還是學會格鬥比較好。畢竟這個異世界和我們的常識有些奇妙的不同之處……也不知道可以信任『Sword and Sorcery』的設定到什麼程度。」

「靠魔導士職無法引發『界線突破』嗎？」

「是可以，但必須以生產職為目標才行。不耗費大量的素材來提升等級就辦不到呢。因為最適合魔導士的就是生產職了。鍊金術、調和師、鍛冶師、裁縫師、金工師、武器工匠、武具工匠……不過我覺得這個知識或許也說不得準。」

「唔嗯～把遊戲和現實混在一起真不妙呢。雖然想變強，但也不保證這樣就能引發『界線突破』……總之還是先專心提升等級吧。不過我想要新的裝備！」

這個異世界是現實存在的世界。也不知道是不是和遊戲一樣有所謂的覺醒技能，也無法使用輕鬆提升生產職技能的密技。在那之前，光是要學會一個技能就很費事。

雖然傑羅斯也是這樣，但是轉生者大多是以在「Sword and Sorcery」中的知識為前提來行動，然而傑羅斯無法判斷現實和「Sword and Sorcery」中的知識有哪些是相符的。

在這個世界裡有勇無謀的行為直接聯繫著死亡，必須慎重行事。

「新的裝備啊……裝備的素材也得自己去準備呢，真要說起來，我也不覺得這個世界的傭兵能夠找來我想要的素材。恐怕這個世界的工匠都得花上一生來將職業技能鍛鍊到極致吧。也難怪壽命比較長的矮人族有許多優秀工匠呢～」

「是指這世界對生產職來說很辛苦？我記得嘉內小姐她們的裝備在我們看來防禦力也很低，中階等級的我的裝備比那堅固多了。」

「這邊夠堅固的只有矮人精心製作的裝備吧？在我所看到的範圍內，騎士們的裝備看起來也不怎麼樣，外觀雖然還不錯，但無法和高階的魔物作戰吧。」

「唔～嗯……感覺請叔叔做比較能做出好裝備呢。」

「可是那就得量身喔。她們會同意嗎？畢竟要測量三圍，如果不介意的話我是可以做啦？也要收費就是了。」

「總覺得……我們很吃虧耶？身體要給人摸透，還要付錢……我無法接受。」

「在現實中要製作武器或防具，不量身是辦不到的喔。請妳把這想成是在訂做衣服。」

伊莉絲的心境很複雜。

雖然想要好裝備，可是這樣就得被傑羅斯量身。如果是一般在店裡訂做衣服的情況，因為對方是女店員所以沒什麼好猶豫的。可是要給認識的人量身總覺得有些不好意思。

更何況大叔是個男人。不能否定他在量身時是不是會不小心做出什麼不可饒恕的行為。只要有這個可能性在，就很難拜託傑羅斯製作裝備。

「既然這樣，拜託路賽莉絲小姐她們量身就好了吧？反正需要的只有尺寸，我可不是想直接看到妳們的裸體。」

「叔叔對女性沒興趣嗎？雷娜小姐……或是嘉內小姐呢？」

「請務必讓我一看！雷娜小姐先不提，嘉內小姐的話希望是在床上！」

「居然秒答！而且為什麼說得這麼斬釘截鐵！果然是愛嗎？這果然是愛對吧，叔叔！」

「雖然很在意年齡差距，不過真有什麼萬一我還有『時光倒轉靈藥』。要變年輕也是可以的喔？」

「叔叔真狡猾……明明那麼冷淡地拋下親姊姊不管的說……」

「那有什麼問題嗎？不讓那傢伙對自己做過的事情後悔到死為止可不行呢……唉，雖然我是不抱期望啦。」

大叔已經預想到反過來恨著他的莎蘭娜一定會再度現身。他已經做好到時候一定要處理掉莎蘭娜的覺悟了。只是破壞人偶根本無法消除他的恨意。

「啊，叔叔！可以看見村莊嘍？」

「喔，那就在這邊下車吧。畢竟讓村人看到『哈里．雷霆十三世』就不妙了。」

「已經來不及了吧？而且這個名字能不能改一下啊？總覺得會讓人想起某個會彈吉他的機器人……」

「我之前就這樣想了，不過伊莉絲小姐……妳為什麼會這麼熟悉動漫啊？而且對於老作品也意外的有些了解，妳真的沒有謊報年齡嗎？」

「真失禮，這是因為我爸爸是個徹頭徹尾的阿宅！媽媽原本也有在玩角色扮演，好像是在同人場上認識才結婚的喔？初次相遇時好像是說了『小姐，妳掉了二十五個鯖魚罐頭喔？』的樣子。」

「為什麼會帶鯖魚罐頭去同人場？而且還是二十五個，他們真的不是在哪間超市裡嗎？我完全搞不懂這是什麼狀況……」

這混合了不知道是哪裡來的時空穿越者與卑劣少年的雙親的狀況，就連大叔也一頭霧水。

無法理解一男一女在擠滿了人的同人販售會會場，以鯖魚罐頭為契機結為連理到底是什麼狀況，就連超乎常理的大叔也百思不得其解。

而且有二十五個。到底為什麼會帶那麼多個在身上完全是個謎。

大叔一邊想著這世上果然有無法理解的事情，一邊將「哈里・雷霆十三世」收了起來，從那裡走向村落。雖然腦中一隅還是掛念著鯖魚罐頭的事情……

◇　◇　◇　◇　◇　◇

傑羅斯他們抵達的村落是「哈薩姆村」。

是以生產小麥為主的小村落。

由於同時也兼營酪農業，所以有在放牧牛群，並由村人們共同照料。

令人在意的是眼前的田園景象。

乍看之下會讓人想起令人懷念的日本，然而這個世界的小麥是以水耕的方式培育的，對於在米食文化下長大的兩人來說，用水田種小麥的景象實在很奇怪。恐怕是植株不同吧。

更令人驚訝的是小黃瓜。這個世界的小黃瓜似乎是地下莖，會像是採收蓮藕一樣，從泥土中採收翠綠的小黃瓜。

哈薩姆村會將小黃瓜做成可長期保存的醃菜後再出貨。除此之外肉乾和起司也是這裡的特產。

「為什麼……小麥會種在水田裡呢？真奇怪……」

「小黃瓜也是從泥巴中，用像是在採收芋頭的方式採收的喔？雖然這也很奇怪，但這裡畢竟是異世界啊……」

「你不覺得什麼都可以用異世界來解釋嗎？可是之前我看到馬鈴薯長在樹上喔？」

「馬鈴薯是水果嗎！異世界真是太可怕了。完全顛覆了地球的常識。」

地球的常識是不適用於異世界的。儘管知道這一點，但看到眼前的景象，還是會覺得很不對勁。大叔等人又重新體認到了異世界的現實。

「雖然不是什麼重要的事，但不覺得村人的數量很少嗎？」

「是這樣……沒錯耶。在務農的村人們感覺也沒什麼幹勁……」

看了看周遭的樣子，兩人說出了這樣的感想。

不管怎麼看都是以務農維生的這個村莊，以地理位置而言，主要的顧客來源肯定是史提拉城。證據就是這裡的農地和水田都相當寬闊。

但是實際上在務農的人數實在太少了。甚至沒看到半個小孩子。

順帶一提，傑羅斯他們雖然不知道，但這個村子的人口數約有一千五百人。

「為什麼呢？村子明明這麼大卻毫無生氣，在務農的人數也不多……」

「真的很奇怪呢。而且仔細一看，村人們身上是不是都有傷啊？」

「的確……也有纏著繃帶的人呢……呃，危險！」

大叔忽然把伊莉絲拉向自己，抱著她往後一跳。

接著就有什麼感覺很沉重的東西砸在兩人剛剛所站的位置上。

「什、什麼東西飛來了……？」

「這是鍛冶師在用的鐵砧？還有鐵鎚……這要是被直接擊中就死了吧。」

從空無一物之處突然落下的重金屬塊。

可是完全不知道是誰丟下了這種東西。

「為什麼？被這種東西擊中會死人的耶！」

「唔嗯……我大概知道是什麼傢伙會做出這種事。『元素之眼』。」

傑羅斯施法在自己和伊莉絲的身上。

光魔法「元素之眼」。主要是被用來尋找看不見的魔物的重要魔法。

比方說鬼魂或精靈，還有妖精之類的。雖然也可以追尋魔力來源找出對方的所在位置，但是想要確實攻擊的話，還是看得見比較好。

一如所料，那些傢伙就在那裡。

「真、真可愛……」

「果然在啊……被那些傢伙的外表迷惑可是會後悔的喔？」

上空中有著半透明的妖精身影。

尖尖的耳朵和大大的眼睛，背上長著有如昆蟲般的翅膀，什麼都沒穿。

說全裸是也沒錯，但平常不會現身的妖精也沒必要穿衣服。

而且由於沒有性別之分，也沒有什麼遮不遮的問題。

『沒丟中。真可惜！只差一點就可以砸得他們腦漿四射了說～～！』

『啊哈哈哈哈，真遜～接下來輪到我了喔～♪』

「妖精……是小妖精嗎。壞到骨子裡的邪惡生物出現了呢。」

「咦？他們很可愛耶，那是很邪惡的生物嗎？真不敢相信。」

「來了喔？」

「欸？」

放在田裡的農業用具浮上了空中，以高速朝著傑羅斯他們飛了過來。

「等、等一下————！」

「在這個世界也很惡質啊……嘿！」

傑羅斯瞬間拔出了腰間的兩把短劍，把飛來的鋤頭和鐮刀給彈飛出去。

然而受魔力操控的農業用具沒有掉在地上，就算擋下了，還是不斷地襲向傑羅斯他們。很明顯的是惡意的攻擊。

『好啦好啦，趕快去死啦～♪噴出鮮紅的血吧～～♪』

『還真難纏耶？明明是人類卻這麼囂張，趕快殺掉他們啦。』

「……你們才該去死。『伽瑪射線』。」

對妖精用殲滅魔法「伽瑪射線」。是將魔力轉換為強力的伽瑪射線，直接攻擊魔力體的破壞魔法。不過擁有只能朝著正面施放的缺點。

伽瑪射線是一種光波，無法以肉眼確認，是有可能波及我方的魔法。由於貫穿力很強，對於以魔力體構成的妖精來說非常有效。

為了避免波及其他人，傑羅斯慎重的調節魔力，發射出凝聚了威力的伽瑪雷射線。

被直接擊中的一隻妖精消滅了。

『欸？』

「下一個就是你了……既然打算殺人，應該也做好被殺的覺悟了吧？」

『不會吧，你看得到？我被看見了？呀啊～救救……』

在被對方逃走前，「伽瑪射線」就消滅了另一隻妖精。現場剩下的只有妖精的魔石，「妖精之珠」。

只是被消滅的妖精看起來非常開心的樣子。

「看來沒有其他的了。該不會村人們也遭到妖精們那些惡劣玩笑的影響了吧？」

「叔叔你真的毫不留情呢。妖精的魔力雖然很高，可是是很弱小的魔物吧？」

「妳也知道他們開得玩笑有多惡劣了吧……不是偷東西就是殺掉對方，而且完全不知反省啊～只要看到，我一定會立刻解決他們。這之前我也說過了吧？」

「說得像是要打死蚊子一樣～……不過他們的確很惡劣。這可不是一句惡作劇就能帶過的問題喔？」

「對他們來說這只是在玩啊，死了幾個人都無所謂喔。」

妖精不會區分善惡。他們是徹底的享樂主義，會基於興趣去惡作劇。而這惡作劇的範圍很廣，從小孩子玩耍到惡劣的獵奇犯罪都有可能，也會去解剖比自己還弱小的魔物。

他們會將解剖後的屍體丟在人的家或房間裡，嘲笑驚慌失措的人們。說好聽點是天真無邪，說難聽點就是自我中心，從人類的角度看來是很邪惡的生物。

然而只有四神教的神官們不會受害，這也使得信奉四神教的信徒增加了。但是就算信奉了四神教依然會受害，而神官們只會說這是因為受害者不夠虔誠，沒打算幫忙協助解決這個狀況。

神官的態度雖然引發了信眾的疑惑，但是實際上神官們就是沒有受害，信眾們也只能把苦水往肚裡吞。

「為什麼他們不會攻擊神官呢？應該有什麼理由才對……說起來他們也不是那麼富有智慧的生物，只排除神官，鎖定一般人……我想他們應該記不住人的臉，應該是簡單的利用神官的服裝來做區分吧……」

「唉，烏鴉都能分辨人的臉了。他們能記住衣服也不奇怪吧～畢竟他們的惡作劇是小孩子等級的。」

「就是那個跟小孩差不多的智能水準麻煩啊……小孩可是很殘忍的喔？」

就算是人類，小時候也能若無其事的做出殘忍的事。

毫不在意的踩死螞蟻玩，只是想稍微惡作劇就點火引發火災，小孩們就是會若無其事的做出這種正因為天真無邪才無法預測的事情。

人類在成長過程中會學習到所謂的倫理道德觀念，不過要是精神沒有成長，就這樣長大成人的話，有時也會出現會做出獵奇犯罪行為的人。

一開始只是殺死蟲子，接著逐漸變成小型動物，最後殺死人類。

而這只是出於興趣才做的，藉由殺害來獲得快樂。

這也只是其中一種案例，並非所有犯罪者都是這樣的。不過關於妖精，這就是理所當然的認知。

「就算他們因為四神教會保護自己，所以會透過衣服來辨別神官，但這又是誰告訴他們的？就算是『咒術師』，可以定下契約的也只有『聖靈』啊……」

「我不會分妖精跟聖靈耶，他們哪裡不同啊？」

「身體構造上沒什麼差異吧。自我意識低落，遵從契約者指示的是聖靈。而雖然會聽契約者的話，但會在背地裡開些惡劣玩笑的是妖精。而且還是些連契約者都會受害的惡作劇。」

聖靈是與世界之天地調和有重要關聯性的種族，不會像妖精那樣順著情感行動。

不過在發生天地異變時，聖靈就會積極的行動，擴大災情或是反過來縮減災害的規模。說起來聖靈比較像是只有單純的機械性思考，這點和妖精有很大的不同。

「總覺得來到了一個棘手的村子……這能說是冒險嗎～……麻煩死了。」

「我覺得這是冒險喔，叔叔。任務是『拯救受妖精危害的村子』吧？感覺會很有趣呢。」

「我只覺得是件麻煩事啊。雖然只要殲滅所有妖精就結束了……」

「叔叔，你只想殺光他們嗎？你不會想找找看有沒有其他方法嗎？」

「他們就是多到像是有無限多一樣的令人火大喔。殺光他們比較爽快。」

「……病入膏肓了呢，妖精們也真可憐啊……」

光是特性和親姊姊很像這點，就讓本來就討厭妖精的大叔更想驅除他們。

而伊莉絲則是對打算毫不留情的殲滅妖精的大叔敬而遠之。

喜歡可愛東西的伊莉絲，一邊同情著被最凶惡存在給盯上的妖精，一邊深深嘆了口氣。

第十話　大叔被誤認為勇者

走在村裡鋪好的路上也沒看見幾個村人，顯得非常寂寥。

有時也會從房子裡看見小孩子探頭出來，但看起來多半是家長的人總是會立刻把孩子藏進家裡。像是害怕著什麼的樣子。

從屋子裡傳來讓人想要嘔吐的臭味，刺激著鼻腔。是腐臭味。

而傑羅斯他們覺得自己已經知道臭味出現的原因了。

「這也是妖精們造成的嗎？」

「我想十之八九是受了妖精們的影響吧。他們應該是故意對等級低的村人們惡作劇了吧……真會找麻煩。」

「……看起來明明就那麼可愛。」

「唉，我覺得妖精們就是這樣啦。妳在『Sword and Sorcery』裡也體驗過了吧？」

「是沒錯啦……但因為很可愛就心軟了。」

「我不是不懂妳的心情，但有很多和可愛的外表相反，非常凶惡的魔物喔？」

妖精的外表的確很可愛。可是他們有著不符合那外表的殘忍特性。

對於妖精們來說殺死生物只是遊戲，惡劣的玩笑也只是每天的餘興節目。

而會造成這種特性，很重要的理由是因為他們的壽命很長，以及只要靠自然界的魔力就可以生存，不太在意進食之類的事。簡單來說就是很閒。此外之前也說過，他們的智慧相當於孩童，沒有懂得分辨善惡的倫理價值觀。

由於物理攻擊或帶屬性的魔法攻擊大多都對他們無效，知道自己不會因此受害後便得意忘形起來了。

普通的人類無法看到他們這點最為棘手。

「玩遊戲時我還想跟妖精簽訂契約，讓他們當使魔的說……」

「不要這麼做比較好。妳的下場會很悽慘喔？而且是肯定會。」

「把話……說死了呢～不愧是老玩家。」

走了一段路之後，只見眼前出現了大量的群眾，叫罵聲此起彼落。

仔細一看這裡好像是教會，村人們正圍著祭司抗議。

「所以說，妖精們非常天真無邪，沒有任何惡意的。他們不會像人類那樣為了欲望而行動，是順著純粹的心自由生活的種族喔。」

「就算是這樣，他們就可以大量的殺害家畜嗎！這可是關係到我們的生活啊！」

「不只是家畜！他們還會隨心所欲的把我們埋進洞裡，趁我們睡覺的時候把我們丟下懸崖不是嗎！哪裡天真無邪了啊！」

「他們之前還把小嬰兒支解的四分五裂喔！隔壁的米莎都大受打擊而臥病在床了！」

「去年約坦家的小鬼，可是在森林裡被活生生的支解了喔！也太過分了吧！」

「你們可好了，都不會被襲擊呢！」

「這是因為我是虔誠的四神教信徒。你們是因為蔑視神，才會被妖精們襲擊吧？」

這狀況聽起來實在太慘了。妖精造成的危害似乎已經持續了好幾年。

大家明明為了這些損害而煩惱著，祭司卻堅持自己受到了神的祝福，用這些全都是神的恩惠的說法來矇混過去。

最後還要說他們不夠虔誠，村人們也忍不住動怒了吧。

村人們本來就已經因為妖精的事十分不滿了，這一句話有如火上加油。無論何時演變為暴動都不奇怪。

大叔有些在意妖精的事，便佯裝什麼都不知情的旅客，蒐集起情報。

「抱歉，大家是為什麼聚在這裡啊？」

「啊？怎麼，是旅客嗎？真稀奇啊。」

「我沿著街道前往桑特魯城的途中碰巧經過了這裡。是說是這在吵什麼啊？」

「是妖精造成的危害。我們正在拜託四神教的祭司大人幫我們說服妖精，可是……」

「要是祭司沒打算處理的話，你們就只是在浪費時間呢。」

「「「「!?」」」」

大叔說了句多餘的話。

充滿殺氣的視線集中在傑羅斯身上。

但是正因為他知道妖精的生態，他便藉著將事實告訴大家來度過這個場面。

「妖精和四神根本無關。他們知道祭司不會危害他們。這只是我的猜測，不過他們應該是靠神官服做區分的。換穿普通衣服的話就會被襲擊吧。」

「等一下，就算和四神無關……為什麼穿著神官服就不會被襲擊？搞不懂這點啊。」

「我想大概是有人跟妖精們簽訂了契約吧？『妖精不襲擊穿著神官服的人，就不會受到危害。』像這樣的契約。這樣一想就說得通了吧？」

「是誰定下了那種契約……魔導士嗎？不對，魔導士和神官的關係很差……」

「這種事情我就不知道了喔。只是要那邊的祭司先生去說服妖精也沒用吧。所以為了不要讓災情繼續擴大，在被他們殺死前，殺了他們比較好。幸好可以從妖精身上取得調配用的素材，我覺得也不算是浪費勞力啦。」

所有人都互相看了看彼此，開始討論起要怎樣打倒妖精。

普通的攻擊對妖精無效，他們也有很高的魔法抗性。相較之下耐久性極度低落，就算是村人，只要用帶有魔力的武器攻擊的話就能打倒他們。

可以當作武器的是生息在森林中，叫做「樹人」的植物型魔物。由於是樹木的魔物，做成棍棒的話會帶有些許魔力。用這個就有可能打倒妖精了吧。

在傑羅斯將這件事告訴村人們的途中，出現了唯一一個唱反調的人。是四神教的祭司。

「各位請等一下！千萬不能被那位魔導士的話語給迷惑了，妖精是非常純淨的種族。你們要殺掉這樣的妖精嗎！會遭受四神的制裁的！」

「那你能去說服他們嗎？我們可是因為他們而死了一大堆人喔！假如他們是純淨的種族，為什麼要給人添麻煩啊！」

「「「「沒錯！說得對！」」」」

「妖精們是心智年齡非常幼小的種族。所以他們就像孩子一樣，天真無邪又純潔。我認為人也該像他們一樣。」

「既然那麼純潔，為什麼要支解孩子呢，只要純真幼稚就可以為所欲為嗎！」

祭司已經快哭出來了。

保護妖精就會引起村人們的反感，但站在村人們那邊又違反教義。

由於四神教的傳承中表示創世神最先創造出的種族是妖精，所以不能殺死妖精。

而妖精不斷做出惡劣的惡作劇，讓他們十分煩惱。

這位祭司以某方面來說也是受害者。

「嗯，既然妖精也被視為一個種族，那麼制裁他們也是合理的吧？就像法律允許殺傷襲擊商人的盜賊，妖精應該也適用這種規矩才對吶。」

「什麼……你在說什麼可怕的事情……妖精擁有遠勝於人類的力量喔？人類是不可能反抗他們的！低等魔導士就是這樣……」

「我到這個村子裡的時候就已經解決掉兩隻嘍？因為遭受他們的攻擊，我就沒手下留情的殺了他們，有什麼問題嗎？」

「你、你說什麼……殺了妖精……怎麼可能辦得到這種事……」

「不殺他們就會被殺，事情就是這麼簡單喔？他們可是把鐵砧往我頭上丟下來呢。」

妖精的力量主要是純粹的魔力。可保有的魔力量很多，又擅長操縱魔力，所以可以使出強力的攻擊。問題是這優秀的能力他們只會用在自己的享樂上。

雖然要怎麼使用自己的力量是個人自由，但這對其他人造成極大的困擾又是別的問題了。

既然被視為一個種族，妖精們所作的行為引發種族間的戰爭也不奇怪。根據狀況判斷，也有可能會允許大家殲滅妖精。

這樣的話，擁護妖精的四神教也會從國教的位子上被扯下來吧。

「委託魔導士如何？雖然用物理或魔法攻擊都很難打倒他們，但用魔法有比較高的可能性能夠解決妖精。」

「原來如此……我們試著向領主大人請求看看吧。因為妖精造成的危害太大了，說不定他會願意處理。」

「等一下！殺害妖精是背叛神的行為啊！請重新考慮一下吧。」

「吵死了！你倒是說說神做了什麼啊！被殺的嬰兒連一歲都不到喔！」

「我被殺的孩子也才十歲而已！什麼事都沒做的傢伙少在那邊說大話！」

「也有很多人因此受傷了！要是繼續放著不管，不知道我們會變成怎樣啊！」

看來受害的情況比大叔想像得還嚴重。

其實這個村子裡各處傳出的異味，是被支解後的家畜內臟被藏在屋子底下，或是其他人類難以進入的地方腐敗後發出的腐臭味。這當然也是妖精的惡作劇。

光是在傑羅斯聽到的範圍內，就有將從家畜身上切下的頭部放在門口、活埋行動不便的老人、把孕婦推進河裡等等，妖精們做的事情十分殘酷。

「叔叔……妖精到底……奇幻的世界到底是……」

「妳要在幻想中尋求夢想是可以啦？但是現實就是這個樣子。在英國的傳說中，也有很多妖精的惡劣玩笑，實在很難說他們對人類是友善的。實際上以種族來看，妖精和人類完全是不同的種族，相較之下獸人們光是可以互相溝通這點就比較好相處吧。因為妖精根本就不聽人說話，聽了也會馬上忘記。」

「叔叔……你在『Sword and Sorcery』裡被妖精們做了什麼？要是沒到剛剛聽到的那些事情以上的程度，是不會冷酷成這樣的吧？我覺得你對他們的敵意異常的高。」

「等級還很低的時候被他們從懸崖上推下去、在河裡漂流的途中從上面砸下岩石、撞上結凍的瀑布底部死了回來；在和稀有怪物戰鬥時被他們用樹的藤蔓纏住腳，無法行動時吃了一發突進；在和多人共鬥稀有頭目戰鬥時偷走我的回復藥；把我推下掉落陷阱……等等。」

「嗚哇～……妖精太過分了。我能理解叔叔為什麼會討厭妖精。」

村人們雖然聽不懂「Sword and Sorcery」和「死了回來」是怎麼回事，但是他們很清楚妖精的危害有多麼惡劣，所以邊聽著兩人的對話邊點頭。

村人們打從心底同情著大叔。這是只有受害過的人才懂的苦。

「他們可以穿牆，所以可以入侵任何地方，對他們來說無力的人們正是最好的獵物。畢竟他們覺得就算被發現也只要逃走就好了。他們有能辦到這件事的力量。」

「浪費強大的能力，以某方面來說是很令人羨慕啦，可是要為人所恨這就有點……」

「作為防範對策，雖然使用含有魔力的武器就能打倒他們，但他們不但小，動作又快，很難對付。

試著培育『食妖精獸』如何？這是『食人獸』的突變種，不會捕食人類，而是會捕食妖精的魔物。因為妖精很笨，被高濃度的魔力吸引過去後就會被吃掉。順帶一提種子可以當成藥呢。啊，我手邊有種子喔？」

「「「「把那種子賣給我們！」」」」

「喔喔喔？」

村人們立刻展現出了極大的興趣。

儘管他們也知道繼續這樣下去很不妙，卻束手無策，所以只要有可以打破現狀的方法，不論是怎樣的方法他們都願意仰賴。而大叔手上就有著那個方法。

然而祭司的臉色很難看。要是魔導士突破了這個狀況，身為祭司的他就顏面掃地了。他無論如何都想阻止虔誠的教徒們叛變。

「你、你是要大家利用魔物嗎……這是多麼可怕的事情啊！魔物是忤逆神的邪惡生物，要利用那股力量，簡直是惡魔的作為！」

「我覺得比起遵從神的教誨什麼都不做，跟不管做什麼都想變得幸福，努力去完成這個願望的人比較像樣啊。明明被害成這樣卻什麼都不做，只是袖手旁觀的話，那就讓我墮落為惡魔好了。」

「搞清楚，接收邪惡魔物的恩惠，等同於將靈魂賣給邪神！所以我才說魔導士就是……」

「討厭啦～你不也受了魔物的恩惠嗎？」

「什、什麼啊……我才沒有接受那種邪惡生物的恩惠……」

「你所穿的神官服，是用『絲毛蟲』的絲做成的吧？杖則是『雄樹人』，戴在手指上的防身用魔導具的魔石也是從魔物身上取得的，這樣你還要說自己沒受到魔物的恩惠嗎？」

「什麼！這的確是從魔物身上取得的素材……可是已經用神聖魔法淨化過了……」

「理由是什麼都無所謂。以結果來看你也享受了魔物素材的恩惠。這是不變的事實。你不覺得只有神官可以，一般人卻不行，這道理說不太過去嗎？」

神官之所以會討厭魔導士，就是因為他們會講道理來壓過教義，以道理來否定自己的信仰。不管怎麼向魔導士訴說教義的內容，他們都會用正確的道理來找出教義的破綻。

所以神官們才討厭魔導士。

而現在祭司就敗給了眼前的可疑魔導士。

「叔叔，就算你再怎麼討厭四神，也不用遷怒於被祂們使喚的祭司吧……」

「我是沒這個意思啦……可是在村裡的大家這麼辛苦的時候，還因為信仰不採取行動的話，那不如不在比較好吧。啊，這就是『食妖精獸』的種子。」

「你這是從哪裡拿出來的？剛剛你手上什麼都沒拿吧？」

「這是商業機密喔。魔導士絕對不會把自己的手牌亮出來的。因為會被人研發出對抗的方法吶。」

他從道具欄中取出「食妖精獸」的種子，交給其中一位村人。

這是他剛來到這個世界，在野外求生時採到的種子，在瑟雷絲緹娜等人的實戰訓練時也蒐集了一些。由於還有許多存貨，所以送人也無所謂。

從村人們的角度來看，可以從空無一物的地方取出種子這件事，表示眼前的魔導士是個比外表更有實力的人。

然而看到他從道具欄中取出種子的祭司就不一樣了。

「你……不對，您該不會是……勇者大人吧？」

「不，我只是個可疑的魔導士喔？勇者？那是什麼？可以吃嗎？」

「請您不要裝傻了！從虛空中取出物品是勇者們的特殊能力！能夠使用這個能力的您怎麼可能不是勇者！」

「很遺憾，我不是勇者喔。我也沒打算成為那種無聊的東西。」

「勇者無聊？為、為什麼……勇者會與四神為敵。明明是天選之人……」

「天選之人啊。只因為你們自己的方便就硬是幫被誘拐到這裡來的人冠上勇者這個稱號而已吧。我可不想淪落為你們為了國家利益而任意利用的道具。首先，我啊～就不是勇者，也不是被召喚來的。」

「那力量毫無疑問是勇者的力量不是嗎！您為何要否定神！」

「真煩人啊……所謂的勇者啊，不是被選上而是努力到達的人該有的稱號喔？而這些勇者會被人稱為英雄。明明不想卻硬是被冠上勇者的稱號這種事，可疑得讓人反胃呢。」

看起來十分可疑的人卻說勇者很可疑。這話實在是很可笑。

「祭司大人，你跟叔叔說什麼都沒用喔？叔叔最討厭四神了，硬把這些事情推到他身上，他真的會生氣喔？」

「妳、妳是要我認同這個否認自己是勇者的魔導士殿下嗎！明明是接受了神的力量的天選之人……」

「所以啊，你不要繼續說下去比較好喔？不然祭司大人你有可能會被殺的。」

「……妳把我當成什麼了？我不會隨便對人施放魔法的。」

「欸～？可是你不是毫不留情的用魔法攻擊了埋伏在前面的盜賊嗎？這事實是不會改變的喔？」

大叔知道伊莉絲是怎麼看待自己的了。

祭司則是以一種難以置信的眼神看著他。

勇者應該是透過四神賜予的召喚儀式（四神教不把召喚魔法陣視為一種魔法）所召喚來的神將。

他們是服從四神且使命必答的士兵，而只有四神教的根據地「梅提斯聖法神國」可以召喚勇者。

勇者們大多會因為大主教的請求去拯救民眾，是代表神之力的神旨代行人。

他不敢相信這世上竟有這種擁有勇者力量卻否定四神的魔導士。

現在的勇者們都遵循四神教的旨意，享有破格的待遇。

「你是勇者嗎？」

「我看起來像嗎？勇者是什麼？我不認為現在的勇者是憑著自己的念頭在行動的，只是順著惰性，隨波逐流罷了吧。唉，如果敵對的話我會跟他們開戰就是了，畢竟很礙事。」

「你打算和勇者戰鬥嗎！你要否認自己是勇者到這種程度嗎！」

「所以我就說我不是勇者了，要說幾次你才會懂啊？」

「對啊……看起來就這麼可疑，與其說是勇者，還比較像是被社會捨棄之人吧？接近流浪漢那種。」

所有人都贊同這個說法。畢竟除了大叔和祭司之外所有人都點了點頭。感覺好像連伊莉絲都點頭了——大叔是孤獨的。

唉，雖然外觀上他是基於個人喜好才做這種可疑打扮的，但被當作流浪漢，大叔的內心還是有些挫折。

這時有個村人慌張的跑了過來。

「不、不不不……不好啦！」

「怎麼了？發生了什麼事！」

「賽、賽門家的小子……被、被妖精襲擊了！在家裡！」

「還真敢下手啊……可惡的妖精……比起那個，祭司大人！」

「呃，是？」

「少發呆了，快過來！有人受傷，不早點治療就糟了！」

「說、說得也是。趕快過去吧。」

村人們急忙行動起來。把大叔他們遺留在教會前。

眼前吹過一陣空虛的風。

「……叔叔，叔叔也趕快過去比較好吧？我想這應該是事件喔？」

「這又不是遊戲，不會發生那種事情吧。只是碰巧吧。」

「可是啊，叔叔的祕密道具說不定會派上用場嘛，走啦～」

「我又不是什麼來自未來的機器人……唉，雖然我有幾個類似的道具啦……」

「就是這樣，『大賢者』大人，出動！」

「伊莉絲小姐，妳為什麼……情緒這麼高昂啊？」

那當然是因為這是冒險。

伊莉絲現在正和她所憧憬的「殲滅者」一起冒險。

而且還發生了事件。這個事實讓她興奮了起來。

被莫名有幹勁的伊莉絲給推著，傑羅斯追著村民的腳步，來到一間民宅。

他好不容易穿過堵在入口處的村民人牆，成功進入屋內。

他在那裡看到的是被悽慘的割傷，渾身是血的幼小少年。

不知該說是幸還是不幸，身體雖被割傷了但並沒有性命危險。要是被解剖的話就來不及了，不過傑羅斯認為這還有救。

伊莉絲皺著眉頭，想辦法克制住因血腥味而湧上的嘔吐感，同時也完全理解了她在「Sword and Sorcery」沒見過的妖精的惡劣程度。

「祭司大人，快點！請你快點救救魯歐！」

「我、我知道。基於神的慈悲，治癒此人的傷痛吧……『初級治癒術』。」

祭司所用的「初級治癒術」是比初期回復魔法「基礎治癒術」更上一級的魔法，但只是稍微提升了回復效果，對於治療重傷患者來說感覺還是有些不足。

而且祭司的等級很低，恐怕能力參數中的「智力」參數也不高吧。治療傷口的速度非常緩慢。

「這樣那孩子會死的。我去一下喔。」

「嗚噗……你能……救他嗎……？叔叔……」

「雖然會讓祭司先生的顏面掃地，但事態緊急，我就盡可能的去做吧。畢竟對可以救回來的孩子見死不救的話，感覺晚上會睡不好覺啊。」

狀況明明很危急，傑羅斯卻用沉穩的腳步走向治療處。

注意到這件事的祭司皺起眉頭，反對大叔靠近。

「你、你要做什麼！這裡沒有魔導士能做的事！請你趕快離開！」

「畢竟情況緊急，請你就這樣繼續治療吧。那麼，『吾為治癒之慈愛聖手』。」

大叔使出了回復魔法「吾為治癒之慈愛聖手」。這是結合了可以治療所有異常狀態的「淨化術」，以及高階回復魔法「大治癒術」，再將魔法術式經過魔改造後製成的東西。

效能本身和可以治療異常狀態及瀕死傷勢的「復活術」相同，不過「吾為治癒之慈愛聖手」的回復效果比較好。

他原本是為了盡量縮減魔導士和神官在使用回復魔法時的修正效果差距，才會實驗性的做出這個魔法的。但是驗證的結果顯示，職業對於回復魔法的修正效果是沒有辦法縮減的。這成了無謂的努力，讓他一時有些失望。

不過由於在那之後他發現可以透過裝備來縮小修正效果的差距，所以這也不算是白費力氣就是了。

順帶一提這是針對單人使用的魔法，如果是高等級的神官職來使用的話效果非常強。傑羅斯雖然因為是魔導士，沒有職業的修正加成效果，但還是可以輕鬆的治癒一個小孩。

不過這微小的回復效果差距，在生死只在一線間的稀有頭目戰中就會顯現出差別了。

大叔腦中的認知是這樣，不過……

「什麼！魔導士居然會用神聖魔法？而、而且……這個強大的效果，到底是……」

連祭司都不知道的回復魔法。而且發揮了無法用一句驚人形容的效果，瞬間治好了幼小少年的傷勢。

「Sword and Sorcery」的遊戲設定嚴苛的嚇人，由於也有可能會因為出血過多而死，所以會以能力參數來定出殘存血液量等細微的變數。

在遊戲中就算少了某些部位也有辦法治療，但他不知道在現實的異世界中能不能辦到這件事。畢竟要是失去了手臂，是不可能再長出來的。要是想讓手臂重生，應該需要相應的營養與構成身體的物質。而人類的身體中並沒有足以彌補欠缺部分的成分。

大叔雖然使用了一個超乎常理的魔法，但或許是效果在這個世界裡被強化了吧，少年的傷勢正以驚人的速度癒合。瀕死狀態的身體在短短的時間內便痊癒了。

村人們發出了巨大的歡呼聲。

『……效果果然提升了嗎。普通的魔法威力也比我想像中還要高……或許是因為這裡的魔力濃度比較高吧～祭司也嚇了一跳的樣子，還是說這是等級差距的問題呢？』

回想起至今為止使用的魔法效果，他肯定威力都遠比在「Sword and Sorcery」時來得高。這次的回復魔法也明顯的表現出了這一點。

他不知道這是來到這個異世界的影響，還是有其他什麼外在因素導致的，不過至少這原本不是可以迅速治療傷勢的魔法。這是因為「吾為治癒之慈愛聖手」有可以治療異常狀態的效果，同時也有回復速度較慢的缺點在。

『簡直就像是遊戲。明明是魔導士，卻可以輕易的治療傷勢……我該不會被等級之類的詞彙給誤導，而忽略了什麼重要的事情吧？』

不能期待魔導士的回復魔法有像神官那麼好的回復效果。若是在「Sword and Sorcery」的新手導引中選了魔導士，因為職業效果的關係，用起回復魔法效果也只有神官的一半。可是在異世界，就連回復魔法都能用得比神官更好。

至於這是因為等級差距導致的，還是因為他自己太奇怪了這點很令他煩惱。

「這……這種程度的神聖魔法……這簡直是神的奇蹟啊……」

「這魔法比我想像中的還給力呢。沒想到會有這種程度的效力，這實驗結果還真不錯啊（到底是怎麼回事，這樣……不就真的跟作弊開密技沒兩樣嗎？）」

「你、你……既然可以用這麼強大的神聖魔法，你還要堅稱自己不是勇者嗎！這麼倍受四神寵愛的力量……而且身為魔導士卻能用神聖魔法。」

「神聖魔法啊。這只是單純的回復魔法喔？雖然多少了加了一些其他屬性的魔法進去，不過這是我自己改造的魔法，我可從沒受過四神半點照顧呢。全都是我努力的成果喔。」

「怎、怎麼可能！你是想說魔導士製造出了神聖魔法嗎！」

「唔～嗯……這就是我想要否定你們的地方呢。不是製造出神聖魔法，而是你們宣稱是神聖魔法的東西，和魔導士使用的魔法是一樣的喔。不然的話魔導士怎麼會能用改良後的回復魔法呢。」

「怎、怎麼會……這樣的話，總有一天所有魔導士都會……」

「會變得全都能使用你們所說神聖魔法呢～雖然對我來說怎樣都無所謂啦，只是遲早的問題而已。」

大叔若無其事的說出了嚴重的事情。

被授予神聖魔法，為了人們盡心盡力，致力於傳教的祭司被告知現實後驚愕得說不出話。如果神聖魔法和魔導士使用的魔法是同性質的東西，那就相當於自己也是魔導士。對於信仰虔誠的人來說，這是無法接受的殘酷現實。

「我是沒打算否定信仰喔？我覺得為了人們講述道德是很了不起的事情呢。可是我是不會對那些打著信仰的名號，私下滿足自己欲望的人渣手下留情的。祭司中也有背叛認真宣揚正確的人生道理，沉溺於金錢與女人中，為所欲為的那種人吧？」

「這、這我無法否認……因為人就是會犯錯的生物……」

「糾正那些過錯，培育更善良正確的心靈，正是神官的工作吧。你不覺得力量不是一切，如何培育正確使用力量的心才是最重要的嗎？本來做這件事是不需要拱出神的，但如果為了將人們導向正確的方向而需要神的話就用吧。你不覺得區分是神官還是魔導士這很無聊嗎？」

「重要的是正直的心……沒想到會被魔導士來開導我信仰為何物……」

「平穩度日是我的座右銘呢，我只想過安穩的日子啊……嗯？」

在和祭司對話途中察覺到了氣息，傑羅斯未經詠唱的使出了「元素之眼」。

「叔叔，怎麼了？」

「噓！……在呢。」

周圍瞬間沉默了下來，難以言喻的寂靜籠罩全場。

在這陣沉默中，屋內響起了意外活潑的聲音。

『啊啊～被治好了耶。明明死掉就好了……』
『沒關係、沒關係，還有很多獵物喔？接下來要鎖定誰呢？』
『不過剛剛真是開心呢。他大喊著「救命啊，媽媽————！」耶，呀哈哈哈哈！』
『應該挖出他的眼睛嗎？把內臟給拖出來之類的。』
『之前有做過吧？那個時候真的很有趣耶～～♪』
妖精們儘管對於傷痕累累的孩子得救一事有所不滿，仍開心地聊著天。
擁有強大力量，在漫長壽命中人格未能成長的這個種族，正因為天真而十分邪惡。
「『伽瑪射線』。」
集中後擊出的魔法瞬間消滅了妖精們，「妖精之珠」掉落在地上。
村人們和祭司也不知道發生了什麼事。妖精們受到了連他們自身都無法察覺的攻擊，沒被那下攻擊打中的妖精們十分疑惑。
『咦？大家上哪去了？』
『消失了、消失了！那、那個……該不會是，我們的核心……？』
『不會吧，他們被殺了？被人類給殺了？』
『好強的魔力……該不會是那傢伙吧？』
『殺了他，殺了他！夥伴的敵人♪那傢伙很危險呢。』
「看來你們很開心呢，這次換我來樂一下嘍？『伽瑪射線』。」
攻擊範圍稍微擴大的「伽瑪射線」將妖精們殺到只剩下了一隻。

『咿！你、你做了什麼？你做了什麼呀♪』

「問我做了什麼，就是你們絕對逃不掉的攻擊啊？反過來被人狩獵的感覺怎麼樣啊？」

『做這種事的話，公主殿下會生氣喔？要是公主殿下認真起來，你會被打扁的！』

「公主？啊啊，有『薔薇妖精』在啊。也就是說有妖精的聚落嗎。這樣得連根剷除比較好呢。畢竟是你們先挑起爭端的，被殺也沒什麼好抱怨的吧。」

『真過分～我們只是惡作劇而已嘛！為什麼一定要被殺！太蠻橫了！』

「被你們殺害的人類也說了一樣的話吧。」

『因為像人類這麼弱小的東西，只能當成我們的玩具嘛～反正還會增加，殺了也好吧♪』

「……在這點上你們也是一樣的吧。既然這樣殺了也無所謂吧？畢竟你們很弱啊，哼哼哼……」

傑羅斯的手掌中浮現了複雜的魔法陣。

由好幾個圓盤構成的積層型魔法陣，刻在上面的魔法術式將魔力轉換成了物理現象。

『我說謊的，不是認真的啦♪我不會再惡作劇了～饒了我……』

在開心地求饒的話語說完前，妖精就被消滅了。

小小的惡魔被比他們更強大的魔王給消去了。

村人和祭司都對這冷酷的制裁啞口無言。

「叔叔……你的作法很邪惡喔？既然是正義的一方，表現得再帥氣一點吧。」

「我可沒打算被正義給欺騙。因為單純的正義滿是弱點，面對真正的壞人是無能為力的，畢竟對方只要抓個人質就無法行動了啊。」

「唔……我有切身之痛，無法反駁。」

以前伊莉絲曾被盜賊給抓住過。原因就是因為小孩被抓去當成人質，她無法冷靜的做出冷酷的判斷。害她差點就要沒辦法嫁人了。

要不是傑羅斯和騎士團趕來就完了。現實和故事不同，碰上危險時大多都不會有援軍出現的。

「是說妖精們好像有個聚落，怎麼辦？這樣下去的話，我們離開以後，村子還是會繼續受到妖精的危害喔。」

「你該不會真的想要把妖精們連根剷除吧！這種事……」

「雖然很對不起身為四神教祭司的你，但這是這個村子的問題，為了度過平穩的生活，只能這麼做了。端看村人們怎麼決定……而且……」

「而、而且……什麼？還有什麼嗎……」

「既然承認妖精是一種種族，這就會成為妖精族和索利斯提亞魔法王國間的戰爭。就算『梅提斯聖法神國』再怎麼擁護妖精，在排除妖精後有什麼怨言的話，就會變成干涉內政了喔。既然認同他們是一個種族，妖精族的事情就只能交由妖精族自己處理了。要是『梅提斯聖法神國』硬要出手干涉的話，那就真的會發展成大規模的戰爭了。會有很多人因此喪命喔。」

「!?」

祭司是被派遣至這個國家的其中一人，有義務要向「梅提斯聖法神國」做報告。

然而要是向上呈報說這裡的妖精聚落被殲滅了，很有可能會演變為最糟的狀況。

這對於祭司來說是個非常困擾的狀況。

「……唉，你只要順從自己的良知不就好了嗎？無論是要為了村人做出虛假的報告，還是順從信仰及責任感誠實呈報，都是你的自由喔。只不過，最重要的是不要對自己的所作所為後悔吧。」

「……比起我，你更像是個祭司呢……講述道理，指引方向……這可不是一般人能辦到的事。」

「那就免了。我是魔導士，只喜歡順著自己的心意過活吶。」

祭司非常煩惱，最後選擇了不要向上呈報。

既然將妖精視為一個種族，這個問題就得由妖精們自己解決。這時要是本國介入的話，確實會變成干涉他國內政的狀況。

要是演變為戰爭就會流下許多的血，這不是他所樂見的狀況。祭司也嚮往著平穩的世界。

「簡直就像是……故事中的賢者。」

看著被村人們圍著道謝的魔導士，祭司喃喃說道。

他應該作夢也想不到這時自己說出的感言是事實吧。

這是一位祭司與「大賢者」邂逅的一幕。

第十一話　大叔再度遇見轉生者

治療完孩子後，傑羅斯和伊莉絲被招待至村長的家中。
屋裡頭放著用舊了的簡樸家具，充分散發著溫馨的鄉下農家氛圍。
然而這種乍看之下相當平穩的住家所在的村子，現在卻苦於妖精之害。
從地板下傳出的些許腐臭味真的很過分。放在家裡面還算是好的。
「真過分啊……村裡所有的住家都被這樣惡作劇了嗎？」
「是啊……老夫等人也差不多無能為力了。」
妖精只顧享樂，沒在聽人說話。
他們只會看著驚慌失措的村人們，覺得可笑而笑得在地上打滾而已。
「妖精雖然有聚落，但活動範圍很廣。就像是烏鴉一樣。」
「比烏鴉還過分啊。儘管烏鴉會去翻垃圾，但可不會做出這麼殘忍的事。」
「是嗎？他們會纏人的一直攻擊經過鳥巢附近的行人喔？唉，也只有繁殖期會這樣啦。」
「這也有點討厭呢～」
伊莉絲也對妖精的殘忍程度有所體認了吧。
她似乎沒想到妖精會惡劣到這種程度。

「比起那個……老夫等人有事想拜託兩位。」

「殲滅妖精嗎？唉，狀況糟成這樣，我也無法坐視不管吶。」

「抱歉啊……用維護這個村子的所有錢來當委託費可好？這個村莊相當貧困，至少希望留下添購農作物種子的預算啊……」

「不，報酬我就從妖精那裡收吧。因為妖精的翅膀和屬性魔石都可以賣到不錯的價錢。」

「喔喔……您願意接下委託嗎！」

「畢竟我都已經出手了，也有需要蒐集素材啊。畢竟素材店沒賣啊～妖精的素材……」

以四神教為國教的梅提斯聖法神國不僅擁護妖精，還對其他國家施加同樣的壓力。就因為他們是大國，所以各個小國都會盡可能的接受他們的要求。

所以妖精的素材沒在市面上流通。這對鍊金術士及藥劑師來說相當難受。

「不管怎樣，都得先找出妖精的聚落才行吶。我試著派出偵查用的使魔好了。」

「使魔？叔叔的使魔不是咕咕嗎？」

「以前伊莉絲小姐妳們被盜賊給抓住的時候應該有看過吧？真要說起來比較像是式神就是了。唉，就是用魔力創造出的仿生物啦。」

「那個莫非是道具？討厭啦，我想要！」

「我不會給妳喔？『魔法紙』的價格也不是開玩笑的。製作也要花上不少時間呢。這東西做起來意外的麻煩喔。」

「那等我存到錢之後賣給我！偵查用的道具對魔導士來說是不可或缺的呢。」

「……伊莉絲小姐，妳愈來愈不客氣了喔？」

伊莉絲打算在這個世界作為一個魔導士生存下去。

她那想要調度裝備，變得更強的態度是不錯。但是她顯然還沒經歷過賭上性命的戰鬥。可以感覺得出來她還有些過於天真之處。

「唉～……這問題可真讓人頭痛啊。」

「什麼？為什麼露出那麼疲憊的表情啊？而且為什麼要用那種看著可憐孩子的眼神看我啊？」

「看妳過得很開心的樣子，真好啊……」

「總覺得我好像徹底被當成白痴了耶？是我多心了嗎？」

就算是大叔，看到她單純成這樣，也不想讓她見到骯髒的世界。

問題在於該為了避免危險而讓她做好殺人的覺悟，還是就照現狀守護著她呢。

「這麼說來，還沒奉茶給兩位啊。唯！抱歉，可以請妳幫忙泡個茶來嗎？」

「好～請稍等一下。水才剛燒開。」

雖然從裡頭傳來了年輕女性的聲音，但傑羅斯想說那應該是村長的孫女，就繼續確認妖精作亂的受害情形。因為他認為這些消息要是告訴德魯薩西斯公爵，應該會成為政治上的籌碼。

過了一陣子，裡頭走出一位拿著放有茶水的托盤的女性。

傑羅斯在這一瞬間完全藏不住臉上的驚訝之色。

及肩的栗子色頭髮。雖然是個溫和穩重有如大和撫子般的女性，但她的身上穿著神官服。而且那是剛進入「Sword and Sorcery」的新手玩家一開始就裝備在身上的神官服。

「……這是？」

「咦？怎麼了嗎？我的臉上沾了什麼嗎？」

「沒事……」

最讓人驚訝的是，她是個孕婦。

從外觀看來，恐怕懷孕五～六個月了吧。然而那時候轉生者們應該都還沒來到這個世界。

也就是說，她是維持著懷孕的狀態來到這個世界的。可是這樣一來，四神們所說的讓他們轉生了這件事情就成了謊言。

因為這不是轉生到異世界，而是轉移到異世界。

轉生是死後重獲新生，可是轉移是以自己原本的肉體移動到不同的地方。如果是附加了「Sword and Sorcery」中虛擬角色的能力讓他們轉生，維持肚子裡有小孩的狀態來到異世界這就太奇怪了。

在「Sword and Sorcery」中，就算玩家懷孕了，也只會有一個虛擬角色而已。「那麼肚子裡的孩子呢？」便成了疑點。

「……叔叔。」

「怎麼了？伊莉絲小姐。」

「我覺得看上孕婦實在不太妙喔？你會被人家的老公殺掉的。」

「我大概知道妳是怎麼看待我的了。這話說得真難聽啊……」

伊莉絲產生了奇怪的誤解。

被稱作唯的女性放下茶水後便靜靜坐下。

「村長，這位是您的孫女嗎？感覺快生下曾孫了，真令人期待啊。」

「如果是這樣就好了，可惜唯不是老夫的孫女。她大概是在四個月前倒在村子前，被村人們給救了回來。因為無處可去的樣子，就在老夫這裡住下來了。」

「這樣啊……」

「叔叔……大約四個月前，這……」

恐怕是同類。不過為了保險起見，他決定再深入一步。

大叔當機立斷，決定抛出只有轉生者才聽得懂的問題。

「唯小姐，我有件事想問妳……」

「好的，是什麼事呢？」

「說起賽〇人妳會想到誰？」

「咦？……拿〇吧？」

空氣凍結了。

「為、為什麼會是……太奇怪了吧，卡〇吉娜小姐。妳喜歡肌肉壯漢嗎！」

「咦？總覺得他看起來是個可愛的叔叔啊，很奇怪嗎？」

「這實在太……至少選個達〇吧。唯小姐妳喜歡大叔嗎？」

「這個我未婚夫……呃，亞特也曾這樣說過呢。有什麼關係，感覺很可愛不是嗎！」

「「抱歉……我不知道這時候該露出什麼表情。」」

「……我覺得只要笑就好了。笑吧！」

唯整個人氣噗噗的。

「亞特……莫非是戰隊『豚骨叉燒份量加倍』的副隊長？」

下一瞬間，唯嚇了一跳的看向傑羅斯他們。

「你、你認識亞特嗎？」

「我是小隊『貫徹興趣深陷其中』的傑羅斯。我經常和亞特一起組隊呢。是個優秀的生產職喔。」

「叔叔你們的小隊叫這個名字喔……叫『殲滅者』比較好的說。」

比起驚訝於唯是轉生者這件事，伊莉絲對這遜到爆的小隊名非常失望。

「怎麼，你們認識啊？那麼老夫先離席了，你們應該有很多話想聊吧。」

「啊，還請別介意。」

「爺爺你在場也沒關係喔。因為算是叔叔間接認識的人吧。」

「哎呀，妳好不容易找到關於老公的線索了，好好聽他們說吧。老夫先去裡頭休息了。年紀大嘍～」

村長這麼說完後便走進裡頭的房間了。

畢竟唯還是孕婦，他們也不想勉強她。打算從她身上問些簡單的情報。

「可以請唯小姐把妳的狀況告訴我們嗎？說些來到這個世界前的事情就好了。」

「好、好的，我知道了……這個嘛，我是——」

唯的本名叫做「船橋唯香」，她受了青梅竹馬的「安藤俊之」——角色名「亞特」的邀約，兩人在「Sword and Sorcery」裡約會。

這也是因為俊之和唯香是年紀差了五歲的青梅竹馬，同時也是一對情侶。

而且兩人的關係得到雙方父母的認可，由於俊之還是大學生，唯香也還在念高中，雙方父母甚至說過等俊之找到工作後就讓兩人結婚，相當信任他。

本來兩人應該維持純潔的交往關係直到唯香畢業為止才對的，然而……從唯香懷孕這點就能知道了，純潔的交往關係成了男女間的情事。

家長們當然火冒三丈，逼迫俊之要立刻去工作。這經過非常地波濤洶湧。

在俊之拚命的找工作並終於被錄取之後，他為唯香買了「Dream Works」，兩人開始在「Sword and Sorcery」裡約會。

這也是俊之對因為懷孕而不太有機會外出的她的體貼吧。

然而因為四神惹的禍，將邪神亂丟，讓唯香也轉生到了這個世界。

不，事到如今說是轉生也有點奇怪，不過事情經過大概就是這樣。

「那時候……和亞特失散了嗎。」

「嗯……我的記憶只到被黑色的霧氣給包圍住的地方而已。那個，你知道亞特在哪裡嗎？」

「很遺憾，我沒碰到他呢。不過畢竟是他，應該會有些什麼行動吧。」

「叔叔，你為什麼敢這樣說？如果……」

「沒有如果！要是亞特來到這個世界，他肯定會對四神起疑。和我一樣……然後一定會開始做些找四神麻煩的事。」

「把話說死了呢……你們感情真好啊。」

「以某方面來說，他或許可以算是我的徒弟吧。戰鬥方式也很像……啊。」

傑羅斯忽然想起了在飯場土木工程公司打工時，曾與之一戰的黑衣魔導士。有著和自己相似的戰鬥模式，最重要的是對方也是個高等級玩家。假設和唯是情侶的話，年齡條件也相符。

『……不會吧～如果那個是亞特的話，要現在告訴她嗎？不，我也沒有確切的證據，現在先別說吧。』

大叔決定先不提跟像是亞特的人戰鬥過的事。因為要是擅自給了唯希望，結果是其他人的話那就尷尬了。

「唉，要是有什麼事的話他或許會試著找我吧。畢竟他的直覺很敏銳。」

「那麼要是你在哪裡遇上他的話，可以把我的事情告訴他嗎？雖然沒有理由，但我總覺得他在這個世界。」

「「啊～這樣啊……兩位打得真是火熱呢。」」

無法判斷黑衣魔導士是不是亞特，傑羅斯沒說出這情報，但和唯約好「如果有見到他，一定會告訴他的」。這一方面也是為了唯，但大叔也暗藏有別的打算。

「好了，那我就開始進行村長交待的工作吧。雖然是做慈善的就是了。啊，伊莉絲小姐請待在唯小姐身邊。畢竟她懷有身孕。」

「嗯，我知道了。那我把關於叔叔的姊姊的事情告訴她吧。不然要是被騙就糟了。」

「非常好！希望妳能夠徹底的說明，多少避免再有人受害。因為那傢伙就是個人渣。」

「好好好～交給我吧。」

傑羅斯丟下這句話後走出了村長家。

從背後傳來了唯香說「欸～？有這麼過分的人喔？」的聲音。

『真的有喔！』傑羅斯默默的在心中這麼說。

◇◇◇◇◇◇◇

傍晚時分，傑羅斯走在村子的外圍。

明明應該是個寧靜的村落，卻飄著腐臭味。妖精造成的危害真的太嚴重了。

「在這附近應該可以吧？」

他這麼說完後，從道具欄中拿出了三張「魔法符」。

一張是用來構成使魔的，第二張則是為了共享視覺搜查用的。第三張則是為了將使魔看到的東西用「魔法紙」紀錄下來所準備的，有如大張的圖畫紙。

傑羅斯將魔力注入「魔法符」中，接著便出現了貓頭鷹型的使魔。他準備了三個魔石給貓頭鷹吃下。這個說起來就像是電池一樣，會在傑羅斯注入的魔力用盡之前代為補充魔力。這樣就可以長時間使用了。

這個偵查型的使魔也能看見妖精。就算妖精隱藏了自己的身影，這個使魔也能讓身為操縱者的傑羅斯清楚的看見妖精，非常優秀。

「那麼，出發吧。」

貓頭鷹飛向空中，在上方繞著圈子。

傑羅斯將意識集中在第二張「魔法符」上，開始尋找妖精聚落的位置。他要找的地方是「魔力囤積處」。妖精屬於聖靈種，會從魔力濃度高的地方誕生。

妖精和聖靈的不同之處除了性格不明確外，由於聖靈會忠於自己的屬性，兩者的所在位置也不同。比方說火之聖靈就會出現在火山，風之聖靈則是飄盪在大氣中。

可是妖精會待在高濃度的「魔力囤積處」，補充魔力後再移動到各地作亂。等體內的魔力變少後就回來待上一陣子，補充完魔力後再展開行動。

而且這些「魔力囤積處」大多很混濁。簡單來說，「乾淨的魔力囤積處」會產生出聖靈，而「多少有些混濁的魔力囤積處」就會生出妖精。

「魔力囤積處」過於混濁就會變成瘴氣，最後開始污染大自然。一個不小心還有可能生出「惡魔」，非常危險。

因為這樣，傑羅斯正在透過使魔尋找魔力異常濃厚的地點。

『……東北？往山裡的方向嗎……』

發現了尋找的魔力，他驅使使魔往那裡移動。

飛在空中真的很快，使魔馬上就到了目的地。

然而——

「呃！」

——那是個令人不禁出聲的悽慘景象。

所有地方都散落著野獸的屍體，他知道妖精們在那裡做了些什麼。

妖精們的遊樂場——將生物活生生支解的地獄。

『這還真慘……得列為十八禁呢。這可不能給伊莉絲小姐看啊……對教育不好。』

那裡滿地都是腐爛的內臟。

不過目的地在更深的地方，他操縱使魔往那裡移動。

『唔哇，超乎想像的慘……快吐了。嘔……！』

那裡有著無數來回飛舞的妖精。乍看之下是非常夢幻的景象，但是被妖精的光給照亮的地方有著大量的野獸屍體，周圍全被血給染紅了。

而妖精們現在也掛著天真無邪的笑容在支解小動物。把這種生物視為神聖的種族，只會讓人覺得是不是腦袋出了什麼問題。

其中最可怕的，是現在正喜孜孜的拉出內臟，身上長有如同鳳蝶般美麗翅膀的紅髮少女，妖精的公主「薔薇妖精」。

受害者恐怕是山賊吧。他的樣子實在太悽慘了，而都已經變成這個樣子了，他還無法乾脆的死去，被強迫活了下來。

『剝皮挖眼啊……說毛骨悚然都不足以形容，這怎麼看都是惡魔吧。』

「妖精之狂宴」。這是「薔薇妖精」的特殊能力，能夠將一定範圍內的靈魂給固定住。

他雖然知道妖情很過分，但在「Sword and Sorcery」中也沒有悽慘到這種程度。現實是超乎想像的惡夢。

『紀錄下來吧……只是這個真的該給人看嗎？總覺得持有這種東西會讓人覺得我不正常啊。』

儘管這麼說，他仍拿出第三張「魔法紙」，把眼前所見的場景複製下來。

不過這個動作被「薔薇妖精」發現了。

只是在轉化為圖像時洩露了些許魔力，然而對於魔力十分敏感的妖精就連這一點點魔力都能察覺。

「薔薇妖精」急速逼近到他的眼前。

『糟了，自爆！』

這瞬間，傑羅斯的視覺被遮斷了。

緩緩睜開眼睛後，只見眼前是一片農村。

「呼……這對心臟真不好啊。不過……」

傑羅斯看著複製到第三張「魔法紙」上的圖像，嘆了口氣。

大叔在思考這幅畫到底能不能拿給村民們看。

怎麼想都只會引發悲劇。

第十二話　大叔前往妖精們的聚落

「「「「嘔嘔嘔嘔嘔嘔嘔嘔嘔嘔嘔！」」」」

大叔用使魔探查到的妖精聚落，是個飄散出腐臭味的屍山。

他把複製了那景象的魔法紙的圖像拿給聚集起來的村人們和長老看，但一如所料的，所有人都忍不住吐了。

太過可怕，而且會讓人感到絕望的那張複寫畫，就算不想也會讓人徹底感受到妖精的危險性。

就連四神教的祭司也因為那張悽慘的恐怖畫像而摀著嘴，一邊和湧上的嘔吐感奮鬥著，一邊對四神教的信仰起了疑心。唉，這也沒辦法吧。因為他明明聽說妖精是純粹無瑕的種族，結果卻完全相反，是個超危險的種族。

「唔噗！妖精……居然是……這麼邪惡的……種族……」

「不能被外表給矇騙呢。這世界上有長得醜的好人，也有長得好看卻火大到讓人想殺了他的垃圾。儘管有些噁心，但這就是妖精的本質喔。很過分吧？」

「這、這實在是太過分了吧……嘔……」

「這……可不只是……有些……的等級……」

所有人在克制嘔吐感的同時也理解了。妖精是必須打倒的魔物，絕對不可能和人類以及其他種族共存。

比起只是為了玩樂而殺害其他生物的妖精，順從自然法則，為了活命而捕食其他生物的魔物還像樣多了。

「妖精到底是為了什麼存在的呢？魔物身為生物，為了生存必須捕食其他種族這我可以理解，可是妖精什麼都不做啊～頂多只會像蟲子一樣幫忙傳遞花粉，他們也不是一直在做這件事，真的不知道他們是為了什麼而存在的……不覺得他們簡直就像是找麻煩的代表性種族嗎？」

「「「「嘔嘔嘔嘔嘔嘔嘔嘔嘔嘔嘔嘔嘔嘔！」」」」

大叔在徵求大家的認同，然而在場的人們都因為強烈的嘔吐感而無暇回應。

妖精的天敵頂多也只有「食妖精獸」，他們絕對不會靠近其他強大的魔物。

從小小的惡作劇到驚悚的殺戮行為，只要可以滿足他們享樂的目的，他們什麼都做，而且毫無惡意。從旁看來他們就是所謂的邪惡，然而對妖精來說他們只是普通的在玩罷了。

「真、真是瘋了……這到底哪裡不邪惡了啊。」

「沒、沒錯……怎麼、怎麼能容許這種殘忍的行為！」

「令人困擾的就是他們並不邪惡呢。人類中有時會出現藉由殺害同族來獲得快樂的人，可是妖精們絕對不會殺害同胞。從他們的角度看來，會跟同胞展開戰爭的人類才真的是瘋了吧。我在伊斯特魯的大圖書館看過的書上也有提到，他們有可能是在模仿人類……一開始只是在模仿，程度卻加重了吧？」

「關於人類的所作所為的確是這樣沒錯，可是只是因為好玩就殺害可以溝通的對象？這些傢伙……對於同族以外的一切不都很殘虐嗎！」

「是啊……不只是人類，就連獸人族和精靈都會出現同族相爭的情形。可是妖精們絕對不會跟同族起衝突喔。以某方面而言可說是非常和平的種族吧，但是面對其他種族就不是這樣了。他們只覺得其他種族像是有趣的玩具吧。不過如果這拷問就是妖精們對人類的認知，那也太討厭了……」

人類會一邊適應環境，一邊成立組織，根據狀況不同，也有可能會和其他組織作戰。會因為政治或宗教理念，或是單純的感情而引發戰爭，互相殘殺，影響擴大後也有可能會成為國家之間的戰爭。獸人族和精靈也有不少這類的鬥爭情形，在妖精們看來，應該覺得會與同族互相殘殺的他們很奇怪吧。

可是妖精只能生存在從遠古時候開始就沒有變化的環境下，由於這種有些封閉的生態特性，讓他們無法接受外在的刺激，精神未能有顯著的成長。就算浮現小小的疑問，那也是和小孩子的思考一樣單純的玩意。

結果他們便得到了「雖然夥伴之間要和平相處，但不是夥伴就OK了吧？」這欠缺思慮的結論，幼稚的腦袋只會往享樂的方向去思考吧。

他們是相當長壽的種族，但對於個體沒有什麼執著，就算同伴在自己眼前被殺了也沒有感覺。由於以奇怪的方向適應了弱肉強食的法則，所以他們完全沒有所謂的復仇心。

他們也沒有憤怒這種強烈的感情，將一切都視為遊戲的延伸產物。真要說起來就是只有「享樂」這種感情的種族。

「簡單來說，只要把他們想成是任性得嚇人，自我中心又不受控，會天真的拿著刀子去殺害動物的小孩子就對了。只是他們手上的刀子是藏有強大力量的魔劍呢。」

「因為天真無邪，所以才殘忍。我覺得自己似乎理解其可怕之處了……四神啊，為什麼……」

「所謂的善惡，是要培育智能，以自己的思考方式來判斷事情對錯，可是妖精們沒有那種智能。所以他們就像是一直處在失控的狀態下。」

妖精沒有什麼執著。就算碰到了要殺害自己的人，就連這個殺害的行為他們都覺得是一種遊戲。是種因為過於單純，所以不懂得變通的種族。但就是這樣才惡劣。

至今為止都努力的在幫妖精說話的祭司，看到傑羅斯帶回的複寫畫後，自己過去相信的事物便完全粉碎了。大叔有些同情他。

「總之我要去處理掉妖精們了。你現在知道妖精的天真無邪不是人類所想的那種東西了吧？」

「我……很清楚的了解了。妖精不是該被擁護的種族。可是這件事情要是被本國知道了，我會被抓去異端審判吧。」

「祭司大人……你沒有錯。除了妖精的事情之外，你不是很認真的為村子盡心盡力了嗎。」

「沒錯！因為妖精而受傷時，要是沒有祭司大人治療大家，現在不知道死了多少人……」

「會擁護那種東西是上面的傢伙太奇怪了！祭司大人沒有錯！」

「各、各位……謝謝你們……嗚……」

排除妖精的事情，這個祭司為村民們鞠躬盡瘁，單純地在傳教而已吧。他是上層主教們決定下的可憐犧牲者。

村人們有好好地把祭司的努力看在眼裡。

受到村人們的鼓勵，祭司感動的落下淚來。

「不過為什麼會提出擁護妖精的說法呢？很會找麻煩耶。」

「這是因為……在距今約五百年前，四神透過聖女下達了旨意。『守護身為神之子的妖精們，他們是在終將來臨之時，將成為神使的無瑕者』……就算在本國，妖精們的惡作劇也是過分得令人看不下去，但不管像我們這樣的人如何懇求，上層也只會說『這是試煉』而沒打算處理。所以被選為傳教士的時候我真的很高興，可是……」

「沒想到這個國家也開始受到了妖精的危害……是說主教們也不會出手處理吧？畢竟收到了神的旨意啊。」

「根據我聽說的消息，他們現在也遵循著神的旨意，強調『不可殺害妖精』。」

祭司似乎也留下了痛苦的回憶。無法處理妖精的危害，也沒辦法回應信眾的心意。

夾在現實與信仰之間，應該承受了很大的壓力吧。

「唉，我是魔導士，所以神的旨意跟我無關就是了。我會為了獲得素材展開大屠殺的。」

「是說妖精的素材到底是……我不知道那可以用在哪些地方。」

「『妖精之珠』可以用在『魔力藥水』上，『妖精之翼』則是有提高風魔法屬性效能的效果。是製作魔導具時不可或缺的素材喔。」

「從沒聽過耶？你以前很常打倒妖精嗎？」

「也是。現在市面上流通的回復系魔法藥，就算品質好，也多半是些效果不上不下的東西。問題就是出在缺乏妖精的素材上吧。這是大賺一票的好時機……就是這樣，那麼我現在要去殲滅他們了唷♪」

「「「「你要現在去嗎？已經要入夜了喔！」」」」

大叔只想趕快解決麻煩事。

看著乾脆的起身走到玄關前的傑羅斯，村民們都愣住了。
「等一下！從這個時間開始妖精們的行動會比較活躍，太危險了！」
「他們要是衝上來，我就會反過來解決他們的。所謂的飛蛾撲火啊。」
「……不，所以我說……」
「期待我的好消息吧。就這樣。」
說完這句話，大叔便立刻朝著妖精們的聚落出發了。
「沒、沒問題嗎……」
「「「「誰知道？」」」」
可疑的大叔走出去後，村人們的心裡閃過一抹不安。
畢竟光看外觀，大叔實在不怎麼可靠。
因為穿著灰色的長袍……

◇◇◇◇◇◇

「哎呀？怎麼了？伊莉絲小姐。」
「叔叔……要是叔叔外出時，妖精們跑到村裡來了怎麼辦？」
「說得也是……這樣防衛戰力只有伊莉絲小姐，有沒有什麼好東西呢……」
在村長家前面等候的伊莉絲向大叔搭話，覺得她這話也有道理的大叔開始翻找道具欄。然後拿出了五把投擲小刀，以及一把刀刃厚重的軍用小刀。

五把投擲小刀都長得一樣，握柄部分嵌有「魔法石」。

軍用小刀也一樣，不過從刀鞘裡拔出來之後，只見刀刃上刻著細小的魔法術式，可以看出這是把魔劍。

「這是……」

「投擲小刀是『封縛之投劍』，簡單來說就是可以打造出結界的東西。另一把刀是『星之刨刀』，是可以砍斷靈體的無屬性攻擊武器。雖然有對妖精有利的屬性，不過無屬性的純魔力攻擊即使效果差了一點，但還是很有效，所以借妳防身用。」

「投擲小刀是丟出去後就能發揮效力？」

「對，可以暫時封住目標，不過同系的無屬性魔力可以貫穿過去，所以用小刀切碎他們就好。要五把整套一起使用，小心不要搞錯使用方法了。」

「唔……這不是最後的王牌嗎。希望不要有派上用場的機會啊～……」

伊莉絲忽然覺得很不安。

傑羅斯的確很強。光是待在他身邊就讓人覺得安心，可是要兵分兩路的話，老實說真的很可怕。妖精這種程度的對手對於傑羅斯來說只是小意思吧。可是對於伊莉絲而言可是難搞的對手。

畢竟她雖然擁有所有魔法強化和抗性類型的技能，但強化身體的技能只有「俊足」和「強體」而已，而且兩者的等級都很低。而且因為是魔導士，效果實在無法期待。

由於沒有格鬥戰相關的技能，她無論如何都對近身戰鬥留有一些不安。更何況妖精的體型很小，身手矯捷得難以瞄準。

「真的沒機會派上用場就好了吶……不過我不否認在妖精中也算是特別野蠻的『薔薇妖精』可能會來這個村子裡。畢竟那玩意的活動範圍似乎很廣……」

「不要說了，叔叔！我不想和那種妖精戰鬥啦——————！」

「唉，這也只是保險起見啦。而且如果是『薔薇妖精』，伊莉絲小姐也打得倒喔。外表看起來是美麗的小女孩就是了……」

「我愈來愈不想跟那玩意戰鬥了喔！這不是叫我去殺小孩嗎！」

「只是外表看起來像小孩而已喔？首先，既然是以魔物為對手的傭兵，連這種妖精都打不倒是不行的吧？要是這是工作接到的委託要怎麼辦？」

「唔！」

外表看起來像小孩的魔物還不少。

這種時候也不能因為看起來是小孩就拒絕接下工作。更何況也有可能是直接來自公會的委託。這也會影響到階級的審查。不能隨便依個人喜好來選擇工作。

要是不接下一些人家討厭的工作，那才會一直提升不了階級。最慘的情況下說不定會失去傭兵的登錄資格。

「我會連那個『薔薇妖精』一起，把妖精們全都處理掉就是了啦。」

「叔叔……你的良心不會痛嗎？」

「完全不會。可以若無其事的做出恐怖又噁心行為的小女孩，燒光也無所謂吧。我手上是有作為證據的畫啦，可是非常可怕喔？跟超驚悚恐怖片一樣喔？甚至需要打上馬賽克……唔，光想就快吐了……」

「我……沒看過那種東西……」

「…………妳想看嗎？真的想看嗎？會有好一陣子無法吃肉喔？是悽慘到甚至會改變人的人生觀的東西……我這是為了保險起見才確認，妳真的想看？這我是有在想是不是該列為十八禁，所以才沒給妳看的喔。」

「……這、這麼慘嗎？真的？」

「真的……用悽慘這個詞來形容都顯得太簡單了。看過的人全都吐到停不下來喔……」

伊莉絲非常感謝大叔的顧慮。

「唉，既然手上有王牌在，我建議妳趕快趁現在裝上去吧。雖然最好是不要用上，但還是要預防萬一。」

「叔叔……你不是以嚇我為樂吧？」

「怎麼會。我可沒空開這種玩笑。迅速解決工作是我的原則呢。」

「還真是討厭的工作啊……要殺害看起來像小女孩的妖精對吧？」

「盜賊和黑社會的人就算被殺了多少都無所謂，可是那裡的屍體中也有女人跟小孩喔。得趕快殲滅他們呢。那麼我走了。」

「等等！」

大叔有些急迫，毫不猶豫的跑向位於村子東北方的道路。

他會這麼急，也就表示事情有這種程度的嚴重性。

「……雖然不希望用上，但還是準備幾張王牌吧。畢竟要是有個萬一……」

伊莉絲從道具欄中拿出了稱得上是自己王牌的幾個道具，裝備在手臂及脖子上。雖然因為是魔導士，所以是手鐲或項鍊這種裝飾型的裝備，不過這是目前的她所能拿出的最強裝備了。只是裡面也有幾個拋棄型的道具，要是用掉可就賠大了。

畢竟那不是可以在這個世界裡買到的東西。

『要是用上了這些東西你可要賠我喔！叔叔……』

不過唯一可以做出這個裝備的人就是大叔。

伊莉絲心中盤算著如果必須用掉，之後就請大叔幫忙重新做一個。

生活很吃緊的傭兵工作，讓伊莉絲稍微變得成熟了一點。主要是往大嬸的方面就是了……

她已經學到了若是不在財務上節約一點，就無法在這個世界生存下去這件事。

◇◇◇◇◇◇

大叔化為了風。

這個並不是譬喻，他也不是騎著「哈里・雷霆十三世」在飆車。

單純只是在全力奔跑而已，然而那速度快得很不尋常。

只是跑過街道邊的狹窄山路，就揚起了一片沙塵。而且那還是在大叔跑過的幾秒之後的事。

簡直像是人形的F1賽車，或是在新幹線旁邊用簡直看不見雙腳的超快速度奔馳而過的某個男主角。或是搭載有加速系統的改造人。

不，或許比較接近某個知名漫畫家的代表作品，有少女外型的機器人。

實際上他剛剛也撞飛了名為「山魔豬」的豬型魔物。

「哈哈哈……我可是人類呢～可不會撞飛魔物喔～……沒想到居然可以發揮出看不見腳的速度呢～啊哈哈……」

然後大叔就開始逃避現實了。

來到這個世界後，要說傑羅斯有沒有全力奔跑過，那也只有剛轉生過來，在野外求生生活中要逃離凶暴的魔物大軍追趕的時候吧。那時以活下去為優先，根本無暇確認自己的體能。

大叔知道自己很不尋常，但完全無法掌握自己超乎常理到什麼程度。

大部分的對手他都能輕鬆打贏，甚至強壯到撞上山魔豬都沒受半點傷。根本是超人。

在平常的生活中用不上的體能，都透過自動發動的技能控制在一般的程度了吧。

要是真用這種誇張的體能度過日常生活，那才會造成許多困擾和危害吧。光是拿起陶瓷製的杯子，恐怕就會捏成粉末了。他甚至因此重新感受到「手下留情」的技能有多偉大。

而大叔在奔跑的途中不時會撞碎一些東西，顯然是妖精撞上了傑羅斯，因這衝擊而粉碎了。到了這地步，他根本是會奔跑的凶器。

大叔的體能簡直異常到會讓人想要張貼「小心，大叔無法緊急煞車」的警告標語的程度。而且對於大自然非常不友善。

不能長時間將村裡的防衛工作交給伊莉絲一個人，連忙趕往妖精棲息處的「魔力屆積處」的結果就是這樣。

這難以置信的狀況讓大叔絕望了。

「哈哈哈……『要去異世界嗎？還是要放棄當人類呢？』總覺得沒得選擇，硬是被迫接受了這些事呢。普通……這是多麼美妙的詞彙啊。」

現在他化為了與普通一詞最為遙遠的存在。

他知道自己是認真起來可以徹底蹂躪這世界的外來物，但沒想到居然到了這種程度。他一邊哀嘆著自己的遭遇，一邊高高跳了起來。

同時消去了自己的氣息，大叔和森林化為一體。

不過他還是無法避免在著地時掀起了一陣粉塵。

在微暗的森林中，大叔立刻發現了幾隻妖精。

『什麼？什麼？有什麼來了！』

『沒有東西……到底是什麼呢？』

『有敵襲～～有敵襲～～♪』

忽然遭受襲擊讓妖精們嚇了一跳的樣子，但是因為大叔隱藏了自己的氣息，他們無法發現大叔。

而且正常來說應該會很慌亂吧，但是妖精們似乎被激發起了興致，興奮的像是在玩偵探遊戲的孩子。

『還沒到目的地就已經有六百隻了啊……沒想到妖精的數量有這麼多。是以「魔力囤積處」的魔力為苗床在繁殖嗎？看起來雖然是很夢幻美麗的景象，然而被光源照亮的周遭的狀況只能說是惡夢啊……』

林木間聚集了許多的妖精，他們發出鮮豔的光芒來回飛舞的景象道盡了何謂奇幻。

不知道究竟有多少數量的妖精放出的光輝，那美麗的光照亮了森林。

要是樹木旁沒有被支解的動物屍體，大叔肯定會一直看著這景象吧。這是在美麗中帶著殘酷的光景。

而且在距離「魔力囤積處」有一段距離的地方就這樣了。愈靠近裡面，屍體的數量只會不斷增加。

「『伽瑪射線』×20，威力全開。」

大叔放出了無數多重展開的積層魔法陣，將周圍的森林連同妖精一起燒毀。

屍體化為焦炭，蛋白質燃燒的討厭臭味飄散在森林中。

大叔從這裡開始進擊。

他邊走邊放出的「伽瑪射線」，讓妖精們連想逃都逃不掉，就這樣被消滅了。化為焦炭的森林樹木發出悽慘的聲音倒下，連帶波及其他樹木，揚起火花。

要是起風，餘燼就會燃燒起來，說不定會引發森林大火。

但是現在要以除掉妖精為優先。

『討厭的味道……趕快搞定吧。也順便悼念一下犧牲者們吧……』

持續放出魔法攻擊，自己的位置自然也會被妖精們給察覺。

可是「伽瑪射線」的攻擊是直線型的，要是擴大攻擊範圍，連整個集團都能夠一起殲滅。靠妖精的魔法抗性是無法承受的。也可以穿過妖精使出的魔法屏障。

單一個體的魔力抗性很高的話或許可以擋下，不過既然放出「伽瑪射線」的人是傑羅斯，實際上他們就已經是死路一條了。

而且和槍砲不同，他的攻擊完全沒有中斷過。

要說缺點的話就是射程受到重力的影響而變短了。不過他也沒打算做那種超遠距離攻擊，所以不構成問題。

雖然防止暴露在輻射下的術式也事先加進魔法術式的魔力變化術式中了，但這裡是異世界，說不定還是會有個什麼萬一，讓大叔十分在意。

『唔嗯～……在「Sword and Sorcery」時雖然覺得這是伽瑪射線，但或許是類似伽瑪射線的某種東西？畢竟使出這個魔法後，經過一定的距離魔法就會變回原本的魔力……是有什麼限制在嗎？』

正常來說伽瑪射線會一直前進，人類也不可能感受到射線前進的速度。雖然會受到重力的影響，但射線只是會有些許彎曲，所以只要掌握有效射程就可以解決這個問題。

變回魔力時可以察覺到擴散開來的魔力，說不定在這個世界裡，魔法的有效射程有一定的規律性，只要超出那個範圍就會立刻變回魔力。

不過就算知道這件事，對大叔來說也無關緊要。

雖然可以驗證這個異世界和「Sword and Sorcery」之間的差異性，但事到如今他也沒必要製作或改良其他魔法了，所以只把這件事情丟到腦中一隅。

阻止妖精造成的危害，讓哈薩姆村不會受到波及才是最重要的，他得盡量減少妖精的數量。

感覺就像是來驅除害蟲的專家。

『我記得……是在這裡吧？』

在陌生的森林中持續施放大範圍攻擊，等到看不見妖精的身影後，傑羅斯便立刻隱藏住自己的氣息，走向位於「魔力囤積處」的泉水。

儘管馬上就到了目的地，但那令人作嘔的濃厚腐臭味，讓大叔也不禁捏住了鼻子。回去後身上說不定會染上這股味道。

『你看你看，腐爛的眼珠♪』

『這邊是內臟，要再拿去丟在村子裡嗎？』

『比起那個，再帶小孩子來啦。我想要玩鬼捉人～♪』

『用槍在他們身上戳洞？還是要砍殺他們？活埋也不錯呢～』

有許多妖精聚集在周圍的樹木旁，在位於泉水中央的魔力囤積處上方補充消耗的魔力。附近被色彩斑斕的光芒照成一片夢幻的美景，然而散落在周遭的屍體和腐爛的肉塊驚悚的和這畫面完全無法連結在一起。若是覺得眼前的景象很美，那個人一定患有精神疾病吧。

也可以看到有新的妖精從魔力囤積處誕生的樣子，如果不讓這裡的魔力散開，妖精就會一直增加下去。

『「薔薇妖精」不在？上哪去了……該不會……』

從這大量的屍體看來，妖精們應該是分散至各地去誘拐獵物吧。

他們在半是好玩的殺害擄來的人們後，會再去尋找新的獵物。除了魔力消耗外他們不須飲食就能生存，所以可以不分晝夜的進行殘虐的遊戲。

而高階種族可以保有較多的魔力，一般來說活動範圍會比低階的妖精們更廣。

『只要消去這個魔力囤積處，他們的數量就會減少了吧……只能使用殲滅魔法了。』

「魔力囤積處」有如流動在大地中的魔力洪流的腫瘤。魔力因為某些理由而滯留在一處，只要魔力仍持續流過來，就會不斷成長擴大。然後在某天達極限後破裂開來，使魔力擴散到世界中。

妖精和聖靈會住在這種魔力囤積處，增加同族的數量。要是無限的增加下去，魔力囤積處的魔力也總有一天會枯竭消失，但要是下方有龍穴就糟了。若是從龍脈流入無盡的魔力，魔力囤積處就不會消失，總有一天會從中誕生出強大的生物。被稱作「惡魔」或「聖獸」的魔物就是在這種地方誕生的。發展成那樣的話可就不只是妖精等級的騷動了。雖然必須連魔力囤積處一起淨化，問題是他不知道這個魔力囤積處的規模有多大。現在也沒時間慢慢調查，只能把周圍徹底炸掉了。

——喔喔喔喔喔喔喔喔喔喔喔喔喔喔喔喔喔！

『唔哇～……感覺快誕生出「惡魔」了呢……唉，有這麼多的屍體在，這裡的瘴氣和怨念的濃度也很高吧～……在那玩意誕生前解決這裡吧。嗯……』

從魔力囤積處的內側產生了濃厚的瘴氣。

惡魔主要是從戰場等有許多生物喪命的魔力囤積處誕生出來的，和妖精一樣，會利用魔力囤積處來增加夥伴。在這過程中會虐殺人類等具有知性的生物，藉此提升周圍的瘴氣濃度，污染魔力囤積處。

惡魔本來和性質類似的妖精就是兩種相對的存在，所以甚至擁有能夠捕食妖精的能力。他們會將吃下的妖精之力用來創造同族或隸屬，進一步增加群體的數量。

此外他們本身也會成長為強大的個體，是有可能會在某天成為魔王種的魔物，但是沒想到妖精會創造出惡魔。

一般來說等到惡魔誕生後再與之戰鬥是故事主角該做的事，可是以現實層面來看根本不需要等那種玩意誕生。大叔立刻從潛意識解放出高密度的魔法術式，在掌心中展開。

出現了發出藍白色光芒的方塊型高密度壓縮魔法陣。

「『暴食之深淵』。」

他放出的高密度壓縮魔法陣抵達魔力囤積處上方後，包含在其中的魔法術式迅速啟動，形成了漆黑的球體。

『那是什麼？什麼什麼？』

『新的玩具？好強的魔力。』

『是什麼呢？感覺很有趣耶♪』

在玩弄屍體的妖精們對突然出現的黑色球體充滿了興趣。

『趁我還沒被波及之前，趕快離開這裡吧！』

大叔用全力逃離現場，心情就像是縱火犯。

在此同時，黑色的球體開始將周遭的東西一個個地吸入至內部壓縮。

妖精們無法抵抗這吸力，說著『被吸進去了～～～♪』、『呀啊～～～♪』，非常樂在其中的被吞噬了。

當然，魔力囤積處也無法倖免。無論是泉中的水，還是散落在周遭的屍體及骨頭都毫無分別的被吸了進去，把一切吞噬殆盡的同時，黑色的球體變得更大了。

然後超過了臨界點。

——轟隆隆隆隆隆隆隆隆隆隆隆隆隆隆隆！

大叔用全力逃到了安全距離外，看著妖精們的聚落被毀滅的樣子。

連周圍的樹木和土地都在瞬間消失了，緊接著便發生了大規模的爆炸，這強力的衝擊波使得山谷被剜掉一個廣大的範圍。

就算只有這物理性的衝擊波，也擁有妖精們無法承受的破壞力。

「唔喔喔喔喔喔喔喔喔喔喔喔喔喔喔喔！」

衝擊波擴散到周遭，大叔被自己使出的魔法副作用給波及了。

過剩的衝擊波將岩盤深深的挖出一個大坑，捲入了周遭所有的事物，在山谷中形成了一個巨大的隕石坑。

被衝擊波給震飛的大叔，好不容易才被沒倒下的大樹枝椏給勾住。

太慘了。

「……『暴食之深淵』就有這種威力。我在那座森林裡用了很不得了的魔法啊……」

忘不了的法芙蘭大深綠地帶。

被大群的哥布林持續追趕著，逃到的地方還好死不死是哥布林的大聚落。他因為壓力而沒多加思索，便順勢用了廣範圍殲滅魔法「闇之審判」。

「暴食之深淵」是「闇之審判」的試做版本，也是強大的範圍魔法。

藉由超重力壓縮來吸收周圍的物質，逐漸膨脹。最後形成的黑洞會因為強大的重力自行毀滅，一口氣爆發開來，瞬間毀滅周遭的事物。

「闇之審判」則是藉由吸收魔物來形成重力場，同樣會自行毀滅，以毀滅時的威力粉碎敵人，不過以單發的效果而言，「暴食之深淵」的威力比較強。可是「闇之審判」能夠將大範圍的敵人全都化為重力場，變成火藥，藉此擴大有效範圍，所以影響的範圍十分廣大，以冷靜的觀點來看「闇之審判」影響範圍是比較大的。

由於有多少敵人就會產生多少的重力場，在敵人全數被消滅前攻擊絕對不會停下來，是一種無法調節的魔法，使用上也會讓人有些猶豫。

相較之下「暴食之深淵」可以任意操控攻擊的範圍。只是由於重力場崩壞所產生的副作用，使得受害範圍更為廣大。

儘管是只有一發的範圍魔法，但從那裡產生的衝擊波會對周圍產生極大的影響。

結果爆炸中心的周遭變得非常悽慘。

「嗚哇～……………慘不忍睹。」

魔力囤積處是消失了，但在那邊的蓊鬱森林也一起被消滅了。

這還是大叔已經有克制威力的結果。

明明只要能消除「魔力囤積處」就好了，但是他無法防範隨之產生的副作用，讓受災範圍擴大了。

這點大叔也無法預測。因為在「Sword and Sorcery」使用時威力小多了。在現實中使用是相當危險的魔法。

『對邪神使用的時候也沒這麼大的威力，這……有克制的情況下還這樣，要是認真使出這招的話會造成多大的損害啊？根本是廣範圍殲滅魔法的等級嘛。』

只是試著用了普通的殲滅魔法，卻發現那是個超級危險的魔法。

衝擊波應該把生息在這附近的妖精們全都消滅了吧。

畢竟這衝擊波的威力瞬間把自然界的魔力炸飛了出去，湧出的衝擊波和魔力化為的帶有破壞效果的大海嘯襲向了妖精們。

魔力衝擊波接連破壞了妖精的半魔力體，大規模的擴散出去。

雖然範圍比不上副作用的衝擊波，但說起來可以算是三度傷害了吧。

大叔身上冷汗直流。

「哎、哎呀，不小心搞砸了這也沒辦法。就裝作不知情吧。跟他們說我用了魔法，結果『魔力囤積處』就忽然爆炸，害我差點就死了好了……哈哈哈……唉～」

反正他們也不知道原因，只要矇混過去硬是讓他們接受這說詞就好了。

大叔太過分了。

而且處理態度很隨便。

從「Sword and Sorcery」時期留下的習慣看來是治不好了。

因為大叔的失誤，讓哈薩姆村陷入了嚴重的缺水狀態，不過大叔炸出的隕石坑湧出了地下水，變成了一座湖，一年後成了豐沛的水源。

再過了兩百年後，這附近成了有名的王族專用度假勝地，長期以來都為了保護環境而有人在管理著。

而又過了三百五十年後，德魯薩西斯公爵寫下的年代紀錄書被人發現，這個湖是「大賢者」一時失誤所誕生的產物一事才因此公諸於世。這是被後世稱為「梅林之湖」的隕石坑所發生的故事。

到眾人知道真相為止，過了五百年以上的時光。

◇◇◇◇◇◇

傑羅斯前往妖精們的聚落（不對，這種情況下該說是巢穴嗎？）之後，沒事做的伊莉絲在村裡閒晃著。

她雖然算是被委任了保衛村子的任務，但是目前她並沒有感覺到妖精們的魔力。

就算看不到妖精的身影，也能感覺到他們的魔力，所以只要有妖精出現的話，她大概可以掌握住他們的數量及位置。

伊莉絲走在田畦中的小路上時，覺得忽然傳來了某個聲音。

「嗯……？那是什麼……小孩子？」

現在小孩子們都被藏在家中，不能外出。

她認為或許有妖精在，走向發出聲音的位置後卻看到了難以置信的景象。

那是牛浮在空中，腹部被撕裂、內臟被拉了出來的景象。而且周圍沒有任何人，唯一能感覺到的只有一鼻子的鐵鏽味，是血的腥味。

「家、家畜異常虐殺現象？」

她的腦中浮現不祥的預感，擺出了備戰姿勢。

牛的周圍有高濃度的魔力，而這團魔力彷彿擁有意志，正在支解牛隻。

『啊～啊，死掉了。不過沒關係，好像有新的玩具來了。』

「唔！『魔力彈』！」

察覺到危機，伊莉絲立刻朝著感覺到高濃度魔力的地方擊出魔力彈。

傳來了『呀啊！』的可愛聲音後，在那裡化為實體的不是小型的妖精，而是有著一頭紅髮，背上長有如血般鮮紅的鳳蝶翅膀的少女。

身上沒有穿著衣服，取而代之的是有像是植物的藤蔓纏繞在他的身體上。

「『薔薇妖精』……」

薔薇妖精對著這麼說著的伊莉絲露出天真無邪的微笑。

第十三話　伊莉絲獨自戰鬥

「啊哈哈哈♪忽然出手攻擊，真過分～我有點痛喔～？」

薔薇妖精遭受伊莉絲的攻擊也沒受到多少傷害，反而開心的笑著。就算「魔力彈」是無屬性的初級魔法，但配合伊莉絲的等級和技能效果，應該也會造成相當程度的損傷才是。

可是薔薇妖精卻撐住了。

伊莉絲判斷身為上級妖精的薔薇妖精擁有超乎她預期的魔法抗性，一邊拉開不至於演變為近身戰的距離，一邊尋找出手攻擊的時機。

她知道現在就算攻擊也只會被對方避開，沒打算從正面使出魔法。

由於妖精的身體是以魔力構成的，就算進化變大後也不會有體重差異，可以高速移動。

也就是說亂放魔法也只會被對方避開而已，這麼做只是在浪費魔力。

「不愧是上級妖精，這種程度的魔法看來傷不了你呢。」

『沒錯喔～？魔法是沒用的，哼哼♪』

薔薇妖精得意的挺起胸膛。

那可愛的外觀很容易讓人誤判他的危險性，不過他並非可以大意的對手。畢竟他到剛剛還很開心的在支解牛隻，伊莉絲已經充分理解到他有多凶殘了。

『這次換我出手嘍？』

「這……！」

地面突然隆起，襲向伊莉絲。

換成魔法的話應該是「蓋亞之矛」吧。無數的攻擊從四周逼近，伊莉絲儘管一邊慌張的跑著，仍一邊設下設置型的延遲發動魔法。

『啊哈哈哈，不努力逃跑的話會被抓住的喔？會被刺出很多洞洞喔？』

纏人的岩之槍不斷逼近，伊莉絲躲開的同時在左手上放出了魔法陣。

不過伊莉絲並沒有施放魔法，又叫出了更多的魔法陣，讓它們保持在待機狀態。

她一邊累積延遲發動魔法的存量，一邊盤算著使用魔法的時機。

「和外觀不同，相當凶殘呢……『追蹤彈』！」

『哦？哦哦～？』

薔薇妖精發出呆愣的聲音躲避追著他的魔力彈，他在空中畫出複雜的路線，不斷地高速移動。明明擁有人類的外型，卻像是某種機動兵器。

不過伊莉絲又放出相同的魔法來牽制住他的行動，包圍住他的四周和上空。

『呀啊～～～～♪』

「……真不知道你是被逼到絕路了，還是在瞧不起我，不過……」

在上空來回飛動的薔薇妖精降落到了地面附近，輕盈的避開了伊莉絲的連續魔法攻擊。就算攻擊打中了，看起來也無法造成多大的損傷。

然而就算多少有些誤差，薔薇妖精還是被引導到了伊莉絲希望他過去的位置。

「就是現在！發動設置魔法！」

被誘導過去的薔薇妖精無法避開伊莉絲事先設置的地雷攻擊，吃下了沉痛的一擊。

無屬性設置型魔法「原力噴射」。伊莉絲是為了讓他直接被這有如噴泉般噴出的高密度魔力攻擊給擊中，才將他誘導過來的。

不過理所當然的，他不是這樣就能打倒的對手。

伊莉絲沒放過這個機會，要趁勝追擊似地用「追蹤彈」堵住了他的退路，同樣將他誘導到事先設置好的魔法陣上頭。

『唔呀～～～！喔哦～～～～～？呼呀～～～～！』

「……是真的有被逼到絕境了嗎？我不是被玩弄了吧？」

在這令人無力的戰鬥空檔間，伊莉絲利用「魔力藥水」補充了消耗的魔力。

但是薔薇妖精那毫無緊張感可言的行為舉止以及叫聲，讓伊莉絲完全感覺不到自己有占上風。反而因為不知道到底有沒有給對手帶來壓力而十分不安。

妖精種沒有痛覺。剛剛薔薇妖精雖然說有點痛，但那只是在模仿人類而已。

精靈或矮人等接近聖靈與妖精的種族，在漫長的演化過程中獲得了肉體，相對的也失去了原種的能力。

痛覺是讓身體察覺到不對勁的重要警報，像妖精這樣感受不到痛覺的種族無法察覺到自己的危機。因為就連肉體不斷受損、衰弱也完全沒有感覺，讓他們失去了對於死亡的危機意識。

不，應該說妖精種原本就幾乎沒有對死亡的危機感。

像精靈或矮人等種族經過長時間後漸漸變得比較像人類，擁有對生命的認知。可是接近原種的妖精完全不在意可能喪命的危機。會一直玩到被人消滅為止。

以別的角度來看，也可以說他們是最幸福的種族吧。畢竟從未體驗過死亡的恐懼。

可是對於身為其對手的伊莉絲來說，這是最棘手的特質了。

「我是差不多希望你可以不要逃，乖乖被我給打倒了……精神上很疲憊耶……」

『啊哈哈哈哈，好好玩～～♪這次要換我上嘍～？』

「咦？什麼？呀啊！」

有東西掠過伊莉絲的肩膀。

那是植物的藤蔓，上面長著無數的尖刺。

「玫瑰？這是『薔薇之鞭』？」

「薔薇之鞭」正如其名，是薔薇構成的鞭子。主要是用來拘束或牽制對手的魔法，但是薔薇妖精讓無數的薔薇鞭從地面上出現，襲向伊莉絲。

明明占了上風，形式卻瞬間被反轉，伊莉絲拚命的逃跑著。

『妳看、妳看～～要被抓住了喔～～？眼珠要被拔出來了喔～～？』

「為什麼會這麼……到底有多少魔力啊！」

『我也能做到這種事情喔？嘿！』

就像剛剛伊莉絲所做的，薔薇妖精放出了無數的魔力彈。

伊莉絲雖然努力的躲開，那魔力彈卻執拗的追蹤上來，有幾發擊中了伊莉絲。

「啊！」

『打中了、打中了！太好了～～～～♪』

「少在那邊……得意忘形了————！」

伊莉絲看準機會使出「追蹤彈」，迎擊薔薇妖精的魔力彈。

撞在一起的魔力彈炸裂開來，爆裂聲響徹周遭。

『好厲害、好厲害♪好好玩喔～～～』

「延遲術式發動！『魔力導彈』！」

「魔力導彈」。是比「追蹤彈」更高階，威力也比較強的魔法。

能夠施放的彈數也比「追蹤彈」多，對於有高屬性抗性的妖精種也能給予有效的攻擊。妖精種雖然對於四大屬性有很高的防禦抗性，但是沒有針對無屬性攻擊的抗性。

所以這就只能和妖精種本身的魔力抗性來一決勝負了。

「延遲術式解放，威力全開！」

『呀啊～～～～！』

不斷遭受「魔力導彈」攻擊的薔薇妖精，身體逐漸變得透明。

「哈啊、哈啊……哈啊……打、打倒他了嗎？」

周圍沒有氣息，也看不到薔薇妖精的身影。

然而伊莉絲並沒有放下戒心。

她知道妖精能夠隱藏自己的身影。

在「Sword and Sorcery」時他們也用類似的手段搶走了她的道具，所以她認為像「薔薇妖精」這種高階種應該可以消除自己的氣息。

她可不是白當家裡蹲玩家的，雖然不是什麼值得誇獎的事情就是了……

「我剛剛那話都已經插下死旗了，不可能這樣就結束了吧……既然是上級種，等級應該和我差不多。我也覺得要打倒還太早了……」

如果是在「Sword and Sorcery」，怪物早就逃走了吧，不過這裡是現實的奇幻世界。依據殘存的魔力濃度來看，薔薇妖精有很高的可能性還在這裡。

雖然薔薇妖精應該已經被逼至絕境了，但對方是只顧享樂，連賭命戰鬥都有可能視為是遊戲的魔物。伊莉絲不認為對方會這麼輕易的收手。

「唉……雖然只是在玩，但還真是令人困擾啊。」

對於薔薇妖精來說這不是戰鬥，而是玩耍。

畢竟智能只有小孩的水平。沉迷於隨心所欲的玩耍中的孩子，是不可能聽人說話的。

而她的直覺猜中了。

「來了！」

無數的藤蔓從地面竄出。像是要堵住所有退路似地圍在她的四周。

不僅是伊莉絲的周圍，藤蔓以要連天空都想整片遮住的氣勢高高地延伸至天上，她完全被荊棘給包圍住，無處可逃。

「糟糕！『爆破』！」

『哇喔～～～～～！』

伊莉絲使出自己擁有的最大威力魔法「爆破」，打破荊棘的包圍。她連忙尋找起薔薇妖精的身影，卻無法確認對方的所在位置。

反而是薔薇鞭打向了伊莉絲，這她想辦法用「盧恩木杖」擋了下來，同時也以逃跑為優先，拚命的跑著。

從剛剛聽到了聲音這件事，伊莉絲知道薔薇妖精已經完全隱形了。

問題是不知道對方在哪裡、會從哪裡展開攻擊。

隱藏能力簡直強得不像是妖精。

『就連魔力都感覺不到……那麼，要是使出全方位攻擊的話，說不定可以找出他的位置……』

伊莉絲也有可以往全方位攻擊的魔法。

但是這魔法的攻擊力非常低，對於擁有高魔法抗性的上級妖精種起不了效果。

畢竟那是對不死族用的光魔法。而且還會耗費大量的魔力。

『啊～……為什麼會買這種魔法啊～真想揍以前的自己。』

的確有在這種情況下可以使用的有效魔法。

然而伊莉絲沒有買那種魔法，總是優先去學任務所需的魔法，所以她能夠給出巨大傷害的廣範圍魔法只有「爆破」。

「爆破」是用視線判斷前方的距離，以作為目標的敵人為中心大範圍地擴散開來，給予巨大傷害的魔法，所以在不知道薔薇妖精在哪裡的情況下無法隨意使用。

伊莉絲左手拿著「魔力藥水」，發動了那個魔法。

「『魔力淨化』！」

以伊莉絲為中心，光構成的半球體大範圍地蓋住了周遭一帶。

對不死系或惡靈使用的淨化魔法「魔力淨化」。對於包含人類在內等有實體的生物雖然起不了作用，但對於幽靈或不死系有很強的效力。不過對於是魔力體卻又能完全實體化的妖精來說，無法給予什麼傷害。

而且這原本就是廣範圍魔法，不是針對單一敵人使用的魔法。

『啊哈哈哈，完全沒用喔～～？』

可能是為了避開攻擊，又或許是透過本能察覺到的吧，薔薇妖精從魔力體轉化為實體現身了。

伊莉絲對依然笑得很開心的薔薇妖精發動了等待這時已久的魔法。

「『魔力導彈』！」

『咿呀～～～～～！』

「就這樣強行解決——呀啊！」

正打算繼續追擊而向前踏出一步的瞬間，她感受到了一股意料之外的漂浮感。

伊莉絲的腳下崩開，整個人往下墜落。

「呀啊！……唔……墜、墜落陷阱？」

『啊哈哈哈哈哈哈，中招了、中招了♪』

「該不會是模仿了我的設置型魔法？妖精的學習速度有這麼快嗎？」

『抓到了唷～不會再讓妳逃走了喔～？』

「你這……啊唔！」

伊莉絲突然感受到右腳傳來一陣痛楚，低頭一看，只見荊棘藤蔓貫穿了她的大腿。

那條藤蔓一口氣纏繞住伊莉絲，同時更加擴大了她腿上的傷口。過去從未體驗過的痛楚襲上伊莉絲。

「啊啊啊啊啊啊啊啊啊啊啊啊啊！」

伊莉絲的慘叫聲響徹夜空。

荊棘藤蔓更是從周遭長了出來，同樣地纏住了伊莉絲，使她無法動彈。

她為了解開繞在頸部的藤蔓，用唯一可以自由活動的右手拚命的想扯開，但是纏繞上來的力量太強了，沒能成功。

只有手掌被荊棘給刺傷，流下了血。

『好了，該怎麼辦呢～？要剝皮嗎～還是先挖出眼珠呢～馬上弄死就太無聊了。』

抓到伊莉絲的薔薇妖精馬上開始想下一步該怎麼玩了。

由於他們有依據當下的狀況來行動的特性，所以一個遊戲結束後便會立刻開始思考下一個要玩什麼。

而且他們會毫不遲疑的殺害其他生物，能夠做出以在玩遊戲的感覺，一邊笑著一邊解剖的殘忍行為。

伊莉絲這時才初次體會到這個世界真正的可怕之處。

『還是要操控著玩呢～可是～這樣只會讓妳覺得開心而已吧～真噁心～～♪』

伊莉絲拚命的想著該怎麼度過這個危機。

唯一能動的只有右手，自己的身體完全被綁住了，無法動彈。

那麼該怎麼辦？

她一邊忍耐著痛楚，一邊想著該怎麼逃出去。

『嗚……咕咕……可以用的延遲魔法還有一個。就算想逃走也會被這麻煩的荊棘藤蔓給纏上。只有右手也沒辦法掙脫……叔叔又還沒回來。要是有什麼最終王牌的話……啊！』

想到最終王牌，她才忽然想起了那個道具。她避開薔薇妖精的耳目，悄悄地從道具欄中取出五把「封縛之投劍」，握在手上。

『對了！就切開妳吧♪妳會發出怎樣的哭聲呢～？』

薔薇妖精的手上不知何時拿著一把生鏽的小刀。

因為血而生鏽了吧，小刀的刀身整個是黑的。恐怕是在哪裡撿來的，但應該用了很長一段時間。

伊莉絲終於理解傑羅斯所說的話了。

妖精和人類的溝通是沒有意義的……

「哼……這小刀還真髒啊……是撿來的嗎？」

『是喔～？忘記是什麼時候撿到的了♡比起這種事情，玩耍比較有趣嘛。』

「唉，雖然也不是不能理解……但你們非要給人添麻煩呢。」

『添麻煩？我們只是在玩喔？人類也經常在玩吧？』

「所以呢？你要用那把刀支解我嗎？」

『嗯♡很有趣喔～？我會活生生的把妳的肚子割開，把內臟之類的東西啪～的拉出來喔？』

儘管都事到如今了，伊莉絲仍對妖精這可以笑著說出殘虐行為的感受性感到顫慄。

就算是這樣，伊莉絲還是努力的克制住自己害怕的心情，等待薔薇妖精靠近到無法逃脫的距離。

這時要是太焦急很有可能會失敗，她靠著意志力使躁動的心平靜下來。

不能錯過這只有一次的機會。

『首先要～先剝皮嗎？還是割下耳朵呢？嗯～～……割下鼻子好了？』

薔薇妖精一邊想著要先割下或是先切開哪裡，一邊毫無戒心的靠近伊莉絲墜入的洞穴中。

這對伊莉絲來說可真是幫了大忙，因為絕對有可趁之機。

不知道這件事，薔薇妖精仍思索著支解的方式。妖精太小看人類的狡猾了。

『對了！在頭上開個洞吧。攪亂腦漿非常有趣喔～？』

「我怎麼可能……會讓你得逞！」

在他進入洞裡，相當接近伊莉絲時，伊莉絲用力地丟出了「封縛之投劍」。

「封縛之投劍」像是要包圍住薔薇妖精似地張了開來，順從訂定的指令，顯現出能夠封住對手行動的五芒星陣。

無論是什麼對手的行動都會被封住，在一定時間內絕對無法逃開的強力束縛。畢竟是「大賢者」製作的，絕對無法逃開的束縛之陣。

接著伊莉絲使用了最後的延遲魔法。

「『魔力爆破』！『魔力爆破』！『魔力爆破————』！

「魔力爆破」。無屬性魔法中擁有最大威力的單體攻擊魔法。

她展開了好幾重這個魔法，連續使出攻擊。

跟屬性魔法相比威力較低，但相對的除了一小部分的魔物以外，幾乎對所有魔物都有用。攻擊力也很穩定，反過來說也是只有不上不下的威力就是了。

薔薇妖精正面吃下了這些「魔力爆破」的攻擊，從洞中被推了出去。

不過他因為「封縛之投劍」而無法動彈，只能在束縛魔法的效果消失前沐浴在「魔力爆破」的魔法攻擊之下。

在此同時荊棘的束縛也消失了，伊莉絲沒放過這個機會，從腰間拔出「星之刨刀」。

「強化魔法『跳躍』！」

她用強化跳躍力的魔法跳出洞裡後，砍向薔薇妖精。

一直壓抑著被殺的恐懼，伊莉絲的感情在瞬間爆發出來，用連靈體都能斬斷的「星之刨刀」砍斷了薔薇妖精的四肢。毫不留情的砍殺著有少女外型的薔薇妖精。不給對方恢復魔力的餘裕。

此時必須一口氣打倒他才行。

『啊哈哈哈哈哈，四分五裂～♪我被砍得四分五裂了～』

薔薇妖精笑得非常開心。

「不會吧……這樣還活著？」

『接下來換我了吧～～～？』

被砍斷的四肢化為魔力聚集到薔薇妖精身邊後，簡直像什麼都沒發生過一樣，又重新構成了他的身體。

不對，仔細看的話，薔薇妖精的身體已經透明到可以看見另一側的程度了。

伊莉絲對薔薇妖精造成了讓他差點就要消滅的傷害。

可是魔力用盡，無法隨心所欲行動的伊莉絲已經沒有餘力反擊了。

薔薇妖精的四周再度出現了無數的藤蔓。

『嗯～……被弄到這種地步～有點生氣呢。不玩了，去死吧。』

「要死的是你。」

一道閃光穿過薔薇妖精的身體。

『咦欸？』

發出怪聲的薔薇妖精就這樣消滅了。

穿著灰色長袍的魔導士帶著短劍站在原本位於妖精身後的位置。

「果然到這裡來了啊……因為沒看見他，我就想說該不會是這樣……」

「叔叔……嗚～～～你來得太慢了啦～～～～！」

「抱歉啊。我不小心搞砸了，手足無措了好一陣子……」

「……搞砸了？叔叔……你做了什麼？」

「…………」

大叔裝作什麼都不知道的樣子別過頭去。

從他的態度看來，伊莉絲判斷他一定是幹了什麼嚴重的事。

「比起那個，不趕快治療的話妳會死於出血過多喔？」

「嗚……一想起來就覺得好痛……」

「『初級治癒術』。」

伊莉絲似乎因為腎上腺素分泌而忘了痛楚。

傑羅斯的回復魔法讓伊莉絲大腿上的傷口立刻復原了，不過親眼看到傷口治好的景象感覺還真是非常噁心。

「回復魔法……真好～要是我之前有買就好了。」

「要是妳的潛意識還有空間的話我是可以賣給妳啦？魔法卷軸還很多，可以算妳便宜點喔？」

「居然在這時候做生意啊……不會因為是認識的人就免費呢。」

「呵……那種便宜的關係有什麼價值可言？既然是認識的人，不如說不欠彼此人情還比較正常吧？唉，如果是『基礎治癒術』的話是可以送妳啦？」

「那是叔叔改良過的嗎？效果比較強之類的……」

「我是不知道妳在期待什麼，不過這只是一般市面上流通的東西……啊，沒在賣呢。因為回復魔法全被四神教給獨占了。」

「『基礎治癒術』也好，給我吧！既然其他地方買不到，我就收下了。多少可以回復也好啊。」

伊莉絲非常現實。

這個世界的回復系魔法十分珍貴，因為全都被四神教給獨占了。不是可以在魔法相關的道具店買到的東西。

「比起這個，妳站得起來嗎？」

「啊啊～……可能是因為有些貧血吧，頭有點暈……」

「沒辦法。讓妳勉強自己也很困擾啊，我抱妳回去吧。」

「咦？等等……唔呀～～～！」

被大叔用雙手抱起的伊莉絲羞紅了臉。

她從小學低年級以後就沒被這樣對待過了。

「等一下～～這樣太丟臉了啦！拜託你放我下來～～～～～～！」

「勉強自己的話會因為貧血而暈倒的喔。這裡可不是遊戲世界。」

「就算是這樣，這種事……嗚……」

硬是要走路的話確實很有可能會因為貧血而暈倒，但是被人公主抱實在是太丟臉了。可是她也不太好意思硬說些什麼給人添麻煩。

結果伊莉絲就這樣被抱了回去，同樣是轉生者的唯因此懷疑起兩人的關係。

這一晚，脫離妖精危害的哈薩姆村裡響徹了伊莉絲「就說了我們不是那種關係——————！」的叫聲。

◇◇◇◇◇◇◇

出現在山中的隕石坑。

有四道影子靜靜的浮在隕石坑上方的星空中。

「這個……是那傢伙吧……」

「不會吧～～？那個怪物應該死了吧？在那個異世界……」

「……不知道。可是……要是沒死的話，祢覺得那邊的傢伙會怎麼做？」

「呼啊～～……會送回來吧……真麻煩。」

負責管理這個世界的四位女神，在這個世界裡通常是這麼稱呼祂們的。

「討厭啦～！我已經不想再當那個怪物的對手了～～～！雖然是沒當啦……」

「在這邊鬧彆扭也沒用啊。要是這個是那傢伙幹的……我們也無計可施吧。」

「……丟到異世界……是錯誤的決定……只會創造出敵人……」

「『溫蒂雅』那時候也……贊成啊……好睏……」

眼前這悽慘的景象，與過去曾經為這個世界帶來災厄的「邪神」造成的危害極為相似。對於四神來說，沒有比這更糟糕的問題了。

「……提出這個方案的……是『弗雷勒絲』喔？」

「『阿奎娜塔』也沒反對啊～～～！」

「『蓋拉涅絲』……沒有表示意見吧？只是……說了『怎樣都好』就是了……」

接著祂們便開始推卸責任。

真的是讓人非常無力的女神們。

「比起那種事，如果這真的是那傢伙做的……勇者們應該無法當祂的對手吧。」

「之前也三兩下就被打倒了啊～～？好不容易才封印住的……」

「……沒有那傢伙的氣息。不知道……消失在哪裡了？……好無力喔……」

「……唔唔……我開動了……超難吃……再來一碗。」

「「「已經睡著了……而且這時候不是該說『我再也不要吃了』嗎？」」」

一位女神脫落。

「不管怎樣，我們都需要做準備。」

「……可是……已經，沒有……神器了……」

「都是勇者們太遜了啦～～！居然弄壞了神器，太扯了吧？」

「沒有就是沒有了啦！比起那個，重要的是接下來要怎麼辦……」

在這之後三位女神雖然絞盡了腦汁，還是沒想到什麼好方法。

結果她們就在那裡一直討論到了早上，最後吵架分頭離去了。

留下一位……

「……這週的緊要關頭～～～……就按下去……軟綿綿的……」

只有「蓋拉涅絲」非常和平。

或許不要太去深究祂到底做了什麼夢會比較好吧。

◇◇◇◇◇◇◇

回到哈薩姆村的隔天。

傑羅斯把大量的藥草和「食妖精獸」的種子分給了村人們，順便還親切的教導他們該如何栽培藥草，做了許多慈善活動。

這是因為大叔破壞了哈薩姆村的水源，讓他們接下來得過上辛苦的生活。

不過擅長唬人的大叔對外的說法是濃縮在魔力囤積處的魔力對魔法反應過度，引發了大規模的爆炸。

由於文獻上也曾有這樣的記載，實際上真的發生過只是用了小魔法卻忽然炸飛了整座山的事件。

這是他從伊斯特魯魔法學院的大圖書館裡的書上看來的，他作夢也沒想到從那裡獲得的知識會這麼快就派上用場。

而伊莉絲當然是冷眼看他。

就這樣，大致了結一樁事的大叔及伊莉絲準備回去桑特魯城。

「好了……那麼就回去吧。」

「……就這麼做吧。我也累了，想回去好好休息。」

「傭兵生活可是很花錢的喔？如果不用沒有週休二日的感覺來工作的話，我想真的會陷入缺錢的狀況吧。」

「唔……果然有個副業會比較好吧？」

「要是可以自己製作『回復藥水』，就能夠省下不少錢呢。拿去賣也能賺錢，依據製作出來的等級不同，說不定可以賺飽飽喔？我之前教過妳了吧？」

「……我沒器材，沒辦法做。」

就算學會了技術也沒有器材。而且也沒有多餘的錢可以去添購器材。

他們一邊聊著這些，一邊走出村長家。

「已經要回去了啊。還真趕啊。」

「因為很在意田裡的狀況啊。要是過得太悠哉，會變成草叢的。」

「這樣啊。原來你是農民啊，老夫還以為你是傭兵呢。」

「基於一些緣故，我這次是以傭兵的身分行動啦。回去之後就會悠哉務農了。」

「真是受你們照顧了，除了水源之外……」

「這點請您和領主討論吧。已經不是我能處理的事了。」

大叔不想再被追究把整個泉水炸飛的事情了。

「還有，唯小姐。要是我有碰上妳老公，我會跟他打聲招呼的，也會告訴他妳在這個村子裡。」

「拜託你了。畢竟是亞特，希望他不要做什麼亂來的事情就好了……」

「叔叔……你果然看上了唯小姐吧？想要ＮＴＲ？人妻你也ＯＫ？」

「伊莉絲小姐……看來我有必要跟妳花上一整晚好好促膝長談呢？我是認真的……」

「一整晚……太好了呢，伊莉絲妹妹！明年就會跟我一樣嘍？」

「不、不是那樣啦！就說我跟叔叔不是那種關係了！」

唯擅自認定伊莉絲熱愛著大叔。

不管伊莉絲怎麼否認，她也完全聽不進去，一個人興奮得很。看來是認為伊莉絲只是想掩飾自己的害羞。

「雖然只有一晚，不過真是受你們照顧了。」

「要是因為工作來到這附近，我會再來露個臉的。」

「唔嗯，真能幹啊。」

「伊莉絲妹妹，一開始說不定會痛，不過只要多經歷幾次之後……」

「我就說不是這樣了嘛！聽人說話啦——————！」

「亞特……爆炸吧你！」

紅著臉氣噗噗的走出門外的伊莉絲，以及被嫉妒的火炎燃燒著的孤獨大叔朝桑特魯城出發了。

◇◇◇◇◇◇

一邊在路上飆著車，大叔一邊思考著關於回復魔法的事。

思考的內容是要是可以增加更多回復魔法的供給量就好了，這種非常單純的事情。

說是神聖魔法，但原本是魔導士也能使用的普通魔法。要是普通的在市面上流通的話，除了可以降低傭兵等職業的死亡率，也可以大幅減少因受傷而受苦的人們吧。想到這裡，傑羅斯便決定等回到桑特魯城後要和德魯薩西斯公爵商量看看。

順帶一提，受到正義感的驅使什麼的……他絕對沒有這種意思。但是對於擁護只會作惡的妖精的四神教，他覺得多少惡整他們一下也不賴。

就在他想著這些壞主意的時候，他們抵達了桑特魯城。

由於太陽已經下山，旅館的住客很多，伊莉絲便決定借宿孤兒院。

另一方面，和伊莉絲分開回到自家的大叔，驚愕的看著眼前那一整片的草原，說不出話來。除了咕咕們住的雞舍附近以及種了蔬菜的一小塊田地外，住家附近全長滿了茂盛的花草。

看來咕咕們無視雜草，每天從早到晚都忙著鍛鍊自己。

一想到隔天開始的除草工作，傑羅斯便覺得頭暈。

第十四話　大叔提出了小小的惡作劇方案

從伊斯特魯魔法學院的護衛任務歸來的傑羅斯。

他在自家好好休息後的隔天，由於必須向德魯薩西斯公爵報告而來到了領主館。

這領主館不可思議的地方，在於迎賓的大廳左邊是索利斯提亞商會的事務所吧。若是貴族階級的客人，就會立刻讓他們前往右側深處的會客室。如果是跟生意有關的事──大多是來商量交易的事，就會請客人從左邊的事務所進去。

唉，簡單來說就是貴族往右，商人則是從左邊事務所裡的專用通道進去吧。由於得繞上一圈，到了裡面之後，門前又總是有衛兵駐守著，就算有文件要交給公爵也得取得許可才行。

德魯薩西斯公爵本人也覺得這有些浪費時間，但眼下還沒想到好的改善方式。

穿著灰色斗篷的魔導士經由左邊的商人專用通道，在職員的帶領下，向門前的騎士取得會見公爵的許可。

「公爵殿下，傑羅斯先生求見。可以讓他入內嗎？」

「進來。」

公爵簡單地允諾了。傑羅斯和職員一起進入房內。

「從那扇門來的話就叫我會長，無法劃分職務的話會讓人搞不清楚吧？」

「非常抱歉。我往後會注意的。」

「嗯……」

「好的，那麼……」

進房後，傑羅斯看到的是埋在文件山中的德魯薩西斯。

從傑羅斯的角度來看，他不認為德魯薩西斯是會堆著那麼多工作不管的人，判斷公爵應該是因為有什麼重要的事情而暫時離開了崗位。

「好久不見了，德魯薩西斯公爵。委託的事情平安完成了。」

「嗯，抱歉啊。現在人手實在不足，非常忙。對於硬是委託你這件事我也有些過意不去。是說我現在正在處理身為商人的工作，希望你可以不要叫我公爵。」

「分得真徹底呢。那麼我就改稱德魯薩西斯先生吧。這畢竟是工作，不用太在意啦。不過……你是去了一趟王城嗎？看起來累積了相當多的工作呢……」

「……我稍微處理了些小事。清算了累積很久的帳，才沒幾天就成了你看到的這個樣子。」

「這小事還真是讓人有些害怕啊……」

這位公爵私底下不知道在做些什麼。

雖然只是直覺，但他總覺得這小事恐怕是件相當危險的事。

「好了，關於委託的報酬，你的確僱用了三位傭兵對吧？感謝你這麼用心，為庫洛伊薩斯和瑟雷絲緹娜也準備了護衛。」

「不，畢竟能不能擔任護衛是場賭博啊。雖然運氣不好沒能跟在茨維特身邊，不過作為替代，我讓我家的咕咕們跟在他身邊了，平安的守護了他喔。」

「……咕咕？是指『狂野咕咕』嗎？那種魔物應該算相對弱小的魔物才是……」

「呵……我家的咕咕很凶猛的喔。」

德魯薩西斯的表情有些困惑。

他應該作夢都想不到以為很弱小的咕咕其實強得嚇人，還能進化成不同種的生物吧。實際上傑羅斯也沒發現這件事。

可以變身為上級進化魔物這可是前所未聞的能力，等級也有400這破格的強度。

而且由於牠們每天都和傑羅斯過招，咕咕們的強度事實上已經相當於勇者了。也擁有許多近身戰鬥系的技能，簡直所向無敵。

「唉，咕咕的事情先放一邊，聽說殺手中有兩個人叛變了？」

「消息真靈通啊。其中一個是戰士職，正在衛兵那邊接受質詢。另外一個則是待在茨維特那裡。」

「聽說是個年幼的少女，但那是殺手沒錯吧？另外一個好像是幹了蠢事，淪落為犯罪奴隸的戰士啊。」

「她雖然還小，但很強喔？我想等級至少有超過800吧。不過有些擔心茨維特會不小心走偏，對幼小少女產生興致呢。」

「他應該會反過來被對方給打倒吧。茨維特也沒笨到那種程度。就由我這邊幫那女孩準備作為護衛的薪水吧。問題是那個戰士，個性似乎有些問題啊？居然想要用奴隸打造後宮……真愚蠢，讓女人迷上自己才能展現男人的價值啊。」

「……消息也未免太靈通了吧。傳信鴿……不對，就算是這樣消息也不會傳得這麼快才對。真令人在意是什麼可靠的人在做這件事，不過還是不要知道好了……所以呢？另外一位你打算怎麼處置？他也還滿強的，送去挖礦感覺有點浪費啊。」

「嗯……試著看看茨維特會怎麼處置愚蠢之徒也還滿有趣的。這是個好機會，我就以恩赦的名義讓他脫離奴隸身分，成為茨維特的專屬護衛看看吧。不過可沒有下次了……」

看來好色村可以重獲自由了。只是他被釋放的理由非常可怕。

雖然他有些笨，但絕對不是壞人，這也算是妥善的處置吧。

「另外……這是逃走的另一位殺手的畫像。」

「是女人啊……不過為何連小孩子的樣貌都有？幾乎有二十張呢……」

「那傢伙手上有『回春靈藥』。考慮到她有可能會在壽命已經所剩無幾的情況下，改變想法讓自己變得比現在更年輕再現身，所以這是為了保險起見而準備的。可以的話最好能將她處以火刑呢……徹底的拷問她。」

「聽說那是你親姊姊，她是你這麼想要解決的人嗎？」

「這話說來丟臉，但她是個只會寄生他人過活的害蟲喔。請絕對不要想著要利用，確實地處理掉她吧。反正沒過幾年她就會因為靈藥的副作用死去了。」

「原來如此……是這種人啊。」

對德魯薩西斯來說，傑羅斯是最棒的棋子了。

如果是這個人的姊姊，應該很有利用價值。然而根據所得的情報以及傑羅斯的證言，他判斷還是處理掉對方比較好。

眼裡只有錢，很有可能會輕易背叛。把這種人收入旗下只會添增風險，要是我方的情報被賣到敵方那裡去可就得不償失了。

唯一值得誇獎的只有善於臨機應變這點吧。

雖然也可以利用刻意給她假情報的方式利用她，不過新招募來的前九頭蛇成員也說這個人的金錢價值觀有問題。

從報告跟傑羅斯的證言來看，也很明顯的不是適合在組織裡工作的個性。

最重要的是壽命所剩無幾這一點，讓人找不到把她當成道具來利用的價值。而會落得這種下場也是她自作自受，只能說她太愚蠢了。

簡單來說，不管是人格方面還是金錢方面，最重要的是行動上有太多問題了，作為一個棋子也不好用。

「我知道了。然後……這張駭人的畫是什麼？」

「這是在回程途中遭受妖精危害的村子的景象。唉，該說是犧牲者遭受了怎樣的對待的證據吧。我使用了特殊的使魔，把現場紀錄了下來。」

「多麼邪惡啊……四神教擁護著這種魔物嗎？」

「和小孩子的殘虐性質是一樣的。正因為天真無邪，才能輕易做出這種事。」

「無法判別善惡啊。原來如此……」

德魯薩西斯立刻理解了妖精的危險性。

像是小孩在玩時殺害昆蟲一樣，妖精會殺害生物來玩。其中也包含了人類。

然而這消息對於其他方面來說也是個有用的情報。

最近四神教相當煩人，特別是「梅提斯聖法神國」在對他們施壓。其中也包含了擁護妖精以及提升神官們的權勢一事，實在相當令人頭痛。

畢竟「梅提斯聖法神國」是神官們的大本營，回復魔法只有神官們才能使用。要是神官從這個國家消失，在治療傷勢等醫療層面就會大幅地退化。若是發生戰爭時便極為不利。

然而這時他眼前的魔導士說出了非常不得了的事情。

「德魯薩西斯先生，你想不想販售回復魔法啊？」

「什、什麼？」

「說是神聖魔法，但那只是神官用了效果會比較好而已，實際上魔導士也能用喔。可是現在只有『梅提斯聖法神國』擁有回復系統的魔法。」

「……可是這樣難免與那國家一戰啊。因為那國家之所以處於較高的地位，幾乎都是神聖魔法的功勞。不過我有個有趣的策略。雖然需要思考一下，但這提案真有魅力啊。」

「在軍隊內增加專門負責治療的魔導士如何？沒必要全仰賴神官。只因為是宗教國家，就藏著回復魔法，你不覺得這樣很沒效率嗎？」

「……看來有實驗的價值。就算回復魔法的事情被對方知道了，我們只要堅稱這是魔法研究的成果就好了。不過我不認為這樣就能說服那些傢伙。」

「也賣到鄰國去不就好了嗎？同時有不只一個國家開始販售回復魔法的話，無論是哪個國家都有可能會認為回復魔法被研究出來了吧。首先，只有神官才能治療受傷的人這點可是大問題啊。要是傭兵能使用回復魔法的話，我想也能降低傭兵的耗損率。」

「雖然也是有醫生在，可是不論哪邊人數都不足啊……嗯，這實在很誘人，但我還想要再多點什麼動力啊。不對……傑羅斯先生，再說下去就會是干涉內政了喔？」

「這部分我就當作沒聽到吧。請你當作我只是把想到的事情說出來而已。」

「呵，只是閒聊而已嗎。是說這回復魔法是傑羅斯先生改良過的魔法嗎？」

大叔稍微思索了一下。

他有一大堆一般回復魔法的卷軸。他在玩「Sword and Sorcery」時雖然會便宜賣給新手玩家，但是幾乎不會販售改良版。

不過要賣出比改良版效果更差的劣化版倒是無所謂。

真要說起來，以擁護妖精這種惡劣種的國家為對手，他覺得根本不需要顧慮到這種程度。只是全都給出去也會有些問題。

「幸好，我手上有基礎到中級的回復魔法，不過透過外交交涉將改良前的東西交給其他國家，把我改良後的版本在這個國家裡販售如何？唉，雖然比不上神官，只是會比一般的魔法效果來得好上一點啦。」

「原來如此，就算是偶然在遺跡裡發現了回復魔法的卷軸，但要是有一樣但效果比較好的東西在市面上流通的話，『梅提斯聖法神國』也就失去其優越性了。只要效果不同，他們也沒辦法抱怨。最近他們似乎也開始以勇者的戰力來要脅其他國家，在這邊將他們一軍也不錯。」

「那麼，還有什麼顧慮之處嗎……」

「完全沒有。不過……改良啊，不是已經完成的東西嗎？是刻意留給魔導士們自行改良的餘地嗎？」

「如果販售已經完成的東西，便會奪走其他魔導士成長的機會。一個沒弄好他們可能就會因實力不足而派不上用場，還是希望他們能自己努力去改良。」

「要是使用方法不對就糟了呢。那些傢伙會找理由然後搶去吧……好了，該怎麼辦呢。」

「梅提斯聖法神國」將從遺跡中發現的回復魔法卷軸都硬是用宗教上牽強附會的理由，從他國手中奪了過來。儘管他們到處宣揚只有神官才能用神聖魔法這件事，但要是魔導士成功做出來，消息因此傳開的話，事情就不一樣了。

若是魔導士可以用回復系的魔法，這樣負責賺取教會營運費用的他們收入就會下滑，魔導士能夠治療傷勢的事實也會使信仰出現裂痕，信眾減少的可能性會一口氣提升吧。

由於可以輕易的更改咒文的設定，就算對方來找碴，也只要用「這是長年研究的成果」矇混過去就好了。實際上附近的國家也都很討厭「梅提斯聖法神國」，應該會樂於協助吧。德魯薩西斯已經開始在規劃策略了。

對於小國來說，派遣過來的神官是仗著神的名義，逼迫大家進行以布施為名的賄賂行為的奧客，跟害蟲沒兩樣。雖然也有一些認真的神官，但這些人通常與政治無關，只有欲望強烈的人才會仗著外交特權作威作福。

但「梅提斯聖法神國」的國力及戰力更是不能小覷，要是派了勇者過來，對方只要一個人就足以打倒小國的騎士團了。

唉，這個世界的騎士平均等級約200上下，不是500級的勇者的對手。只要有三個勇者就可以輕易打倒一整個師團。

勇者由於修正效果，成長得很快，同時身體強化方面也有修正效果加成，似乎會變強到某種程度。這些傢伙要是出現在國境的城鎮便會做出不少壞事。

傑羅斯一邊聽著這些事，一邊將回復魔法的卷軸放在桌上。

「這些傢伙還真麻煩啊。」

「特別是『HIMEJIMA』、『SASAKI』、『KAWAMOTO』、『IWATA』、『YASAKA』這五個人被視為最強戰力，備受禮遇。其他的勇者現在也在各地的戰場上，偶爾才會出現在其他國家。」

聽到在異世界中感覺很不協調的日本姓氏，讓傑羅斯瞇眼一笑。

「哦～還真自由呢。可以的話真想會會他們。」

「……你的眼神還真危險啊。見到他們的話你打算怎麼做？」

「唉，要看對方的態度吧？要是到了其他國家還給人添麻煩，也沒辦法擁護他們吧。反過來說這可能有利於外交？」

「也沒那麼容易啊。那些傢伙只會裝作沒這回事重新來過，進行脅迫外交罷了。好了，我差不多該回去工作了，不好意思，今天就先談到這裡吧。」

「在你工作繁忙的時候說這麼多真是抱歉啊。」

「不會……報酬我準備好了。已經事先交給櫃台了。」

「那麼今天我就先告辭了。」

「嗯，好好休息……對了，有件事我忘了問，在哈薩姆村山谷中的水源好像被炸飛了，你有什麼消息嗎？聽說原因尚未被查明？」

「那個啊，是我的魔法不小心引爆了滯留在魔力囤積處的魔力造成的～哎呀～那時候還真慘呢……」

「……是嗎。抱歉在你這麼疲累的時候讓你跑一趟。要是有什麼事或許還會再委託你工作，不過現在先好好休養吧……」

「我會這麼做的……那麼我就先失陪了……」

傑羅斯離開後，德魯薩西斯看著放在桌上的東西，雙手盤在胸前思考著。

『好了，這該怎麼用才好呢……那個國家也有些太大了。多少動些手腳也不錯。要是以那個計畫為前提來實行的話，應該能給他們帶來很大的打擊吧。雖然問題在於什麼時候要用這張手排，不過要做的話應該還是盡快比較好……』

和傑羅斯一樣露出了危險的笑容，德魯薩西斯再度埋首於工作中。

要是不解決掉累積的工作，就會削減他和妻子及愛人們相處的時光。

能幹的男人將為了女人用盡全力。

◇　◇　◇　◇　◇　◇

「……叔叔。這個……真的是一人份的報酬？」

「真的啊？怎麼了嗎？」

「……滿、滿滿一整袋的錢……多到可以玩上一陣子。」

「只要不亂花的話啦。唉，畢竟是去當公爵家人的護衛，這也是當然的吧？」

從領主館回來後，大叔前往孤兒院，將報酬交給伊莉絲。

伊莉絲收下了她的那份報酬，打開皮製的袋子後卻被那金額嚇了一跳。

一個人有兩百五十金。如果是普通的傭兵，這些錢足以買下一整套知名工匠製作的全新裝備了。

「嘉內小姐和雷娜小姐還沒回來啊。這些報酬該怎麼辦？」

「先放在我這裡太可怕了……叔叔你拿著吧，我不太……」

「是可以啦，但之後要好好帶她們過來喔？錢的事情不算清楚的話，之後就麻煩了呢……呵呵呵。」

想起了愚蠢又卑劣的姊姊，大叔忽然墜入了黑暗面。

面對這樣的大叔，伊莉絲雖然有點猶豫，仍說出了藏在心底的話。

「叔、叔叔，可以強化我的裝備嗎？」

「呵、呵呵……欸？裝備？是可以啦，不過妳有素材嗎？」

「是有些玩『Sword and Sorcery』時留下的素材啦……」

「也要看是什麼的素材。要順便當作實驗，試著強化看看嗎？依據素材是可以在某種程度上做強化，不過先告訴我妳想做怎樣的強化吧。」

「實驗……呃～以預算來說是要強化現有的裝備吧……我和『薔薇妖精』戰鬥時學會了『初學者劍術』和『投擲』的技能喔。所以也想要一些武器。」

也就是說她想和傑羅斯一樣，轉變為萬能型的魔導士，讓自己可以對應各種戰況。

然而這不是抱持著不上不下的覺悟就能練成的。

要和曾經是頂級玩家的傑羅斯達到同樣的水平，需要很長的時間。

和「Sword and Sorcery」不同，要讓技能發展為職業技能，必須要持續鍛鍊，經歷好幾次實戰才行。

更何況這裡是現實世界，和遊戲不一樣，成長可能也會有個人差異。雖然有所謂等級的概念在，但這需要另外進行艱苦的鍛鍊。

「現在要改變路線會有些問題吧？臂甲、胸鎧、脛甲……會變得很硬派喔？更何況近身戰鬥如果不習慣殺人，只是要防身的話感覺不太可靠呢。」

「嗚……可是，照這樣下去我會一直很弱，我想要有可以保護自己的技術！所以想要透過實戰來訓練。」

「唉，有這種想法本身來說是好事啦。妳能辦到傭兵職最需要的支解魔物嗎？要是不能乾脆的去做這件事的話會吐的喔？」

「啊～……辦不到。那個我實在無法習慣……吧……？」

「唉，是無所謂啦。說要強化裝備，是以現在的裝備為基礎嗎？設計上不會有變化就是了。」

「嗯。長袍和靴子，還有手套也……」

伊莉絲的裝備是中階生產職製作的東西，也不知道用了怎樣的素材。而且乍看之下全都是纖維系的素材。

這種裝備一般來說主要都是做表面強化，在上面加上裝甲系的鎧甲等裝備。

魔導士的身體能力比戰士系職業來得低，穿上這種裝備反而會妨礙行動。重點性的保護一些重要部位比較實在。

對沒有戰士系的技能的伊莉絲來說，鎧甲之類的裝備太重了，無法使用。

「300級程度的攻擊是有辦法減輕啦，不過碰上擁有高階技能的對手，就要比個人持有的技能修正效果和防禦力了。嗯……這只是提議，不過妳要不要試著跟我們家的咕咕做訓練呢？」

「咦？跟咕咕……？為什麼？」

「鎧甲類的裝備很重喔。如果沒有提升戰鬥系技能和等級來調整的話，照妳現在的狀況應該會動彈不得吧。」

伊莉絲的腦中浮現了自己穿著某部動畫的道服，和雞群一起打拳的樣子。

這讓人不禁莞爾，又有些丟臉的場面，讓伊莉絲有些害羞了起來。

「唔……感覺有些丟臉耶。」

「到強化好裝備中間的這段時間而已。要是做可以獲得戰士系技能的鍛鍊，鎧甲之類的裝備也會比較好用呢。升級也會提升身體能力啊。」

「唔……要鍛鍊還是要放棄呢……問題就出在這裡啊～很可怕，可是我又不想死……」

和薔薇妖精的戰鬥似乎讓伊莉絲感受到了生命危險。

要為了鍛鍊而捨棄一時的羞恥心；還是要放棄，就這樣普通的往魔導士職業邁進。選項分成了兩個。為了保護自己，技能是不可或缺的，可是不去體驗各式各樣的職業，就無法獲得技能。幸好咕咕們湊齊了戰士系、劍士系、遠距離攻擊系，以及索敵系這四個職業。

「一定要咕咕當我師傅嗎～？叔叔不行嗎？」

「我啊，接下來得去除草。我不在的這段時間長出了大量的雜草，雖然想拜託孤兒們幫忙除草，可是舊街區沒什麼孤兒。孤兒院的孩子們也都出去撿垃圾了……回收空罐好像比較好賺啊～」

「既然在意田地的話，乾脆專心做生產職不就好了……生意一定會很好的喔？」

「生意太好了我會忙不過來。妳以為我會做出多少擁有破天荒性能的裝備啊？就算是鐵製的裝備也有超大的修正加成效果喔？我一定會無法對應大量上門的訂單而過勞死的，真的……」

大叔製作的裝備，就算只是用普通的鐵製成的，也會有破格的效能。

就算有「手下留情」的技能，他做出的裝備也一定會附加某些效果。不如說要他製作沒有附加任何效果的裝備出來還比較難。

「小楓和教會的孩子們也每天都在鍛鍊的樣子喔？今天早上也和咕咕們一起做了雙人練習和空揮，想要變強就必須要有暫時捨棄羞恥心的覺悟喔？」

「小楓他們是小孩子耶！我可是妙齡少女耶！」

「…………………」

傑羅斯把伊莉絲從頭到腳看了一遍，以「哎呀哎呀」的態度嘆了口氣。

「妙齡……呵，對於叔叔來說你們都是小孩子呢。特別是……不，沒什麼。」

「這對淑女來說太失禮了吧！」

在大叔的眼裡看來，只覺得伊莉絲和小楓一樣是小孩子，特別是胸部那一帶……

被傑羅斯用憐憫的眼神看著，「可惡～～～～！」伊莉絲氣得丟下這句話。

◇◇◇◇◇◇

三天後，大叔戴著草帽，脖子上捲著毛巾，在田裡除草。

由於根長得比想像中還深，要拔除需要耗費相當的力氣，長時間彎腰也讓他的腰很痛。

總之這繁殖力非常驚人，田地幾乎已經成了說是草叢也不為過的狀態。

他用「萬能鐮刀」割下細小的草，然後反覆做著拔除雜草的工作。由於留守的咕咕們也有來幫忙，所以工作效率有稍微提升，但是仍有三分之一的田地被雜草給覆蓋著。

要是除草除膩了，他就去採收蔬菜，把根莖類做成醃菜，把大豆放在太陽下曬乾。

「傑羅斯先生，午安。」

「是路賽莉絲小姐啊，怎麼了嗎？」

「沒事，只是因為今天早上收到了蛋，想來道謝。因為早上我正在做禮拜，沒能好好道謝真是不好意思。」

「不會不會，畢竟是鄰居。而且那些我一個人也吃不完。」

「對我們這裡來說也有些多，分給附近的鄰居後大家都很高興。真的很謝謝你。」

「那真是太好了，不用浪費掉這些蛋。」

「是說……」

路賽莉絲看向雞舍的方向，有些困惑的開口提問。

「伊莉絲小姐到底在做什麼？那是某種舞蹈嗎？」

「啊～……那個是她為了獲得格鬥技能而在做訓練啦。她是在練習套路，這是為了能夠迅速對應各式各樣的狀況，讓身體去記住這些套路。唉，雖然看起來很像奇怪的舞蹈就是了……」

伊莉絲這三天都在大叔家和咕咕們一起練習套路。

不過因為她是室內活動派的，動作就算說得再怎麼客套，都看不出她是在練習套路。

不管誰來看都會覺得她在跳奇怪的舞，還會因為手腳不協調而不斷跌倒。練習套路跟打太極拳差不多，但跟外行人沒兩樣的伊莉絲來做，就會出現太多不必要的動作。

雖然動作很緩慢，但是施加在身體上的力道以及重心的移動、姿勢的平衡性等等，要一邊調整這些一邊動作其實意外的困難，而且同時還要凝聚魔力，所以會累積不少疲勞。

「而且……伊莉絲小姐穿的衣服是在哪裡買的呢？我從沒看過。感覺是有點像小楓的衣服……」

「那個是格鬥家的專用裝備喔。唉，雖然魔導士也能穿啦，不過她是為了獲得『實習拳手』的技能才會穿的。她似乎想要變強呢。」

順帶一提，道服只有附加容易習得格鬥技能的效果。沒有防禦力，也沒有體能補正效果。

「像伊莉絲小姐這樣的女孩子，也會為了變強而做訓練嗎？她應該是魔導士，有需要學習格鬥技能嗎？」

「她雖然將『薔薇妖精』逼到了絕境，但還是暫時被抓住，差點被殺害了的樣子。要是鍛鍊戰鬥系的技能，能力毫無疑問的會加算在自己身上，所以簡單來說就是為了不要死所作的訓練。」

「根據從嘉內和雷娜小姐那裡聽到的說法，我覺得伊莉絲小姐不太適合傭兵這種粗暴的工作呢。雖然只是我的猜測，但她的生長環境應該比我們都要來得好吧。」

「就算如此她還是想去地城探險的樣子，所以才會做這些防身用的身體強化訓練吧。朝著夢想而努力著呢。哎呀哎呀，年輕真好……」

在不斷悽慘的摔倒仍持續練習套路的伊莉絲旁邊，五個孩子簡直像是某座寺廟的少年們，以一絲不苟的動作，如行雲流水般的打出套路。

是小楓、安潔、強尼、拉維、凱這孤兒院五人組。

「好，套路打玩了～～♪」

「接下來是雙人套招──────！」

「在下要連空手的技巧也鍛鍊到極致，目標是最強的武者！」

「運動後的飯特別美味呢～下午去撿垃圾吧？累積資金。」

「運動後的肉吃起來特別不一樣……我要成為肉肉獵人！」

「「「然後我們要攻略地城，存錢過著墮落的生活！」」」

「在下要使這武名轟動武林！賭上我祖父的名字！」

「「……………」」

孩子們十分忠於欲望。而小楓則是血腥的修羅。

雖然早就知道了，但孩子們說出滿是欲望的發言時，大叔和路賽莉絲還是會覺得很無力。積極正面是好事，可是他們的夢想實在太不像小孩了。

然後，除了伊莉絲以外的五人分別拿起武器或空手和咕咕們開始套招。

——啪！鏘鏘！咚叩！

這實在不像是孩子們在做的套招，響起了沉重的打擊聲。

「……那些孩子們，一陣子沒見變得這麼強了……實在不像是孩子。他們應該可以輕鬆打倒這附近的無賴傭兵吧。」

「先不管那些孩子的夢想，至少要慶幸他們沒有走上歪路。也沒有給周遭的人添麻煩……哈啊～…………」

「也沒有再敲人竹槓了吧？以前還會說『給我肉～』的……」

「因為販售藥草一類的東西，零用錢也變多了，沒必要再那麼做了吧。這都是傑羅斯先生的功勞……嗚……」

對路賽莉絲來說，以前孩子們所做的敲竹槓行為讓她覺得非常的丟臉。

但他們最近不再有這樣的行為，並為了夢想而努力增強自己的實力。

問題是這些孩子們忽然變得很強這點吧。他們可不是白白跟這些超過２００級的咕咕們練習的。戰鬥系的技能都已經提升到了超乎常理的程度。

和強大的對手戰鬥，讓他們的技能效果也受到鍛鍊，修正加成的效果也提升了。而且他們的等級還在個位數。真的是很可怕的孩子們。

「唔嗯～可是技能提升到那種程度，沒那麼容易升級呢。不找強大的魔物當對手的話……讓他們去哪裡狩獵好了。」

「傑羅斯先生！他們還只是孩子喔？那種危險的地方……」

「可是啊……那些孩子也就比伊莉絲小姐小一歲吧？我覺得從現在開始培養他們能夠自立的能力比較好喔？」

雖然看起來年幼，但孤兒院的孩子們只比伊莉絲小一歲，一般來說已經是會去幫忙工作，學習社會常識的年紀了。看起來還小是因為孤兒院的生活不是那麼富足，沒能讓他們吃些有營養的東西。

可是最近環境也有所改善，他們的身高似乎也長高了些。

就算還不能去當傭兵，說不定已經可以成為獵人了。

「要出社會需要累積經驗，那些孩子們可以自己製作出簡單的回復藥和傷藥，而且身手也不錯。小楓也是有能夠保護自己的實力比較好，不能一直這樣下去……」

「說得……也是呢。可是我還是不希望那些孩子去做危險的事。要是有個什麼萬一……」

「他們就是為了不要發生那種事才在訓練自己呢。既然都說了總有一天要去地城，我想那些孩子們肯定會去吧。畢竟他們對欲望很誠實……」

「這、這我不否認……」

在他們一邊除草一邊聊著這些事情時，伊莉絲終於要進入套招階段了。

對手是「黑帶咕咕」。明明是雞卻擁有「指導」技能的一隻稀有咕咕。

很會照顧人，只要伊莉絲的動作有一點誤差，就會仔細又親切的告訴她要怎麼調整。

而且……

「呀啊————！」

伊莉絲被輕輕的拋到了空中。

伊莉絲的等級比較高，可是近身戰鬥上，咕咕比她強上了好幾倍。

「咕咕。（站起來。只有這種程度的話實戰可是會死的喔？）」

「師、師傅！拜託妳再手下留情一點～我超害怕的！」

「咕咕咕咕。（武之道非一日能及。每天的鍛鍊才是最重要的喔？只會說喪氣話是不會變強的。）」

「唔……師傅好嚴格。」

是母雞。而且還是個在社團中可靠又擅長照顧人的好學姊類型。

牠這三天下來一直很仔細又親切的指導不斷說著喪氣話的伊莉絲，是個像是溫柔又嚴厲的大姊姊的咕咕。所以伊莉絲也努力的為了獲得技能及強化而和牠一起練習著。

「這不是很重要，不過為什麼可以溝通呢？真不可思議……」

「雖然只有閒暇時，不過我也很常跟孩子們一起做鍛鍊喔？那隻咕咕教得很仔細，成了我在教育上的參考呢。」

「我們家的咕咕比人類還像人類耶？好，那隻咕咕就取名叫『梅凱』吧。」

路賽莉絲會跟孩子們一起做格鬥訓練這點讓大叔有些意外。而教導他們技術的這隻咕咕成了第四隻被命名的魔物。

梅凱注意到自己被取了名字，將翅膀放到身前深深低頭。

或許是錯覺吧，大叔總覺得梅凱的強度稍稍提升了。

「小路～！妳在這裡啊。」

「哎呀，嘉內，妳回來得真晚啊？」

背後傳來有人呼喚路賽莉絲的聲音，回頭一看只見嘉內她們站在那裡。

好不容易才回來，她們看起來都有些疲憊的樣子。

「晚？為什麼……這已經算是快的了耶……呃！為什麼大叔會在啊！」

「因為我是在道路上飆車回來的。嘉內小姐妳們慢了耶？」

「你這是明知故問吧。因為風向所以船會比較慢，還有雷娜那傢伙……」

「啊～……妳不用說，我能理解。她失控了吧……辛苦妳了。」

大叔不禁抬手敬禮，他很清楚嘉內有多辛苦。

「是啊，而且……她好死不死的，終於打算對更幼小的孩子出手了！」

「然後受到了烏凱牠們的制裁，被綑起來了啊……真的是辛苦妳了。這是委託的報酬。伊莉絲小姐的份我已經交給她了，還請收下。」

「啊啊……這樣就能好好休息了……呃，這個……會不會太多了？」

嘉內在確認收下的報酬金額的瞬間，露出了驚訝的表情。

看見這遠比至今為止的委託都更高的報酬，她的手顫抖著。

在她身後，雷娜像是砧板上的魚一樣地活蹦亂跳，大叔用溫暖的眼神看著她，繼續說。

「不過……真的該把報酬交給雷娜小姐嗎……」

「啊啊……她肯定會帶少年們去開房間。這種就叫做婊子吧？」

「……誰知道呢？以雷娜小姐的狀況來說，真要說應該是好色吧。或許就這樣一直綑著她比較好……」

「報酬……要給她嗎？她肯定會在三天內用完喔？」

儘管這是一般來說三天內無法用完的金額，但雷娜的情況似乎不同。

被綑起來的雷娜似乎想說些什麼，但大叔選擇無視。

「路賽莉絲小姐，讓她們兩人在孤兒院休息吧。我想長途旅程下來她們也累了，在別種意義上也是……」

「說得也是，嘉內，今天住在孤兒院吧？要找旅館也很辛苦吧？」

「拜託了……因為雷娜，害我連找旅館的力氣都沒有……」

「真的累了呢。請妳也收下雷娜小姐的報酬吧。這我拿著也是有點……」

雷娜超用力的瞪著這裡。

然後氣息莫名的粗重。她在別種意義上充滿了幹勁。

她很想解開繩子，順著欲望奔馳吧。

「這不太重要，不過伊莉絲在幹嘛？」

「呀喔————！」

就算夥伴回來了，伊莉絲仍不斷被梅凱丟出去，置身事外。

既然這是訓練，就沒有人可以幫她。這一天伊莉絲飛上空中好幾次。

這努力化為了成果，她在一週後成功的獲得了大多數的戰鬥系技能。

這雖然是題外話，不過取得戰士系技能後，伊莉絲的訓練變得越來越嚴苛，結果她變得可以穿上戰士用的裝備了。

只是因訓練而產生的瘀青好一陣子都沒能消退……

不管怎樣，伊莉絲為了獲得技能和提升等級，決定乾脆從早到晚訓練一整天。

短篇　亞特的異世界考察

「安藤俊之」，二十三歲。

不幸的轉生到異世界的其中一位犧牲者。

度過了約兩年的重考生活，考上了附近的工科大學。過著自由自在的大學生活。

和小他五歲的青梅竹馬（女高中生），同時也是他未婚妻的「船橋唯香」一起和睦的玩著「Sword and Sorcery」。

兩人因為搞大了肚子而準備結婚，當初被雙方父母大罵了一頓。

不過家長們似乎也知道兩人總有一天會發展成男女關係，結果還是給予了兩人祝福。真的是非常明事理的家長。

由於是第一個孫子，他們相當高興，甚至在孩子出生前就開始採買嬰兒用品……

在他因為這個理由而中途輟學，被某間知名玩具公司錄取的重要時期，他卻在不顧個人意願的情況下，轉生到了異世界。

沒錯，要是四神沒把邪神丟到「Sword and Sorcery」的世界，他現在應該已經組成了一個隨處可見的普通家庭了吧。

他和同為轉生者的莉莎以及夏克緹一起為了向四神復仇而展開行動。

——說是這麼說，但他基本上沒打算將無關的人捲入其中，他的目標只有信奉四神的宗教國家「梅提斯聖法神國」。

那是這個世界中數一數二的大國，也是他剛到這個世界時來到的小國「伊薩拉斯王國」的敵對國。

而且一看就知道他們想以軍事力量施壓，企圖靠著高壓外交來吞併伊薩拉斯王國。

伊薩拉斯王國長期深受糧食不足的問題所苦。因為是山區的小國，晚上的氣溫會降得非常低，完全無法種植在平地可以培育的作物。所以農作物的自給率驚人的低。

因為這種狀況，他們跟梅提斯聖法神國一直維持著以接受對方的食物援助為條件，將礦物資源便宜的讓渡出去的狀態。

但這也在近期內被對方中斷了，國民們飢餓到了可以預測到他們將會被「梅提斯聖法神國」給征服的程度。

這很明顯是以侵略為目的的食物援助。

亞特會隸屬於這個國家的理由，是因為他碰巧改善了經過的村子的糧食問題時，不知為何被視為國賓對待，舉國款待他。

要以貧乏的小國作為據點這件事也讓他有些猶豫，不過鄰國正在作戰，他認為對於蒐集情報來說，待在一個國家裡會比較理想。

他雖然多少有協助鼓吹發動戰爭的派系，但要是不這麼做，他也無法得知更多關於這個異世界的情報，所以才會以和伊薩拉斯王國合作的形式，來調查其他國家的政治狀況，做出類似間諜的行為。

而亞特現在人來到了位於索利斯提亞魔法王國的學院都市史提拉中，伊斯特魯魔法學院的大圖書館。

他正以蒐集情報為主，翻閱著大量的書籍。

『真奇怪……這個世界的法則和「Sword and Sorcery」有些相似，但感覺又完全不同。是乍看之下類似，實際上不同的東西嗎……』

他花了一週以上的時間看了許多的書，再加上和夥伴們的討論，得出了幾個結論。

「夏克緹，妳怎麼看？」

亞特詢問夥伴之一的女魔導士。

她有著及肩的捲髮，正瞇著有些細長的眼睛專心的看著書。

可能是調查得太認真了吧，她沒聽到亞特在叫她。

「喂，夏克緹……我在問妳話。」

「這個嘛……我覺得關於這兩個男性相處的描寫缺乏變化，有些稚嫩。很不好閱讀呢。我覺得他們可以更大膽，更激烈的追求彼此。」

「妳在看什麼啊？我們是來蒐集情報的喔？」

「我是在蒐集情報啊？關於男人間的戀情是否可以成立。對異性戀提出疑問，問他們是否能夠具有容許及認可愛上同性的寬容性可說是一種試煉。以此為前提，才有為同性戀這個倫理觀念打開新一扇門的可能性。我認為應該尊重個人的戀愛觀，以此嘲笑他人是很愚蠢的行為。從我這想當律師的人的立場來看，我認為應該尊重個人的愛。就算是同性，那也不是他人該插嘴的問題。」

「不是……所以我說妳到底在看什麼啊。而且那種書為什麼會放在教育機構的圖書館裡啊，很奇怪吧？」

「不就是因為是教育機構才有放嗎？二樓的書架上有很多喔。」

「真的假的……」

他對這個大圖書館是否真的是讓許多學生培育智慧的學術機關這點產生了疑問。

以某方面而言是很開放，但這實在不是教育機構的設施該有的藏書吧。如果這就是異世界的常識，那老實說他還真想叫這常識消失。

不過這裡是公共場所，他是不會做出放聲大叫這種事情的。

亞特是個有常識的人。

「夏克緹……我這麼拚命的在調查，妳在幹嘛啊？」

「真失禮，我也有好好在調查啊。」

「哦……比方說？」

「男人間擁有肉體關係，這是在戰爭時常見的狀況。這在地球上的歷史也很常見，只是沒被公諸於世，像這樣和同性有肉體關係的人，有許多是當政者。在日本，武田信玄或信長，在戰場上也會把小姓放在身邊喔？畢竟不能帶女性上戰場，位在戰場上抑制過剩的精力，才會形成這樣的風俗習慣。就算是徵收農民為兵，有許多的女性被誘拐，遭到殘酷的對待也是歷史上的事實。所以從光靠男性來抑制戰爭時的興奮這點看來，以某方面來說是很健全的行為呢。畢竟不會傷害任何人。而且——」

「等一下！妳為什麼在調查這種東西啊。我們來這裡是要將這個異世界的法則與『Sword and Sorcery』的設定做比對，驗證這裡到底是個怎樣的世界喔？」

「是啊。所以了解歷史也沒有什麼不對吧？」

「所以那個為什麼會變成跟同性戀相關的戀愛史考察呢？妳調查的重點錯了吧？」

亞特等人的目的是重新檢視這個世界的法則以及「Sword and Sorcery」設定的相似性，確認哪些知識可以適用於這個異世界。

此外，他也打算藉由了解四神教的成立經過，以及從他國的角度來客觀的認識「梅提斯聖法神國」的歷史，作為訂定今後的行動方針時的參考。

只是亞特的夥伴們似乎以奇怪的方向性對歷史產生了興趣，甚至拿來了可疑的書籍。

「既然要協助小國，說不定哪天會需要上戰場啊。那時候亞特先生你會對不認識的女性出手嗎？」

「不，不會發生那種事吧。而且我也沒打算對不認識的女性亂來喔？」

「這很難說吧？依據局勢走向，說不定會演變為戰爭，亞特先生可是被視為最強的戰力呢。要是在戰場上無法抑制住自己的興奮之情，你說不定就會襲擊附近的農村——」

「要是做那種事情，我會被我老婆殺掉的！事蹟敗露的話絕對會被送往地獄。」

亞特非常怕他事實上的妻子唯香。

如果要去有可能會發展成外遇狀況的地方，他已經做好了就算被人說是膽小鬼也要逃跑的覺悟。他就是這麼怕自己的未婚妻。

「亞特先生你這麼卑微？太太最大？」

「別問我……誰都有不想被其他人知道的事情。話說回來，莉莎在哪？」

「要找莉莎的話，她剛剛去找書了喔？啊，回來了。」

一位女性用雙手抱著好幾本書，搖晃著馬尾朝這邊走過來。

那果然是身為魔導士，同時也是亞特夥伴的莉莎。

「亞特先生，你知道些什麼了嗎？」

「知道某種程度的事情了吧。對這個世界來說，我們或許是異物。」

「『異物？』」

「是啊……雖然沒有確切的證據，但愈是調查，就發現愈多的差異。」

「比方說？」

「這個嘛……『職業』吧。在「Sword and Sorcery」裡，會依據角色的設定決定職業，受到職業修正效果的影響。如果是『劍士』，使用劍的攻擊力就會稍微提升。是『魔導士』的話就會對魔法攻擊的威力及魔法抗性產生影響。可是這裡是異世界，根據現實來看，職業不可能是固定的。我想應該也沒有所謂的職業修正效果吧？」

在RPG中，決定職業後就沒什麼機會轉職。雖然這也要看遊戲，但大多數的遊戲都會在一開始就選定職業。然而在現實世界中這是不可能的。

因為人有時可能會轉行，未必一生都能持續做同一行。也有可能會被個人的狀況或職場的環境給影響，不管在哪個世界，轉職都是件很普通的事情。

「是呢。職業固定這件事情在現實中是不可能發生的。就算是類似職業被固定的遊戲般的世界，人也有擅長跟不擅長的事情，不可能無法轉職。」

「這得看個人想任職的工作以及資質，不能變換職業的話太奇怪了。」

「再來是技能，不過技能只要經過鍛鍊，任何人都能學會。這點和『Sword and Sorcery』相同。不過要發展為高級技能需要花上一輩子的時間。總之需要徹底的鍛鍊才能夠提升技能等級。這點就和遊戲不同了。」

「這也是當然。從小就學習劍道的孩子，和之後才開始學習的孩子強度是不同的。練習的時間長短會展現出差距，再說成長幅度也是因人而異。」

「不過只要學會了就不會忘記不是嗎？要是途中沒有繼續練習的話，身體就會變得遲鈍吧。可是學到的技術只要是技能，就絕對不會忘記才對。」

「是啊。雖然沒驗證過所以也很難說，但我想這個解釋應該是對的。」

亞特雖然是以調查的結果來做說明，但他的見解有一部分是錯的。

其實技能中也有所謂的「職業技能」。就算轉職，也不會忘記過去習得的職業技能，也多少會產生一些修正效果。

可是只要沒有持續鍛鍊就會逐漸衰退，技能的修正效果會下降，培養起來的技術也會變差。

無論是多麼高明的工匠，只要不工作技術就會衰退，這是理所當然的事情。

「最後是這個世界所說的『等級』，這是他們和我們之間最明顯易懂的差距。我們的等級上限至少有超過1000。因為實際上我就已經超過1000了。但是這個異世界的等級上限似乎是500。」

「這是表示我們太強了嗎？」

「唔嗯～……我是知道我們作弊啦，但有這麼大的差距嗎？」

「在這個世界，100級是一般人眼中的中等水平。200級時就能從中等轉為高等，到300級就已經可以被稱為是最強的存在了。不過其中『勇者』和『超越者』的等級有到500。以「Sword and Sorcery」的系統存在於這個世界的我們，是破格的存在吧。在我調查的範圍內，這世界連一個等級超過1000的人都沒有。」

「也就是說轉生者是異常的。」

「那麼，以『Sword and Sorcery』來作為基準判斷的我們，會不會對這個世界產生不好的影響啊？對這個世界的人做一些很亂來的事情之類的……」

「這可能性很高。所以我們必須謹慎思考才行。就算是不小心，也絕對不能告訴他們『臨界點突破』、『極限突破』這種覺醒技能，因為這個世界中可能沒有這種東西。」

雖然亞特嘴上這樣說，但他認為這個世界上或許至少存有「界線突破」這個覺醒技能。

理由是因為在這個世界，300級就已經被視為是最強的了。然而卻有一部分的人等級來到了500級。那些人被稱之為「超越者」，先不論被召喚來的「勇者」，「超越者」是這個世界的人。

根據這點，認為這個世界上有「界線突破」或是類似的技能也是合理的推測吧。

當然，若是想要充分驗證的話需要花上一些時間。

他們因為太強而有許多沒注意到的事情。所以冷靜的檢視調查後的結果及莉莎等人的意見後，亞特得到了轉生者活在不同的法則下的結論。

沒錯，所以把這個異世界的法則當作是和「Sword and Sorcery」的系統一樣的東西是很危險的。

「我認為視這個世界的居民和我們處在不同的法則下會比較好。這雖然只是依據調查結果所作的推論，但這如果是事實的話，我們可能誤會了很重要的事。」

「是呢……這很有可能。」

「說得難聽一點，我們從這個世界的角度看來是危險分子吧？不會被世界給排除嗎？有些恐怖耶……」

「這應該不要緊吧。問題是這個世界的法則。這個世界……正在崩壞也說不定。希望這只是我多慮了……」

「「……咦？」」

雖然只有一瞬間，但亞特所說的話具有讓現場空氣凍結的衝擊性。

世界正在崩壞。雖不知道他為什麼會這樣想，但這可真是不妙的發展。

「……亞、亞特先生。你為什麼會這麼想？」

「對啊，我想稍微聽你說明一下。」

「看了邪神戰爭後的傳說以及歷史書，從各式各樣的觀點來看之後，我發現等級的存在是從召喚了勇者之後才出現的喔。接著在三百年後出現了『技能』的概念。這很奇怪吧。世界的法則是會在短短兩千數百年間改變的東西嗎？一般來說這根本不可能發生，認為這個世界有問題還比較合理。」

「那是真的嗎？亞特先生……」

「不，這雖然是我從蒐集到的情報中導出的結論，但只能說是我的直覺吧。」

「這樣啊……那麼如果有確切的證據就跟我們說吧，畢竟現在這個階段也沒辦法說些什麼。」

「我知道了。好了，也差不多快到閉館的時間了，回旅館去吧。明天就得開始準備回伊薩拉斯王國去了。雖然還留有一個麻煩的工作……」

「真不想回去那個國家啊。飯實在不好吃……」

「夏克緹小姐，說好不提這件事的吧。香料也好，買一些回去吧。」

在這天之後，亞特他們就沒再來大圖書館了。

他們在旅館準備最後的工作，三天後完成退房，就這樣無聲無息的消失了。

過了一段時間後，黑社會裡雖然開始流傳著危險的魔法藥，但那又是別的故事了。

賢者大叔的異世界生活日記

以我的能力創造開外掛的老婆們 1~4 待續

Kadokawa Fantastic Novels

作者：千月さかき　插畫：東西

超M的巨乳妖精登場！
主角拒當勇者的後宮旅行記第四彈！

　　凪一行人終於抵達蕾蒂西亞送他們的別墅，得到了「大家的安身之處」。凪偶然地與妖精族冒險者少女菈菲莉亞重逢，一行人兵分兩路地保護伊莉絲，沒想到卻有更困難的「海龍試煉」正等著凪……他能重現當初拯救巫女的勇者傳說嗎？

各 **NT$210~230/HK$65~77**

目標是與美少女作家一起打造百萬暢銷書!! 1 待續

Kadokawa Fantastic Novels

作者：春日部タケル　插畫：Mika Pikazo

《我的腦內戀礙選項》春日部タケル新作
挑戰百萬銷量的編輯與作家的熱血愛情喜劇！

原本立志成為文藝書編輯的黑川，陰錯陽差被分派到輕小說部門。在這裡有成天被作者的下流電話惹哭的前輩、狂打電動的副總編，及行蹤成謎的總編輯……更糟的是，他所負責的作家正陷入創作低潮中。能寄望的只有另一位天才女高中生作家——

NT$200/HK$65

轉生為豬公爵的我，這次要向妳告白 1 待續

Kadokawa Fantastic Novels

作者：合田拍子　插畫：nauribon

第一屆カクヨム網路小說大賽特別賞得獎作！
轉生到動畫世界的少年向壞結局的命運反抗！

意外轉生到動畫世界成為反派豬公爵的我，照劇情走就會直奔壞結局!?這可不行！我要運用熟知的動畫知識以及「全屬性的魔法師」這神扯的無雙能力，變成學園人氣角色，改變命運！然後，致我所愛的夏洛特——我要成為配得上妳的男人，向妳告白。

NT$220/HK$75

發條精靈戰記 天鏡的極北之星 1~13 待續

Kadokawa Fantastic Novels

作者：宇野朴人　插畫：竜徹　角色原案：さんば挿

馬修與波爾蜜訂婚卻引發陸軍與海軍爭端!?
為引導帝國邁向正途，伊庫塔展開行動！

決定與波爾蜜結婚的馬修，對泰德基利奇家與尤爾古斯家之間發生的糾紛頭疼不已。長期的治療結束後，哈洛以士兵身分回歸。托爾威與父兄一起重振精神。女皇夏米優舉辦帝國國民議會，試圖樹立新政治。伊庫塔為引導卡托瓦納帝國展開行動——

各 **NT$180~300/HK$55~90**

怕痛的我，把防禦力點滿就對了 1~3 待續

Kadokawa Fantastic Novels

作者：夕蜜柑　插畫：狐印

日本公布動畫化企劃進行中！
令官方頭痛的梅普露創立公會【大楓樹】！

梅普露成了官方頭痛的超強玩家。她創立公會【大楓樹】，邀請夥伴莎莉、高超工匠伊茲、冒險中認識的強力玩家克羅姆、霞等人加入，日後玩家稱作「妖獸魔境」、「魔界」而避之唯恐不及的最凶公會就此誕生！這次梅普露變成大開無雙的神？

各 **NT$200~220/HK$60~75**

百萬王冠 1 待續

作者：竜ノ湖太郎　插畫：焦茶

以人類最強戰力迎戰超越人智勢力！
破除衰微開拓嶄新時代!!

時值人類衰微的時代——東京開拓部隊的茅原那姫遇見了在支配這星球的環境控制塔裡被找到的青年——東雲一真。結果，她卻被一真給耍得團團轉。然而在所有祕密解開時，賭上世界命運的人類最強戰力之戰也即將展開！

NT$220/HK$73

西野
～校内地位最底層的
異能世界最強少年～
ぶんころり
插畫 またのんき▼
1
Nishino
NISHINO — the boy at the bottom of the school caste
and also at the top of the underground
Kadokawa Fantastic Novels

Sword Art Online

刀劍神域Progressive 1~6 待續

Kadokawa Fantastic Novels

作者：川原 礫　插畫：abec

與黑暗精靈騎士重逢，挑戰「祕鑰」回收任務
桐人與亞絲娜接著挑戰艾恩葛朗特第六層！

具備感受性凌駕一般AI的NPC們登場。以「祕鑰」為目標，在暗地裡活躍的墮落精靈。出現新發展的「史塔基翁的詛咒」任務。以及「煽動PK集團」的魔手——桐人與亞絲娜能夠擊退捲入基滋梅爾等NPC的狡猾陰謀，成功突破第六層嗎？

各 **NT$220~320/HK$68~98**

最終亞瑟王之戰 1 待續

Kadokawa Fantastic Novels

作者：羊太郎　插畫：はいむらきよたか

為了終將到來的世界危機——
決定亞瑟王繼承者的戰爭即將展開！

天才高中生真神凜太郎故意加入被評為「最弱」的瑠奈・阿爾托爾的陣營，參加選拔真正亞瑟王繼承者的「亞瑟王繼承戰」。可是，瑠奈是個當掉聖劍，逼手下玩角色扮演賺錢的人渣！然而面臨絕望的危機時，瑠奈展現出連凜太郎也不由得認同的強大力量——

NT$250/HK$83

國家圖書館出版品預行編目資料

賢者大叔的異世界生活日記 / 寿安清作 ; Demi譯. --
初版. -- 臺北市 : 臺灣角川, 2019.03-
冊 ; 公分
譯自 : アラフォー賢者の異世界生活日記
ISBN 978-957-564-824-4(第4冊 : 平裝). --
ISBN 978-957-743-149-3(第5冊 : 平裝)

861.57 108000623

Kadokawa
Fantastic
Novels

賢者大叔的異世界生活日記 5

（原著名：アラフォー賢者の異世界生活日記 5）

2019年8月1日　初版第1刷發行

作　者：寿安清
插　畫：ジョンディー
譯　者：Demi

發行人：岩崎剛人
總經理：楊淑媄
資深總監：許嘉鴻
總編輯：蔡佩芬
編　輯：黎夢萍
美術設計：黃永漢
印　務：李明修（主任）、黎宇凡、張凱棋

發行所：台灣角川股份有限公司
地　址：105台北市光復北路11巷44號5樓
電　話：（02）2747-2433
傳　真：（02）2747-2558
網　址：http://www.kadokawa.com.tw
劃撥帳戶：台灣角川股份有限公司
劃撥帳號：19487412
法律顧問：有澤法律事務所
製　版：巨茂科技印刷有限公司
ISBN：978-957-743-149-3